緋 亞莉亞 XXV

Aria the Scarlet Ammo

㉕

神星

赤松中學

緋彈的亞莉亞 XXV

Aria the Scarlet Ammo

羅馬的軍神星

25

赤松中學

Contents

1彈　廣場會談

「Nemo——『誰也不是』。」

亞莉亞翻譯出N陣營領隊報上的名字。

——誰也不是——

以前在布魯塞爾，妖刕也曾經這樣自稱過。

然而眼前這名少女並沒有像妖刕那樣隱瞞自己名字的感覺。

是她真的沒有名字，為了方便才這樣自稱的。

身穿軍服，戴軍帽的少女尼莫……

「遠山金次，化不可能為可能的男人呀。」

保持著臉上淺淺的笑容，對我指名道姓。明明外觀和聲音感覺起來都只有十歲左右，講話方式卻會讓人感受到成人的知性。

小孩子的身體，成人的智慧。

差點被那樣神祕的氛圍吞沒的我——原本打算緊急使用幻夢爆發，卻被阻礙了。

幻夢爆發是依靠想像力的爆發模式。所謂「想像」是最高層次的大腦活動之一，非常需要專注力。簡單來講，要是注意力被引開就無法使用幻夢爆發了。

我很不希望尼莫是因為知道這點而向我搭話的……但也有這樣的可能性。

「首先讓我稱讚你吧。你與吾等同志茉斬相遇交手，如今卻依然活著。與德古拉伯爵、魔女連隊、緋鬼的戰鬥中，也顛覆條理獲得勝利。過去還曾經討伐過夏洛克。對於那樣的你——我也曾好幾次想要得到手呀。」

虧妳能把我的戰績調查得那麼詳盡。

然而要是因此讓N對我有高度評價，甚至開口挖角我，事情就會變得很麻煩。

我明明很不受世上的女性與學校歡迎，但是像黑道、藍幫、零課……這些恐怖的武裝組織們卻總是很莫名其妙會喜歡我啊。

「……想要這孩子，想要那孩子。你們難道是來這個羅馬市區中的豪華酒店舞廳玩『花一匁（註1）』嗎？話先說在前頭，我只是個沒啥特色的高中生。不要只靠把子彈丟回去或是復活過兩次這些小事，就以為可以判斷我這個人。」

我先發制人，想要與N保持距離。但我這份努力……

「不，我覺得那些已經足夠拿來判斷了……」

卻被坐在同桌的卡羯半瞇起沒戴眼罩的那邊眼睛，潑了個冷水。拜託妳看一下場

註1「花一匁（はないちもんめ）」為日本傳統的大地遊戲，兩隊伍唱歌猜拳從對方隊伍抓人到自己隊伍。「想要那孩子」為遊戲歌謠中的一句歌詞。

合行不行！

「遠山金次擁有在參與的事件中改變條理的能力，換言之就是命運的『特異點』。因此身為『對稱點』的我才會來到這裡呀，夏洛克。」

「對稱點」這個詞，和尼莫剛才自稱的「化可能為不可能的女人」相符。

化可能為不可能——那究竟是怎麼樣的力量，並沒有辦法立刻知道。

而「不知道」這點本身就是個相當大的風險。

那和我一直以來給予交戰對手的風險是同樣的東西。平常只是個普通高中生的我，將別人認為不可能解決的狀況徹底顛覆。而且使用的是連我自己都沒想過的手段，因此無從預想或預知。我不但能把子彈切開或丟回去，即使被殺也活了過來。

然而，如果把尼莫自稱的內容照字面上解釋……代表她是能夠**抵銷我力量的存在**。透過無論是夏洛克或其他任何人，甚至可能連尼莫本身都無法預知的方法。我將會被子彈擊中，死了也無法復活。

不，怎麼可能有那種傢伙存在。尼莫說的東西肯定是胡謅的。

（爆發模式……是天下無雙啊！）

雖然我在心中如此強力說服自己，但眼前的情景卻妨礙我這樣的思考。

——伊藤茉斬，羽毛頭盔與比基尼鎧甲的女人，獅子頭的黑人與其隨從，發出怪聲的繃帶男子。

（尼莫所率領的這五人——）

我靠著和卡羯觀光時稍微進入的爆發模式看得出來，他們各自是不同類型的超一線級戰士。

而那樣的怪物不可能在世上到處都能找到。

單就戰鬥能力來講，茉斬和我算同類型，是乘能力者。

至於那個羽毛頭盔的鎧甲女，照卡羯和梅雅明明過去關係那麼差，現在卻不惜暫時休戰、一同警戒的態度看來，對方恐怕是最高等級的超能力者。

在那群人之中，類型可能重複的頂多就是那個獅子頭和他的隨從。他們給我的印象在我交手過的敵人中相當接近弗拉德或閻的感覺。

從繃帶男身體發出來類似金屬聲的微弱聲音，則隱約感受得到尖端科學兵器的氣息。

而教人感到絕望的是——

尼莫戴著白色皮手套的左手中指處有一塊突起，從形狀可以判斷是和其他成員一樣象徵「N」的指環——然後從那薄手套的接縫處可以看到金色的光澤。

尼莫的指環是金色。

比基尼鎧甲女戴的是有光澤的銀色指環，獅子頭黑人則是深灰色指環。

戴面具的隨從剛才接過主人脫下的大衣時有露出手，戴的是黑色指環。

……這群人之間恐怕就如指環顏色所示，有階級之分。

雖然我不清楚那個階級數量，不過自然來想金色應該比銀色高，而銀色——應該比銀色失去光澤的深灰色高才對。另外從獅子頭與隨從間的關係看來，深灰色比黑色高。

這樣講起來，之前在東京灣戴深灰色指環，現在則是戴黑色指環的伊藤茉斬——是在場最低階。

（靠我、原田和可鵡韋三人聯手才好不容易擊退的茉斬……居然是最弱……騙人的吧……！）

夏洛克剛才說，自己在這裡喪命的可能性很高。

那也可以解釋成，他得出了「會和N發生戰鬥」的條理預知。

不妙。姑且不論亞莉亞和卡羯，在場還有幾乎沒有戰鬥能力的貝瑞塔，太危險了。她到時候恐怕連逃跑都辦不到。

我腦海中頓時閃過——莎拉在帕里奧利的貝瑞塔家不小心說溜嘴的「委託人（貝瑞塔）會死」的預言。

「——話說回來，蕾姬。身為璃巫女的妳為什麼會坐在那一側？」

怎麼回事？尼莫她……這次把軍帽帽簷下顏色如海底的眼睛看向蕾姬了。

氣氛上感覺她認識蕾姬這個人物，而且認為蕾姬理所當然應該屬於N陣營。

「……」

蕾姬始終默不吭聲，看不出她在想什麼。視線也搞不清楚是否在看大理石紋路的圓桌或是放在桌上的水杯，一如往常的她。

萬一在這裡……弄個不好讓蕾姬倒戈叛變，可會讓人吃不消的。

尼莫這個人莫名有種神祕的魅力。

她光是坐在那裡就會引人注目，只要開口說些什麼就會讓人忍不住傾聽。那樣不可思議的力量。明明是敵人卻教人不禁被吸引，擁有某種無法言喻的東西。

雖然蕾姬不是會被感情牽著走的類型，但茉斬應該也一樣才對。因此我應該要判斷，尼莫的領袖魅力即使是對那種類型的人也會有效果。

就在我對這樣的事態發展感到焦急，但又為了幻夢爆發想要多爭取時間，變得舉棋不定的時候——

大概是認為比起我，要是讓蕾姬被搶走會更麻煩的緣故……

「——我不喜歡閒聊浪費時間。你們到底是來做什麼的？」

亞莉亞交抱著雙手挺起她平坦的胸膛，毫不客氣地改變了話題。

太好啦，還好亞莉亞是個無論面對什麼人物都高高在上的貴族大人。雖然我覺得她把關於我和蕾姬的事情說成浪費時間的閒聊，會不會有點太失禮啦？

尼莫軍帽帽簷下的眼睛狠狠瞪向亞莉亞——

「我們的主要目的，是來迎接新的同志。」

她一副理所當然地回答了亞莉亞的問題。不管在好的意義上或壞的意義上，這句發言都與夏洛克「會和N發生戰鬥」的推理相矛盾……這下後續發展變得難以預測了。

從茉斬在東京企圖把可鵡韋帶走的事情也能知道，N正在召集夥伴——照尼莫的講法，是叫「同志」。

假設他們並不是為了和我們戰鬥，而是來搶人——目標又是誰？是夏洛克嗎？雖然對方那個叫「莫里亞蒂」的頭目似乎很討厭他就是了。或者果然是尼莫最初抬舉的我嗎？

後來她指名的蕾姬，以及身為超超能力者的亞莉亞也是有可能的。卡羯或梅雅也都是強大的超能力者，而且與她們背後組織的人脈對N想必也很有用處。

然而，尼莫卻一臉平淡地——說出了根本不是以上這些人物的名字。

「——貝瑞塔女士，我要迎接妳成為吾等的同志。」

貝瑞塔……？

N想要的人，居然是在場最弱的這個手槍技師少女？

夏洛克有說過莫里亞蒂想要利用貝瑞塔做出什麼事情，而且貝瑞塔的確是個天才沒錯。但我實在不認為N會需要一個能把半自動手槍改造成全自動手槍的工匠。畢竟除此之外，貝瑞塔就只是個身材矮小、對錢很囉唆、開車技術很爛、身為日本宅的義大利少女罷了啊。

正當我們皺起眉頭，貝瑞塔則是被尼莫盯得有點畏縮的時候——

「嗯，果然是這樣。那個人選和我推理出來的是一樣的。雖然因為我比各位多得到一條線索，所以這也沒什麼好誇耀的就是了。好啦，貝瑞塔，我希望妳能冷靜下來聽我說。如果我的推理正確——妳將是人類歷史的『分歧點』。」

夏洛克吸著菸斗這麼說了起來。

「人類歷史的……分歧點……？」

貝瑞塔頓時露出一臉聽不懂對方在講什麼的困惑表情。

「無論本人是否有那樣的意圖，將來做出的行動都會大幅改變後世發展的人物——也就是成為『強烈蝴蝶效應』起點的人物，在任何時代都會存在。最淺顯易懂的就是像政治家、軍人、王族、宗教家等等，但如果進一步推理就能知道，像教師、作家——以及技師——這些人之中也會有這樣的存在。我為了適應新時代，這半年來重新鍛鍊了自己的推理能力。多虧如此……雖然還沒辦法像教授那樣連結點與點之間的線，但也變得可以觀察出明確的點了。因此，尼莫提督，請妳去轉告教授，叫他『別太小看我』。」

如此說明的同時，把朝著貝瑞塔的臉轉向尼莫並露出嚴肅表情的夏洛克……明顯不是針對尼莫，而是對於不在現場的對方上司——莫里亞蒂教授表現出競爭意識。

關於夏洛克這段話……我雖然還搞不清楚詳細的意義，不過……

無論是好是壞，因個人行動改變了歷史的案例確實很常見。這點我也能明白。

像成吉思汗、拿破崙、希特勒、甘迺迪、馬克思，或者在日本歷史上的卑彌呼、織田信長、吉田茂等人，都是堪稱「分歧點」的人物。

這類的武將、為政者或革命家的行動就很容易理解，但即使不屬於這類人物，其行動也有可能成為起點，使後來的歷史大幅改變……夏洛克的話聽起來應該是這樣的

意思。另外他似乎認為貝瑞塔也是這樣的人物之一。

然而，貝瑞塔究竟能夠改變世界的什麼？她只不過是個手槍技師啊。

「所以你才會來阻止我們是吧，夏洛克。」

「是你們來了才對。因為我們來了。而我們之所以會來，是因為你們來了。哦？這樣講起來，最初先來的究竟是哪邊呢？搞不清楚啦。當優秀的推理者遇上優秀的推理者，有時候就會發生像這樣雞生蛋、蛋生雞的狀態。對於這樣有趣的現象，我個人稱呼為『雙推理的圓環』──」

多虧夏洛克對尼莫滔滔不絕地講話……

乍看之下好像什麼事也沒發生的現場，現在發生了一件重要的事情。

──那就是時間被拖延了。夏洛克肯定是從我嘗試進入幻夢爆發的舉動中推理出什麼事情，察覺到我如果要單獨進入爆發模式會需要一些時間。雖然有點丟臉，不過謝謝你啦。快，再嘗試一次幻夢爆發……！

「──鬼之國的壺以前也遇過應該是N的使者跟她接觸。雖然她最後好像沒有滿足教授的需求，但至少可以知道你們試圖透過某種形式利用優秀的技師。也多虧如此，讓我察覺到貝瑞塔這個人類歷史的分歧點了。」

就在我利用近在眼前的亞莉亞偷偷蓄積幻夢爆發的這段時間中，夏洛克繼續發表著高論。

雖然只有很短一段期間，不過原來夏洛克會和壺在一起，是因為他察覺到N的動向啊。明明壺好像純粹是喜歡夏洛克的說，真是過分的男人。對女性沒神經的程度堪稱是英國代表啦。雖然我這個剛才透過卡羯進入輕微爆發，現在又靠亞莉亞慢慢追加幻夢爆發的日本代表也沒啥資格講別人就是了。

「我推理出你們應該差不多要到義大利來找貝瑞塔了，所以這次的伊・U同學會——其實也是為了不把貝瑞塔交給教授和提督所舉辦的。」

「那是我們也知道的事情。哦哦，話說回來——教授有交代我傳話，要我在你剛才那句發言說出口的時候轉告你。」

尼莫看起來年幼而純粹的臉，這時咧嘴露出成熟的諷刺笑容。

「傳什麼話？」

「『別太小看我』。」

「那還真是……」

夏洛克頓時苦笑……那個叫「教授」的人物，難道連夏洛克的每一句發言都預先推理出來了嗎？

不，沒有那樣的證據。絕對是尼莫唬人的。

但如果真的是那樣……根本就超出推理的等級了。

甚至凌駕於一般所謂「預知能力」給人的印象，是更加棘手、難以估計的能力。

「換言之，這場會談到這邊為止，都按照你和教授條理預知出來的發展在進行著。然而接下來，你有明確推理出將會發生怎麼樣的展開嗎？」

「讓我老實講，答案是『NO』。我的推理模模糊糊地分成好幾條分支，就好像布滿我灰色腦細胞的微血管一樣。不過最粗的枝幹——我大致可以看得出來。但那也只是代表演變成那種展開的機率比較高而已，而所謂的『機率』說到底……」

「囉囉嗦嗦講那麼多話，是你的習慣嗎？還是說——你在拖延時間？」

「哦？提督，究竟我有什麼必要拖延時間呢？」

夏洛克從菸斗吐出環形的煙……向對方裝傻了一下。透過極為自然的演技。

「歷史分歧點會成為分歧點的期間是很短的。對貝瑞塔女士而言，就是這半個月之內。而你的妨礙行動會讓她一分一秒地浪費掉這段期間。到時候期限一到，我們就不得不去利用其他的分歧點了。因此，夏洛克，你閉嘴。」

若這段發言是真心話，代表尼莫她——並沒有察覺到我的變化。雖然如果那位「教授」在現場，搞不好會被推理出來就是了。

「好啦，貝瑞塔女士。或許妳看起來只是個普通的少女，但那也只是目前如此罷了。妳是個擁有稀少而強大力量的存在。無論世界往好轉或惡化發展，妳的力量都有使其大幅加速的可能性。」

「我有……什麼力量……」

尼莫中斷與夏洛克的對談，轉而向貝瑞塔說話，讓貝瑞塔的額頭頓時滲出汗水。

「有什麼力量，妳自己應該很清楚。妳擁有改變非洲、中東，甚至總有一天改變整個世界的才華。就讓我們幫助妳大幅加速那份影響力吧。如此一來，妳將能夠成為比卡拉什尼科夫更加偉大的武器生產者。」

聽到尼莫這段話……貝瑞塔皺起眉頭，陷入沉默。她雖然到途中還露出跟我一樣聽不懂尼莫在講什麼的表情，但現在卻好像**心中有底**的樣子。

貝瑞塔的臉上似乎這樣寫著……她想要再多聽聽看尼莫要講的話。

糟糕，不能讓尼莫繼續講下去了。她跟梅露愛特一樣，是個光講話就很危險的少女。無論發言再怎麼荒唐無稽，都會散發出讓人聽得入迷的氛圍。

大概是察覺出我打算從旁插嘴的緣故──

「──同志貝瑞塔。和吾等一同來改變這個星球吧。」

尼莫用軍帽底下的眼睛注視著貝瑞塔，稱呼她為「同志」。

這是來自N的邀請。而既然做出邀請──

如果拒絕會有什麼下場，不用想也知道。該死，這下被對手搶先一步了。

「貝瑞塔，妳別聽尼莫胡扯。什麼妳擁有才華，可以改變世界，這些話都是老鼠會和假宗教團體最愛用的手段。妳和我一樣，只是個高中生啊！」

雖然我嘴上這樣說，不過──

尼莫所講的話想必不是那種小兒科詐欺師的胡言亂語。

N是真的企圖改變這個世界。

而且實際上已經一點一滴在改變了。只是還沒有浮上表面而已。

關於這點，獅堂和亞莉亞都有察覺，我也知道。

就是因為知道，所以無論如何都不能讓貝瑞塔落入N的手中。

「夏洛克，雖然我想應該不是，但我還是問一下：我和貝瑞塔的相遇，是你安排的嗎？」

首先——我向夏洛克確認這點，順便當作是測試總算稍微進入幻夢爆發的腦袋。

N到這裡來是為了搶走貝瑞塔。但貝瑞塔身邊卻打從一開始就有我這個可能打亂莫里亞蒂教授條理預知的「化不可能為可能的男人」。

如果這是偶然，也未免太巧合，對我方太有利了。

換言之，我和貝瑞塔的相遇應該推測是自己人透過某種方式安排好的。

然而……

「雖然在尼莫面前為了面子問題，我很想回答你『正是如此』。但就如你的推理，並不是那樣。那不是我安排的。」

愛講話的夏洛克只講到這邊……就沒再多說什麼。

看來就連夏洛克也不知道，究竟是什麼力量讓我和貝瑞塔相遇的。

我現在之所以會跟在貝瑞塔身邊，是因為我欠她錢。我之所以欠錢，是因為我過去不好好工作，每天為了亞莉亞的事情忙得團團轉。而亞莉亞和我相遇的契機，是伊·U事件。換言之在理論上，夏洛克從伊·U一路推理安排到貝瑞塔這個點是有可能的。但是現在，他本人卻親自否定了。

夏洛克剛才自己也說過，他的條理預知並沒有厲害到可以牽引出那麼長遠而複雜的命運線。總會在某個地方遭遇界限。而我和貝瑞塔的相遇，在命運的距離上比那界限還要遠。

這麼一來，能夠安排讓我和貝瑞塔相遇的人物，就我所知只剩下一個人了——就是N的頭目，莫里亞蒂教授。但這樣又跟「出於自己人的安排」這個前提互相矛盾。因為我和貝瑞塔的相遇，應該是對我方有利的偶然。

雖然我也有考慮到梅雅的幸運強化，但我和貝瑞塔之間產生金錢借貸關係是在梅雅就任教職之前的事情，因此這也不對。

換句話說——我和貝瑞塔的相遇，「沒有」任何人刻意安排的成分在內。

「你就把你和貝瑞塔的相遇當作是命運吧。為男女之間的相遇尋求理由並不是什麼風流的事情，而且就算要去想，現在也先擱到一旁比較好。」

先擱到一旁……意思是要我先把注意力放回和尼莫的會談，也就是對N蒐集情報上是吧。

這代表夏洛克聽到我講的話，有察覺出我的變化了。沒錯，透過亞莉亞的幻夢爆發血流已經順利產生。

雖然並不是什麼可以公然講出來的事情，不過在這盤棋中，我也順利下了一手啦。

「妳說『改變這個星球』是要怎麼改變嘛？」

肯定沒有料想到自己會被我偷偷用來幻夢爆發的亞莉亞，直截了當地開口詢問尼莫這樣的問題，同時也是我現在最想知道的一點——**N的目的**。

因為有我的存在，讓N的提督尼莫親自來到了現場。

而且很幸運地，這位尼莫是個很多嘴的女人。所以現在可說是問出敵人目的千載難逢的好機會。

「嗯，那麼妳首先轉頭看看這間舞廳吧。」

尼莫露出彷彿沉醉於什麼東西似的眼神，將視線望向周圍。

大理石雕成的科林斯樣式石柱，天花板上描繪有各種神明與天使的壯麗壁畫，一根根羊毛細心編織而成的波斯地毯。這些全都是超過一世紀以前建造這間廣場大酒店的時代留下來的歷史遺產。

「這些美麗的東西，全部都是從前的產物。夏洛克，你會把場所選在這個地方，也是對我們的一種暗示吧？」

「哎呀，我也不是完全沒有那樣的意思。」

尼莫與夏洛克這段交談……讓我首先回想起一個記憶。來到義大利之前，我在成田機場聽亞莉亞說過──「N企圖讓文明回到過去」。

「那樣美麗的時代，究竟到哪兒去了？現代的世界已經喪失紀律與清廉，成為墮落而不講理的時代。文明遭到統一，昔日各種民族興盛成熟的文化都消失了。遠山金次，你應當穿在身上的和服到哪裡去了？卡羯・葛菈塞，妳應當穿在身上的Dirndl（南德傳統婦女服）又到哪裡去了？答案全都是『過去』。再這樣下去，幾百年後恐怕連語言都會消失。優美的法文、日文與德文全都會遭到統一，漸漸消失。就好像這場會談一樣。」

露出冷笑的尼莫用英文講出的這段話——

不對，那不是她的真心話。雖然我想也並非百分之百完全是表面話就是了。

我看到那個戴羽毛頭盔的鎧甲女，或是打扮像古羅馬劍鬥士的獅子頭，原本就覺得他們是一群很有歷史色彩的傢伙……所以單純的復古主義或許也是他們真心話的一部分吧。

然而既然對方從表面話開始切入話題，就算我們打正面否定表面話，也無法接近他們隱藏在深層的東西。只會像尼莫剛才這段話一樣，針對表層的東西反覆交鋒而已。

——因此現在我們反而應該假裝配合對方的話題，深入交談。

這是我在東京武偵高中的偵探科學過的東西……即便一開始向下挖的位置不對，只要挖得夠深，就能縮短接近真相的距離。

「尼莫！我說妳呀——」

就在亞莉亞額頭冒出D字型青筋，準備指責對方的表面話時……

「現代也有現代好的地方吧？例如說人類在這半世紀以上的期間中都沒有引爆什麼大戰爭，一直存續到了今天。如果你們是想要破壞這樣的和平，我可不允許。」

我露出一臉把尼莫的話當真的表情，將發言交接棒從亞莉亞手中搶了過來。

卡羯和梅雅頓時都露出一副「嗚哇，你白痴嗎」的焦急表情看向我……可惡，現在沒辦法跟妳們解釋，總之就是應該這樣做啦。

「——和平？為什麼需要和平？」

尼莫的孩童臉上露出自大的微笑如此回應我。

「人類的歷史就是戰爭的歷史。人種、宗教、經濟、意識形態，數不清的理由劃分出數不清的國界，彼此分隔——過去的人類就是藉此保留了各種美麗的事物。」

……這部分內容感覺就是身為日本民族主義者的茉斬會迷戀上的主張啊。

「那種主張在現代，聯合國可不會允許。而且日本早已放棄了戰爭，瑞士也是。」

尼莫的發言中摻雜有真心話與表面話。就在我試圖讓她多講些話，好分析出真心話的時候……亞莉亞卻露出一副同情白痴的眼神望向我。不過我就先別理她……

「你都沒發現嗎？我們已經讓聯合國有名無實了。至於日本放棄戰爭的主張以及瑞士的永久中立，我們也會花時間慢慢破壞。你就暫且耐心等候吧。」

尼莫這部分的發言……九成九是她的真心話。N企圖促使世界爆發戰爭。而且不是緋緋神期望的那種超人互鬥，而是從前人類不斷反覆進行、有如地獄般的全面戰爭。

「遠山金次，你只要聽到『戰爭』就會有如過敏般做出停止思考的拒絕反應，是戰敗國的教育對你進行的洗腦。隨著人口不斷增加，當財富變得難以分配到各個角落，所有的人都會化為奴隸。這樣的閉塞現象，唯有靠戰爭才能突破。所謂的戰爭就是以國家為賭注，徹底奪取財富、領土、女人與勞動力的手段。在這樣的過程中，人口也會恢復到適切的數量。人類本來就需要有戰爭。放棄了這個選項的日本，如今不就籠罩在一股閉塞感之中嗎？」

夏洛克說過，尼莫的上司——莫里亞蒂教授過去曾經實際引爆過第一次世界大戰。從這點可以推測，教授從第一次大戰的時代開始就試圖讓文明回到過去。假設現在的文明已經倒退到那樣的等級，他也依然企圖繼續倒退。

那麼對方究竟想要讓文明退到什麼程度？他們的目的就存在於那樣的時代。從尼莫的發言來推測，是中古世紀嗎？

然而這項情報恐怕在N陣營中也是最高機密。要是我現在急著從這邊往橫向挖洞，想要試探到真相，搞不好只會自尋滅亡。因此……

「尼莫，妳難道不曉得『核武』嗎？世界上現在到處都還有核彈，數量足以讓人類滅亡好幾十次啊。要是下次真的再爆發什麼戰爭，包含妳在內的所有人類都會滅絕。妳心儀的這間舞廳也會被破壞得一根柱子都不剩啦。」

我應該繼續假裝一個白痴在生氣的樣子，誘使尼莫進一步發言。

「嗯，這點你說得沒錯。果然一如傳言所說，你很聰明嘛。」

尼莫咧嘴露出成熟的笑臉，諷刺我這樣一句話……

我並不清楚她究竟有察覺出我的意圖到什麼程度。

畢竟我雖然對自己爆發模式時的演技很有自信，但對方也不是省油的燈啊。

「正如你所說，地球人類的文明已經過度發展，因此必須小心謹慎，一點一點慢慢讓它回到過去才行。」

「一點一點……意思是你們引發的戰爭只會保留在紛爭等級嗎？」

「那也是過程之一。不過遠山金次，有一點你似乎誤會了。我們並不會引發戰爭，一切都是人類擅自引起的事情。」

……擅自？

「人類內心本來就對現代世界的普遍性價值抱有反抗。希望回到純潔的過去，是任何人都會有的想法。而我們只是從人類那種心理促成的動向之中，挑選保護以『回到過去』為目標的行動。對於為了回到過去而應當進行的革命、應當採取的政策、應當選擇的路，我們會予以保護。至於錯誤的東西，我們就會摘除。在中東基於古代教義建立宗教國家、在歐洲連鎖脫離區域性聯盟、在北美樹立孤立主義政權、在遠東施行霸權主義與軍擴——針對今後這些發展，我們都會透過表面上看不出來的行動予以促進與保護。然而，走上這些路的終究是人類本身。是人類自己做出選擇，自己奔下通往過去的坡道。」

——不是透過親自動手讓世界接近自己的理想……而是保護人類做出的選擇中會使文明倒退的行動，並妨礙會通往未來的行動，使這個世界自己慢慢變得符合N的理想是嗎？

至於在那樣的過程中流了多少血，有多少人陷入不幸，都是人類自己的責任——N不會有任何罪惡意識，始終作壁上觀。

如果真的能辦到那種事，不對，如果真的已經在進行那樣的事情，N堪稱是史上數一數二的惡毒組織了。

（不過……）

最根本的部分還沒搞清楚。

這群傢伙那麼想要讓世界回到過去，究竟是「為了什麼」。

就在我陷入思索，稍微沉默下來的時候，足以匹敵N的史上最惡毒組織——納粹德國的殘黨卡羯取代我開口說道：

「喂，尼莫，妳剛才說這個社會最好可以按照人種進行分割是吧？你們是想要偷學第三帝國的優生政策嗎？」

她剛才觀光時像個高中女生的表情已經消失，現在露出魔女連隊長邪惡的表情對尼莫如此質問。對此，尼莫則是——

「——那也是過程之一吧。畢竟既然要讓時代退回過去，自然就會再通過一次同樣的路徑。然而最後引導人類的存在，並不會受到人種的限定。」

……很好，卡羯，多虧妳的發言——從尼莫口中套出很重要的關鍵字啦。就是「引導人類」。

這下那群傢伙的企圖就一口氣變得好懂多了。簡單講他們就是讓人類捨棄文明，只有自己保留下來……認為如此一來便能統治這個世界的誇大妄想系組織。

只要知道了對方的類型，就能套用在武偵高中學過的標準對付手段。正當我因此湧起幹勁時……

「那是誰來引導啦？」

亞莉亞接著提出這樣的質問。我本來以為尼莫應該會說出「吾等」或「教授」之類的回答，可是——

「神。」

——我猜錯了。

「那是什麼意思嘛，由妳來當那所謂的神明嗎？還是說由莫里亞蒂？」

「也不對。」

「那倒底是誰？」

「**誰曉得呢**？話說，妳是故意說出教授的尊名對吧？亞莉亞女士，妳現在挑釁我也沒有任何好處喔？」

對方的回答竟然是……誰曉得。

我透過爆發模式可以感覺出來，尼莫的語氣中確實沒有「我＝神」或「教授＝神」的意志。而且她的意思應該也不是指概念上的神、宗教性的教義。換言之，他們並不是藉此為號召名義的邪教集團。

這下……又變得搞不清楚了。這群傢伙根本是新種的組織啊。

「N想要開拓的——不是由什麼人自稱的神，也不是由想像中的神，而是由真正的神所引導的世界。為了達到這個目的，必須先將這個世界調整為能夠迎接神降臨的適切環境才行。」

而那個適切環境就是「過去」的意思是吧。然而——

「所以我說，那個『神』到底是誰？」

——這點才是問題的最核心，於是我決定單刀直入地如此質問。結果……

「**不知道**。神就是神。」

尼莫又用相當簡要的內容回答我了。

而且……這聽起來也是她的真心話。並不是她想隱瞞所謂「神」的真面目。

這到底怎麼回事？難道連N自己都還沒決定好要由誰來當他們所謂的神嗎？不，他們應該不是那麼沒有計畫性的傢伙。

……這下很不妙。

要是連他們自己都不知道他們行動的核心目的——我們也就沒辦法做出適切的對應了。

難以捉摸到這種程度的組織，我從來沒有遇過。

「——尼莫，妳剛才也有說過類似的發言，神的名號是不可以隨便講出口的喔。」

剛才都安安靜靜聽著我們對話的梵蒂岡聖戰士．梅雅——這時露出狂熱信徒般的眼神，對尼莫表現敵意。

現場的氣氛……差不多要沸騰起來了。或許該適時收手了吧。

雖然我很在意那所謂的「神」，但既然連尼莫本身也不知道，再多問也沒有意義。

現在眼前的問題是——N恐怕擁有實行計畫的能力。

即便是「讓世界回到過去」這樣荒唐的事情，他們也肯定真的能辦到。而現在世界各地也確實已經開始受到他們的影響了。

然而他們使用的手段——有像之前茉斬的恐怖行動那樣明顯的方式，也有讓人難以察覺的祕密安排。因此各國也都還沒抓到他們的尾巴，只有夏洛克勉強可以像現在這樣與對方的高層人物進行接觸。

能夠如此巧妙地進行隱密作戰的這群傢伙——的首領至今還沒現身。莫里亞蒂教授。據夏洛克形容，是「能夠**照自己的意思引起蝴蝶效應**」的男人。

我以前在網路上有稍微讀過一點皮毛，所謂「蝴蝶效應」——是指像「蝴蝶振翅」這樣微小的事情也會劇烈改變後來發展的混沌理論。以日本諺語來講，就是「大風吹，桶子店賺大錢」了。

而莫里亞蒂教授能夠**刻意引發**這樣的現象。透過精準到預知等級的推理能力，也就是將條理預知的能力加以應用。簡單講就是為了讓桶子店賺大錢，可以透過逆向計算準確吹風的男人。

為了讓神降臨，就要讓文明回到過去；為了讓文明回到過去，就要引發戰爭；為了引發戰爭，就要破壞世界上的協調於融合；為了這個目的——如此這般，教授能夠像排骨牌一樣，牽引人類歷史的線。

至於貝瑞塔，就是今後做出的某項行動可能成為骨牌起點的人物。N排出讓世界回到過去的骨牌，然後將貝瑞塔這枚骨牌放到對他們有利的位置——使骨牌往過去的方向倒下，大幅改變人類歷史的發展。這就是他們的目的。

「好啦，除夏洛克以外，今日能列席於這張圓桌旁的各位強運者們，就讓我給予你們獨一無二的大好機會吧。」

壯麗華美的舞廳中開始牽起殺氣的細絲，讓尼莫提督也——感覺要為她的高論進入結尾了。

「貝瑞塔．貝瑞塔，遠山金次，神崎．福爾摩斯．亞莉亞，蕾姬，卡羯．葛菈塞，梅雅．羅曼諾，我將迎接以上六位成為吾等的同志。追隨我與教授，成為『Nautilus』的一員吧。」

——不對，這不是她的真心話。她雖然是真的想要拉攏貝瑞塔成為同志，但對於我們其他人則應該是……打算帶回去收拾掉。

而且為此目的，尼莫還把「Nautilus」——這個讓我方即便要冒險潛入對方組織也想知道詳細內容的關鍵字刻意講出來，當成誘餌。

（……雖然相較於愛用金錢女色來拐人的日本黑道，這手法有點欠缺人性誘惑，但總比用「無名氏之死」劈頭就襲擊目標的公安零課好多啦。）

然而不管怎麼說，我的回答從一開始就已經決定了。

「自稱為神或佛的傢伙我見過好幾個，而且各個都問題一堆。因此對我來講，與其被神選上，我還比較希望可以讓我自己挑選神明。而且妳講的東西又是紛爭又是戰爭的，未免太暴力了吧。跟妳講清楚，我這個人最討厭暴力了。」

——我很明確地用「ＮＯ」回應。

雖然同桌的自己人都用「呃，身為暴力化身的武偵在講什麼鬼話？」的視線看向我，而且很多時候我的確最終都靠暴力解決了問題，但我其實是個和平主義者啊。就算別人恥笑我是被教育洗腦，我還是要明確表達反對戰爭的立場。人與人廝殺根本得不到任何好處，這點我在東京武偵高中就親身體驗過了。

「世上的神只有天父耶穌・基督一位。尼莫，我的使命就是要讓像妳這樣的邪教徒徹底滅絕。」

接著對N宣告敵對的——就是當尼莫開始提起「神」的時候就額頭一直冒出青筋的梅雅老師。緊接著亞莉亞也……

「尼莫，你們的資金在哪裡？我怎麼想都覺得很可疑，所以我一定要把你們逮捕起來好好訊問一番。另外，妳要是有那麼一點點念頭認為我會服從於妳，那麼妳的腦袋瓜簡直就比那個金次還要笨了。我們英國國民服從的對象只有女王陛下呀。」

罵我的同時順便拒絕了尼莫的邀請。然後卡羯也是——

「現在總統閣下計畫建立的第四帝國是以未來為目標，我們可沒有要回到過去的打算。」

……給我等一下，那個「總統閣下」是誰？

不過那種事情就先擱到一邊。

因為卡羯才剛說完話，就用吸管「滋……」地吸起桌上杯子裡的水，含在口中。

對厄水魔女來說，「水」跟子彈或炸藥沒兩樣。這代表她已經隨時都能**開始**了。

蕾姬以及搞不清楚是否在場的亞許則沒有做出任何回答。

既然不回答，應該就是拒絕的意思吧。

「……我擅自跟過來似乎是個錯誤的決定。你說得沒錯，我應該在科爾索大道就掉頭回去的。這些人，根本瘋了呀。」

微微顫抖、縮起上半身對我這麼說的貝瑞塔——當然也沒有接受N的邀請。

我方全員意見一致，暫時是通過第一道難關了。

雖然這種事看似理所當然，卻非常重要。畢竟我方列席的成員中有師團也有眷屬，而極東戰役目前只不過是「休戰中」而已——為了擊潰對方陣營，會有人決定與N合作的可能性也不是完全沒有。然而那種事情最後並沒有發生，在形式上師團與眷屬雙方算是締結成同盟關係了。雖然當中也有和伊．U沒關係的人物，但為了方便，我在腦中就暫時先把我方定義為「伊．U陣營」吧。

而現在既然談判決裂——N恐怕會做出行動。

根據我爆發模式下的推測……那應該不是我樂見的行動。

那些傢伙肯定會想抹消貝瑞塔。就在這裡，馬上。

尼莫剛才說過——「無論世界往好轉或惡化發展，貝瑞塔的力量都有使其大幅加速的可能性」。以N的思想來說，「好轉」就是往過去，「惡化」是往未來發展。如果把貝瑞塔放著不管，她搞不好會成為促使人類往未來發展的分歧點。因此將她殺掉的話，相對上就等於是為「把時代方向轉往過去」的目標做出貢獻了。

「真是可惜啊，尼莫。其實透過初步推理就能事先知道，我方不會有任何一個人投靠你們的。好啦，接下來有件事情我要稍微確認一下。」

夏洛克裝模作樣地揮動著手臂如此說道。

「確認？」

尼莫則是一臉冷淡地用軍帽帽簷下的深藍色眼睛看向夏洛克。

從那表情看起來，她似乎對於我方沒有人叛變到N陣營的事情不感到有任何問題的樣子。

「我這個人就是個性上比較謹慎。不過在進行確認之前……我有些話想要先對我帶來的這些人說。可以嗎，尼莫？」

「隨你高興。」

「感謝妳。那麼，各位。」

夏洛克朝以他自己為中心坐在左右兩側的人露出笑臉。

「這場會談已經無法再進行下去了。根據我的推理，接下來不管再怎麼談都會演變成戰鬥，然後我就會死。」

「——曾爺爺……！」

名偵探夏洛克的推理不會被推翻。對這點深信不疑的曾孫女亞莉亞頓時發出悲痛的聲音。然而，夏洛克卻似乎已經做好覺悟，表現得相當平靜……

「因此為了多少能提升戰果，我想要發動一場奇襲。所以我要讓你們看看這個東西。」

他說著，「咖噹！」一聲……把他在講話途中不知不覺間握到手中——磨得如水晶般閃耀的一把劍放到桌面上。

那把美麗到教人不禁看得入迷的洋式劍，就好像以日本刀來說的正宗，一看便知道是名劍。已經沒有劍鞘，劍身長度約七十公分，造型非常傳統。而看到那把劍……

「……Excalibur」

羽毛頭盔女第一次開口講話了。

而且從表情上看起來，她似乎見過這把劍，不，是和這把劍交手過。

等等……喂，Excalibur……不就是……我在伊・U從夏洛克手中搶來，結果害我因此被MI6盯上的那把薩克遜劍的劍銘嗎？而且在香港被孫的如意棒熔成聖誕樹，後來殘骸又經過重新鍛造，變成現在我身上這把馬尼亞戈短刀的……

「哦？金次，你從什麼時候以為那把就是Excalibur——王者之劍了？你從伊・U帶走的那把，是Ragnarok。雖然跟這把同樣是大英帝國的至寶，外觀也很相似，但劍銘不同。哎呀，把『Excalibur丟失了』這項假情報偷偷流放給MI6的人正是我就是了。」

對於一臉驚訝的我，夏洛克像個頑皮少年似地眨了一下眼睛。

「然後，瓦爾基麗雅，妳或許很懷念這把劍吧。」

他接著又對那名羽毛頭盔女如此說道。

原來那女人名叫「瓦爾基麗雅」嗎？

可是，瓦爾基麗雅卻什麼話也不回應，只是用她那對瞳孔明顯的天藍色眼睛凝視著桌上的劍。

「好啦，那麼就到奇襲的時間了。尼莫，既然我會把拔出鞘的這把劍放在桌上，就代表我會用它來砍妳的意思。」

夏洛克露出微笑，稍微把頭往前探，看向坐在椅子上高度比較低的尼莫。

還真是……悠哉的奇襲啊。居然會先向對方說明自己的武器和行動。

雖然乍看之下甚至與「奇襲」這個詞的意義完全相反——不過既然是夏洛克和尼莫之間的交手，或許這也是有效的手法。光在這點上，就和我們這些普通人的層次完全不同了。

「我使用的體術雖然以巴流術較出名，但那也只是我學過稱為『般』的無數武藝之一。而『般』又可以分化為『流』，『流』又能進一步細分為『技』。在『技』之中又存在幾項稱為『奧義』的必殺技。在『奧義』之中，有幾個種類是想躲也躲不掉的。而今天，就讓我表演其中的一項吧。」

身為日本人的我聽得出來——夏洛克所說的般、流、技、奧義——就是武藝百般的般、流派的流、被混為一談的技與奧義。

在隨時準備開戰的氣氛中，亞莉亞因為擔心夏洛克的安危而表現得很緊張……

不過一旦戰火爆發，我也會立刻加入戰局。勝利條件就是讓貝瑞塔順利逃出去。

布局方面，我方並不算非常不利。首先在人數上是我方有利，也有卡羯和梅雅可以彌補我比較不擅長的超能力領域，而且還有世上最強的男人——夏洛克。近距離有我和亞莉亞，遠距離有蕾姬可以充分戰鬥。

「各位，這是一場立志邁向未來的人與立志走回過去的人，也就是前進與後退之間的戰鬥。但希望大家別忘記一點……」

隨著夏洛克這段氣氛上宛如遺言的發言——要開始了。

「時間是只會往前進的。」

就在他說完的下個瞬間，彷彿電影切換畫面似地……

夏洛克發揮出恐怕是跟鬼的交流過程中從津羽鬼身上複製學習來、超越人類理解的超高速度……

「——！」

把身體伸到桌面上，將劍的前端探進尼莫的軍服風衣——高高立起的兩側衣領之間，也就是喉嚨位置。

在爆發模式下能夠把體感時間放慢到超級慢動作速度的我勉強才看得出來，但對於包含尼莫在內的其他所有人來說，應該是快到連視線都追不上才對。

（右手突刺——）

——不對，雖然是單手突刺沒錯，但夏洛克這招的劍刃是朝著上下的狀態。

通常單手突刺就像齋藤一出名的平突刺一樣，應該把利刃部分打橫往前刺。這樣一來就算敵人往左右兩側躲開，也能立刻轉為向對手的脖子或身體橫砍的動作。

然而夏洛克使出的這招，是那種想法的垂直版。假裝刺向敵人的喉嚨——但就在快要刺到的時候忽然把劍尖往上揮，試圖把尼莫的臉從下巴到頭頂切成兩半。

這是將兩項攻擊動作瞬間使出的、夏洛克版……

（——燕返——！）

就在我想起這個巖流奧義名稱的時候——啪——

夏洛克已經把劍往上揮完，鑽石般閃耀的劍刃通過尼莫小小的下巴、嘴唇、鼻子、額頭、軍帽前半部，穿到上面。

（殺、殺掉了……！）

不愧是夏洛克。在這樣短短一瞬間，第一招就幹掉了敵人大將。

雖然因為考慮到後續行動，我本來是希望能透過逮捕的方式做出了斷——但畢竟尼莫很明顯不是那種和平白痴的天真手法有辦法應付的對手。如果參照現代法律，這不管怎麼想都是違法殺人，不過在這件事情上對夏洛克的問罪就等之後再說吧。

接下來就由我負責保護貝瑞塔的同時——

茉斬交給我、其他人交給亞莉亞她們強襲逮捕，結束這場同學會。

於是我為了射出不可視子彈，從大腦對手臂的隨意肌發出訊號——之前，發現我不得不停止那項訊號了。

「……嗚……！」

這是……怎麼回事？

什麼事都、沒發生。

夏洛克的劍明明看起來應該把尼莫的臉切成了兩半才對。

但尼莫眨也不眨一眼、躲也不躲一下，依然坐在椅子上。

她的臉蛋別說是分成兩半了，甚至連一滴血都沒流出來。簡直就像砍到什麼立體影像一樣。然而事實不是那樣。從微弱的聲音反射可以知道，眼前的尼莫確實擁有質量。

雖然蕾姬的視線動也沒動，不過首先是亞莉亞，接著卡羯與梅雅，最後是貝瑞塔總算察覺夏洛克砍了尼莫一劍的同時——夏洛克剛才的動作讓一陣氣流吹過桌面，玻璃杯中的水也激烈震盪。

「……」

被那陣風吹到後……尼莫這才微微嘆一口氣，表現出無奈的態度。

然後把稍微偏到後方的軍帽用她小小的雙手重新戴好……

「我就沒讓那把寶劍受損了。」

如此回應夏洛克一句。

N陣營的其他人也因為夏洛克的動作把視線轉了過去，卻沒有特別做出要保護尼莫的動作。這並不是因為他們和尼莫之間沒有信賴關係。

反而應該相反，是他們信賴尼莫絕對不會輸的緣故。

「話說夏洛克，你認為殺害我是**有可能**的事情嗎？你既然是個名偵探，好歹要記得自己眼前人物的稱號吧。」

——化可能為不可能的女人（Disenable）——

我的背脊頓時感到一股難以言喻的戰慄。

明明應該擊敗了，卻沒有擊敗。

這——和我「明明應該無法擊敗敵人卻擊敗了」的能力完全相反……！

「嗯，恕我失禮了。那麼接下來就換成射擊武器吧。」

夏洛克用裝模作樣的動作「鏘！」一聲把劍放回桌上……

「亞當斯1872・Mk3。這是我的搭檔——約翰・海密許・華生贈讓給我的一把好槍。當我和莫里亞蒂教授交戰的時候，它也幫了我很大的忙。」

接著用宛如上班族掏出名片般自然的動作，從他純英國式西裝的懷中拔出一把槍。

當著尼莫的面前，光明正大地扳起擊錘。因為是左輪手槍所以可以看到，彈巢全部裝滿子彈。

「夏洛克，你和你輕率的曾孫女兩人加起來，已經稱呼了三次教授的尊名。」

從帽簷底下瞪向夏洛克的尼莫彷彿深不見底的深藍色眼睛——到這時總算明顯放出如雷雲般擴散的殺氣。

（……嗚……）

怎麼會有如此邪惡的殺氣。感覺就像棲息於連光線都無法到達、比宇宙還深的深海魔龍——此刻睜開了眼睛一樣。

即使那視線不是朝著自己，超越性的存在感還是讓我幾乎快昏過去了。

尼莫在生氣。因為夏洛克與亞莉亞不只一次叫出了他們N的頭目——莫里亞蒂的名字。光是如此，就讓人甚至有種寬敞的舞廳一口氣化為尼莫支配領域的錯覺。

這恐怕是與一般所謂的領袖氣質完全相反方向的另一種領袖氣質。尼莫她……無論往正面或反面都能散發出強烈影響人心的氛圍……！

「各位，這是我最後一次確認了。接下來就靠各位保護貝瑞塔——保護未來吧。來自這顆星球的保佑，肯定會與你們同在。」

夏洛克如此說完後，把多角柱型槍管的Mk3手槍舉向尼莫。

「曾爺爺——」

——彷彿是在某種不好的直覺驅使之下，亞莉亞轉頭看向夏洛克。

但這情景怎麼看都應該是對夏洛克有利才對。他已經把槍瞄準對手，但尼莫依舊只是坐在位子上。接下來只要夏洛克扣下扳機，就能名副其實地一指壓制對手。這點無論看在誰眼中都很明顯，而夏洛克也絲毫沒有猶豫——把手指放到扳機上，立刻扣下。

——「磅！」一聲響亮的聲音還沒傳入耳朵之前……

我的視野再度靠爆發模式進入超級慢動作世界，看到伴隨熱度的紅黑色45口徑貫穿彈往尼莫胸口正中央微微偏左的部分飛去。

尼莫這次依然動也沒動——眼見子彈就要命中她的心臟……！

「——嗚——！」

——「啪！」的中彈聲傳來。

鮮血有如綻放的深紅玫瑰般散開。

但不是從我們視線前方、尼莫的胸口——而是完全相反的方向——

——從夏洛克的、胸口！

彷彿被什麼看不見的魔龍衝撞似的，夏洛克的身體往正後方倒下。

「曾爺爺！」

「夏洛克！」

椅子「碰！」一聲倒下的聲音響徹舞廳的同時，亞莉亞和我趕緊轉頭。

這是怎麼回事！夏洛克朝尼莫開槍了，可是被擊中的卻是夏洛克自己。

那個夏洛克，就我所知是地表最強、史上最強的男人——竟被打敗了。

而且是被外觀看起來僅僅十歲左右的少女——尼莫。

「呀啊啊啊！」

貝瑞塔發出尖叫，差點跌倒，被蕾姬站起來抱住身體。

而倒在地板上的夏洛克則是——一句話也沒說，只是用空虛的眼神望向天花板，微動嘴唇。看起來似乎在呢喃著「果然如此」。

「……曾爺爺！呼吸——繼續呼吸呀！不行，不可以吐那麼用力，會失血休克當場喪命的……！請鎮定下來，慢慢地、維持……呼吸……！」

夏洛克身上的襯衫被湧出的鮮血漸漸染成深紅色——亞莉亞趕緊用手按住他的胸口，堅強地不斷對他呼喚。

在圓桌對面，尼莫雖然表現得好像什麼事也沒發生一樣，不過我為了預防N追擊夏洛克，還是挺身出來擋在前方。

自己人之中出現重傷者，是比出現死者更加不利的狀況。因為傷者本人、救助者與護衛者，最少會有三個人被限制行動。些微的人數優勢一瞬間就會被推翻了。

不過夏洛克也沒有平白被擊敗。他提供了我方非常貴重的東西，那就是情報。

「我看到了，尼莫……！」

多虧讓我看了兩次的緣故，這次我瞧出端倪了。

劍砍的時候因為是發生在下巴陰影處讓我沒看到，不過在槍擊時我就看到了。大概是為了不讓子彈擊中風衣，尼莫讓她自己和子彈之間產生了**某種東西**。首先毫無疑問地，那肯定是超能力性質的防禦牆。

形狀是圓錐形，有點像是派對上使用的拉炮。呈現透明。

那圓錐橫倒在她前方，把底面像盾牌一樣朝著子彈。只能靠光線折射看出輪廓，彷彿沒有質量似地靜止飄浮在那裡。另外，從圓錐的頂點到底面中心可以看到一條像芯一樣的黑線。

雖然這畫面教人難以置信，不過夏洛克射出的子彈從圓錐底面侵入內部後——完全無視於那條像芯一樣的黑線——在下個瞬間改變了形狀。從「子彈」的外型變成直徑與圓錐相同的「圓環」。顏色也變了，從原本介於紅色和橘色之間的顏色，變成帶有些微藍色的灰色。

接著它沿圓錐面漸漸縮小，到頂點處消滅了。就在它通過那個短圓椎的零點零零零幾秒之間。

雖然我腦袋還難以理解，不過如果直接描述眼前所見的現象——就是子彈**裡外翻轉**了。

從手槍擊出的子彈會因為火藥燃燒讓外殼被燙成橘紅色，然而在熱度傳導到彈頭中心之前就會擊中目標了。微帶藍色的灰色，是鉛被空氣氧化之前的顏色。本來應該通過圓錐中央的子彈內側因為被翻轉出來，沿圓錐表面讓我看到了。

至於一開始看起來像圓錐的芯、對現象完全沒有造成任何影響的那條黑線——我猜就是那個圓錐的影子。那個透明圓錐的影子是位於內側的。

我之所以能做出這樣的推測，是因為我以前也看過類似的玩意。

也就是緋緋神在乃木坂施展過的透明方塊。只能靠光線折射看到輪廓，在內側有推測是影子的黑色立方體，兩者在這些特點上是共通的。

佩特拉有說過，那玩意的名字是——

「『次次元六面』嗎……！」

——聽到我這句話後……

「『Étrange quartz（次次元水晶）』。」

尼莫沒有否定，並告訴我應該是指招式名稱的法文。

（尼莫是……超超能力者！）

夏洛克的確很強，但他的強度是源自於**條理**預知，也就是推理能力，而且夏洛克本身有過度依賴那項能力的傾向。因此要是遭遇到能夠使推理無效、難以預測的存在——也就是**不合理**的對手，即便是面對像我這樣的年輕小夥子也會發生失敗。

夏洛克從很早的階段就推理出自己會被殺的事情。因為他推理出能夠使通常會發生的事情不發生的尼莫，就跟能夠使通常不會發生的事情發生的我一樣，是夏洛克的天敵。

所以他抱著自己會在這裡被殺的覺悟，讓我們看到尼莫的超超能力。為了多多少少讓之後的戰鬥變得對我方有利。這就是他剛才所說的「確認」……！

就在這時——N陣營開始有反擊動向了。

羽毛頭盔女——瓦爾基麗雅把手伸向後方，握起她靠在椅背上的銀槍。

隔著茉斬身上漆黑的大衣，我也看到她肩膀有微微動作。要來了嗎，不可知子彈——她看著貝瑞塔的方向——！

然而，伊．U陣營也做出了進一步的動作。

不知不覺間，卡羯已經把臉頰鼓得像青蛙一樣，平坦的胸部與纖細的腹部也像氣球般膨脹起來。難道她打算像弗拉德的「瓦拉幾亞的魔笛」那樣放出巨響嗎？不對，我並沒有聽到她急速吸氣的聲音。那是別種魔術。

梅雅則是快步奔向恐怕再撐不到三十秒就會斷命的夏洛克身邊。

即使不到條理預知的程度——我也嘗試透過這幾件事情掌握狀況。

雖然因為注意力被夏洛克中彈的事情引走，讓我把這些事情察覺得零零散散，不過緊接在開槍之後最先做出行動的，恐怕是卡羯。茉斬的動作是因為看到卡羯的行動。梅雅則是在夏洛克倒下之後行動，瓦爾基麗雅看到她行動而做出動作。首先，這就是事情發生的先後順序。

而接下來應該會發生的事情，就是茉斬幾乎不需要預備動作的彈指——不可知子彈。

平常都不會讓視線固定的茉斬偏偏在這麼重要的局面如此明顯地看著貝瑞塔——是為了讓我或伊．U陣營的人被錯誤誘導的假動作。

茉斬應該有發現她準備射擊的行為被我看穿的事情，也知道要是她射擊貝瑞塔，就會被我用彈子戲法彈開。因此她恐怕會選擇繼續坐在椅子上，把手藏在桌子底下射擊。是打算射斷誰的腳嗎——

「——！」

現場忽然發出「喀鏘！」的聲響，是推測應該有二十公斤重的大理石圓桌跳起來的聲音。正確來講，應該是放在桌子中央的水瓶與玻璃杯彈起的聲音。茉斬在桌子底下射出不可知子彈，讓沉重的圓桌就像彈硬幣一樣彈了起來。

圓桌現在變成了阻隔我們和N陣營的一面圓牆。是為了隱藏N陣營的動向嗎？不對，既然對方也看不到我們，狀況就是一樣的。應該還有其他對他們有利，或是對我方不利的事情發生才對。

別漏看了。要趕緊對應。絕對有什麼蹊蹺——那就是——

（——是水！）

厄水魔女卡羯剛才把水含到口中，準備用水施展什麼招式。

茉斬判斷出那招已經來不及制止了。因此這發不可知子彈是——

為了讓卡羯無法補充下一發子彈，所以讓水從現場消失的行動！

彈向空中的玻璃杯因為衝擊力道紛紛破碎。不過用較厚的鉛玻璃製成的水瓶則安然無事。然而它一邊彈起一邊旋轉，讓裝在裡面的水全都灑到空中。對手得逞了。

——覆水難收。

想要把飛濺出來的水再度收集起來，是不可能的事情。

雖然不可能……

但既然不可能……

（既然不可能——那就是可能！）

我爆發模式下的身體比我的意識還要快速做出行動。

在飛濺的水落到地上被地毯吸收之前，不可浪費任何零點零一秒。我用手指勾起水壺的同時原地空翻，讓手和水壺的高度往下降。

在飛濺的大量水滴中呈現上下顛倒狀態的我，將快要落到地上的水一滴滴接到水壺中。利用曲線性的櫻花，但勉強不會破壞水壺的極限速度。

——比起刀劍或子彈，有種更貼近日常生活的帶質量物體，在飛來的時候人類會難以避開。那就是液體。

滾燙的油，含毒的水，酸液。自古以來，人類就懂得把這些東西拿來當作難以閃避的中距離武器。相對地，學武者也喜歡進行**閃避液體**的訓練。在遠山家也有流傳一種叫「雨水簾」的招式，稍微可以閃避朝自己飛來的有害液體。另外，以前理子在台場閃避我噴出的咖啡牛奶時發揮的靈敏動作。我融合應用這兩者——幾十毫升接幾十毫升地——反覆將總計三百毫升的水收集到水瓶中。而這項行為依然被圓桌擋著，應該沒有被N陣營的人看到。

就在我來不及接起的水像下雨般落下的同時，圓桌三百六十度度縱向旋轉一圈，

「碰！」一聲落回地面……

「嗯——噗啊！」

卡羯伴隨大喊聲從她口中吐出來的東西——是霧氣。

大概是她剛才含到口中的水蒸發形成的水蒸氣，就像巨大加溼器爆炸似地快速流向圓桌上。

這次換成是N陣營恐怕沒有預料到的時機下，我們和他們之間又再度變得暫時無法看見對方身影。就在那瞬間……

「卡羯，給妳下一杯。」

「好！」

我把藏在身後的水壺遞給卡羯，她立刻又把水含到口中。

然而在她還沒完成動作之前——「唰！」的一聲——白銀色的長槍如流星般穿過濃霧，刺了過來！

目標是準備跪到夏洛克身邊的梅雅，朝她的頭部襲擊。

在這個瞬間，蕾姬保護著貝瑞塔，亞莉亞保護著夏洛克，而我則是才剛掩護完卡羯。三個人都來不及保護梅雅。

但是長槍的槍頭卻——鏘一聲被帶有質量、像雷射線似的東西彈開了。

（——水槍——！）

是卡羯才剛把水含到口中，又立刻隔著水壺底部把水從口中射出來的。高壓水流撞擊長槍的槍頭，發出宛如子彈擊中的聲響。

就在當場破裂的水壺碎片飛舞在半空中同時，長槍偏移軌道，但依然有可能從側面削到梅雅的雙眼——

「——！」

不過身為劍術高手的梅雅自己在千鈞一髮之際躲過了攻擊。槍頭只有稍微削到她長長的睫毛，簡直驚險萬分。

長槍這種武器通常就算刺偏了目標，也能透過橫掃進行第二次攻擊才對，但是……

濃霧宛如要覆蓋N陣營般流向對面，而用銀槍刺過來使霧氣的一部分產生漩渦的瓦爾基麗雅卻沒有那麼做。

她壓根沒有那麼做的打算。因為她認為剛才那一刺應該可以確實解決掉梅雅才對。

「……」

驚訝得瞪大天藍色眼睛的瓦爾基麗雅大概是為了提防我或亞莉亞破壞她的武器，把槍高高舉起——「唰唰！」地旋轉一又四分之一圈，收回手邊。

「……！」

梅雅雖然狠狠瞪了瓦爾基麗雅一眼，但比起反擊，她更優先選擇搶救夏洛克。代替亞莉亞按住夏洛克的槍傷處，額頭滲出汗水，「主為我劍，主為我盾……」地開始詠唱某種經文。從她表情可以知道，那並不是在為夏洛克的安息祈禱。而是像去年大哥被這位夏洛克同樣射穿心臟時，佩特拉拯救了大哥一樣，是某種救命魔術。

——咻！

卡羯把殘留在她口中的水射向瓦爾基麗雅。然而，瓦爾基麗雅只是對卡羯瞥了一眼，便「啪！」一聲發出如相機閃光燈似的強光，讓水箭當場噴散。這次我透過視覺可以看出來，那是瓦爾基麗雅的超能力、魔術。

水在卡羯臉前喪失水壓，像水球破裂般——「嘩！」地化為普通的水潑到卡羯自己的胸口上。

「……呿……！」

衣服被濺溼透出底下的膚色——多虧如此稍微強化了我的爆發模式——並嘖了一下嘴的卡羯口中，似乎已經沒有水了。

——到這邊為止，N幾乎很少主動攻擊。

他們都是反彈我方的攻擊，或是進行妨礙而已。看來他們的作戰計畫是盡可能隱藏實力、盡可能在不受傷害下擄走貝瑞塔。

從對方企圖阻止梅雅的行動看來，他們原本是計畫要殺掉夏洛克……但這點也被我插手阻止了。我把水交給卡羯，讓她彈開瓦爾基麗雅的槍，然後逃過長槍攻擊的梅雅已經開始在為夏洛克進行急救了。雖然我不知道夏洛克是否能因此得救，不過在這局面中——我方首先成功把N陣營的骨牌從反方向推倒了。

伊．U陣營的劍、槍與魔術，到現在都還沒傷害到N陣營的人。

但別忘了，還有我。

畢竟根據我家那個蠢老弟的白痴理論，鐵拳可是比這些武器都強大啊。

我方失去了夏洛克這名大將。要是沒能至少逮捕到茉斬，或運氣好一點逮捕到尼莫，就未免太吃虧了。於是我為了能接續到格鬥戰而拔出手槍。但就在這時……

保護著受傷的夏洛克，一臉憤怒的亞莉亞——

「——要撤退了，金次。保護梅雅和貝瑞塔！」

竟獨斷做出要我方撤退的決定，並站起身子。

不妙。因為好一段時間沒在一起的緣故，讓我和亞莉亞之間沒能統一想法啊。

這時，我因為爆發模式的關係感受到難以違抗女性命令的感覺……又注意到亞莉亞瞪向尼莫的右眼開始發出紅光。

光芒越來越強烈。接著——亞莉亞「唰」地將她兩隻短手朝尼莫做出「向前看齊」的動作。是雷射，測距測角的姿勢。

亞莉亞是打算射擊尼莫，製造兩敗俱傷、雙方撤退的局面。

紅紫色的眼睛漸漸增加亮度。越來越紅、越來越紅——

「以眼還眼。要是妳反彈我這招，我也會反彈回去。」

這意思是，如果尼莫像剛才反彈了夏洛克的子彈一樣，用次次元水晶反彈雷射，亞莉亞自己也會用同樣的招式再度反彈回去。雖然不清楚亞莉亞是否能夠辦到這點，但光是「有可能性」就足以達到威嚇效果了。

然而……

「那種事情是**可能**的嗎，神崎．福爾摩斯．亞莉亞？」

化可能為不可能的女人——尼莫咧嘴露出邪惡的笑容，從椅子上站起來。

接著把寬鬆的袖子幾乎遮住手掌一半的雙手「唰」地伸向前方。

她將張開的雙手拇指與食指左右相接，形成一個菱形。和亞莉亞「向前看齊」的動作幾乎一樣。而她的視線也朝著亞莉亞的方向。

「——不，那是**不可能**的。」

尼莫這麼說的同時——左眼開始發出藍光。

在軍帽陰影底下，那光芒漸漸變強。越來越藍、越來越藍……！

「嗚……！」

「……！」

我和亞莉亞同時抽了一口氣。

這個——不是假貨。

（是藍色的……雷射……！）

既然知道尼莫會使用超超能力的招式之一，我就應該預測到這點才對。

其實她也會使用，那個必殺必死的光線技，雷射……！

「——亞莉亞，不要停下雷射！互相瞄準！」

看到亞莉亞一瞬間畏縮，我趕緊大叫激勵她。

從眼睛發射的雷射，在射出之前會有光芒忽然增強的瞬間。我以前目睹過好幾次，發現大概是源自呼吸或心跳的那個現象在時機上會有正負一秒的大幅落差。換句話說，「察覺敵人的發射意圖後自己也發射回去」這樣的互射是可以成立的。

只要對方敢做出發射動作，自己也會發射。就好像互相舉槍瞄準對方一樣，亞莉亞和尼莫之間會形成任何一邊都無法動手的局面。我現在臨時只能想到這樣的對付手段。

「**以眼還眼**。妳剛才這句話，我就原封不動還給妳吧。」

藍色眼睛發出光芒的尼莫——擁有和我一樣扭曲邏輯道理的力量，又和亞莉亞一樣擁有超超能力。一個人就包辦了我們兩人的能力……！

用繃帶與墨鏡遮住臉部的怪人這時緩緩站起身體，獅子頭的壯漢也跟著起身。戴面具的隨從也從跪下的姿勢站了起來。瓦爾基麗雅和茉斬則是早就站著身體，分別從左右擺出可以保護尼莫的陣型。

「蕾姬，卡羯！保護貝瑞塔！」

我如此大叫，表明要是有人敢動手就由我來對付的意思。

亞莉亞正和尼莫互相用雷射瞄準對方，梅雅則是在為夏洛克進行急救。蕾姬雖然可以動，但德拉古諾夫還在手提箱中。如果要保護貝瑞塔，就必須靠已經拔出鍍金的魯格P08——能夠用手槍進行牽制的卡羯幫忙。

蕾姬和卡羯也都明白狀況，兩人站到可以從N陣營面前擋住貝瑞塔的位置。

「貝瑞塔小姐，請把全身藏在我和卡羯小姐的背後，尤其注意不要把頭伸出來。如果妳有帶武器，也請快速準備好。」

「知、知道了。」

在蕾姬的指示下，貝瑞塔從袖口、衣襬與裙子下陸續伸出單發槍，並聽話把身體縮在蕾姬與卡羯背後。

貝瑞塔身上有穿武偵高中的黑制服——也就是防彈制服，因此需要保護的部位並不多。N陣營中會讓我無法迎擊，又能貫穿防彈制服的攻擊手段……就目前所知只有尼莫的雷射而已。然而形成雷射發射口的尼莫眼睛現在朝著亞莉亞，要是她看向貝瑞塔，就會被亞莉亞當場射傷。

在這狀況下——茉斬、瓦爾基麗雅、繃帶男、獅子頭——N陣營的四名幹部級人物都必須由我對付。另外雖然感受不到危險性，不過獅子男的那名嬌小隨從也是。但既然我方現在的目的不是打倒對手，而是擋住對手讓貝瑞塔可以脫逃出去，就不是什麼絕對辦不到的事情了。

「梅雅，讓曾爺爺脫逃出去！這邊交給我和金次。」

「好……！」

就在亞莉亞和梅雅用日文交談的時候——盯著亞莉亞的尼莫也講了些什麼。是法文。不是講給亞莉亞聽，是對N陣營做出了什麼指令。

「喂……那跟剛才講的不一樣呀……！」

「『同志們，不可爭鬥。殺害貝瑞塔。撤退。』……！」

聽得懂法文的卡羯與幫我翻譯的亞莉亞都頓時繃起表情。

果然，如果必須和我們進行全面戰爭，他們寧願放棄利用貝瑞塔這個「朝過去的分歧點」……並且為了不要讓貝瑞塔在這半個月內反過來成為「朝未來的分歧點」，打算在這裡就將她抹消掉。

剛才明明還那樣慫恿過貝瑞塔，現在卻翻臉像翻書一樣。我是不知道你們搞什麼改變人類歷史的大事業啦，但居然真的把人當成像骨牌的小方塊一樣看待。

就在尼莫下達命令的瞬間——

N陣營之中，我方最沒有戒備的人物做出了行動。

就是身穿金光閃閃的古羅馬士兵鎧甲、脖子以上是獅子的壯漢……旁邊那位身高不到一百二十公分的面具隨從。

那傢伙從身上那件像雨衣一樣的麻布風衣縫隙間伸出雙手。

握在右手上的，是貝瑞塔M92FS。

也就是我這把改造槍的基礎原型，堪稱貝瑞塔公司代名詞的手槍。

左手則是像要亮給貝瑞塔看似地捏著一枚子彈。

彈頭的顏色和標誌，我有印象。是貝瑞塔發明、販賣——號稱威力是一般FMJ子彈兩倍的非穿孔性衰變鈾彈！

「如果能夠被這個殺死，妳也甘願了吧？」

對方從面具底下發出了腔調非常重的義大利文……不，是西班牙文嗎？

是個少年，或者少女。

大概因為蕾姬和卡羯在角度上是擋在茉斬與瓦爾基麗雅的方向，讓貝瑞塔能夠看見隨從亮出的子彈。我頓時感受到她抽了一口氣。

卡羯和蕾姬趕緊行動，要擋在把衰變鈾彈裝進手槍的敵人與貝瑞塔之間的射擊線上。然而就在這時……

「那是——我家的武器！」

或許是無法原諒N使用自家武器的關係，貝瑞塔一氣之下反而為了用自己的革命槍射擊隨從而推開蕾姬和卡羯。

「喂、笨蛋……！」

卡羯和貝瑞塔互相推擠，讓金色魯格手槍的槍口從瞄準N陣營的方向別開了。

——這時，「轟——！」一聲傳來明顯與一般子彈不同的槍聲。面具隨從把槍靠在腰上，朝貝瑞塔開槍了。

帶著硬化槍管內龐大的能量，必殺子彈——高密度的衰變鈾彈飛了過來。

目標是貝瑞塔的脖子。是為了報復夏洛克剛才用劍刺向尼莫脖子的事情嗎？

我立刻朝著那發子彈的飛行路徑……

（——不可視子彈！）

用同樣是貝瑞塔公司的手槍從腰部位置以最高速度射擊。

瞄準衰變鈾彈的下部——試圖利用彈子戲法讓衰變鈾彈能往上飛過貝瑞塔的頭頂。

同時，已經舉起手臂的伊藤茉斬也射出了不可知子彈。

她是打算用空氣彈使出彈子戲法，把我試圖將衰變鈾彈彈開的9mm子彈彈開。

然而，茉斬的射擊時機慢了。就算她能夠擊中我的子彈，頂多也只能讓彈道稍微往上下偏移，或是正面撞擊而已。

假設茉斬企圖用空氣彈讓我的子彈往下偏，也沒有意義。根據以前我在東京灣看過的空氣彈威力進行計算，這狀況下我的彈子戲法依然會成功，讓衰變鈾彈以更高的路徑飛過貝瑞塔頭頂上。

如果茉斬是想讓空氣彈正面撞擊我的子彈也沒用。我的子彈依然會彈開衰變鈾彈，讓它以緊貼貝瑞塔頭頂的路徑飛過去。為了達到如此，我剛才這一槍是精準到連〇．〇〇一秒、〇．〇〇一度的偏差都沒有。

至於讓我的子彈上升、把衰變鈾彈往下壓的做法，是最愚蠢的選擇。

因為我預測到茉斬可能會這樣做，所以有故意調整彈道，讓我的９ｍｍ子彈若真的被那樣彈開——就會擊中她的右手食指。那樣一來茉斬就再也無法使用老爸的招式——矢指了。

而且假設茉斬不惜犧牲自己的手指也要讓衰變鈾彈往下偏，最終會擊中的也是貝瑞塔脖子下方的中心線。那部分有防彈制服可以當盾牌。畢竟衰變鈾彈並不是貫穿彈的形狀，威力也在和我的９ｍｍ子彈相撞後會大幅減弱，因此貝瑞塔頂多只會受到被硬式棒球擊中程度的傷害而已。

以上就是我的策略，但沒想到……

茉斬的空氣彈追過衰變鈾彈後，竟是從下方彈開我的子彈。在我的預測之中是最為愚蠢的選擇。妳想犧牲自己的手指嗎，茉斬！

我的子彈只有微微往上升，接著擦碰到衰變鈾彈，將衰變鈾彈的彈道往下壓。

大幅減速的衰變鈾彈飛向貝瑞塔，爆出火花的９ｍｍ子彈則是飛向茉斬的右手。

「啪！」的中彈聲響傳來——

是衰變鈾彈穿過蕾姬與卡羯之間的縫隙，擊中了準備讓革命槍全數發射的貝瑞塔的胸口。

（——嗚……！）

「！」

貝瑞塔就像被球棒敲到似的，往正後方倒下。

同時——我眼睛看到了一幕難以置信的畫面。

茉斬竟然用右手食指的指甲前端接住我的９ｍｍ子彈，然後高速縮回右手臂——往右後方向旋轉身體。動作類似我以前在東京天空樹上使用過的「子彈回射」。

長風衣的衣襬因離心力稍微敞開、如跳舞般原地旋轉了三百六十度的茉斬，順著轉圈動作豎起手指……

我擊出的子彈靜止、直立在她的指尖上，只剩下激烈的旋轉動能。

（竟然讓子彈……停下了……！）

她這招讓子彈像陀螺儀般停在指尖上旋轉的防彈技……若要命名，就叫「徒手停彈」。

在中彈瞬間讓手臂與子彈等速縮回，並用指尖接住子彈。然後原地旋轉身體，用自身體重抵銷子彈的推進力。往右後方轉完三百六十度之後，子彈便只剩下為了使彈道穩定的縱軸旋轉動能——化為一顆鉛製的小陀螺，在茉斬指尖上旋轉。

「你以為、我的招式、只有蕾拉・諾取而已嗎？」

茉斬用鄙視般的冰冷眼神看向錯愕的我，斷斷續續說出這樣一句話。

蕾拉・諾取——那就是茉斬版矢指的招式名稱嗎？

茉斬果然……和我跟GⅢ一樣，是物理招式的百貨公司。至於她究竟有多少庫存，根本難以估計。雖然我早就知道這點，但面對她真的不能大意——

「喂，貝瑞塔……！」

我聽到卡羯慌張的聲音而轉回頭……發現狀況有點奇怪。

她沒有做出要把倒在地上的貝瑞塔扶起來的動作。蹲下身子的蕾姬也是一樣。甚至連貝瑞塔倒下時被掀起的黑裙襬也不幫忙拉回原位，只顧著急忙確認貝瑞塔的狀態。從剛才的聲音來判斷，貝瑞塔應該是連護身動作都沒做就倒在地上的——

衰變鈾彈擊中貝瑞塔身上防彈制服的縫合處，也就是兩層布料重疊的部分，被擋了下來。雖然命中胸部，但一滴血也沒流。

從制服上產生的漩渦狀皺褶看起來，子彈衝擊力應該有被科學盾牌——TNK纖維充分擴散出去。這點從我在武偵高中已經聽慣的獨特中彈聲響也能判斷出來。或許會留下瘀青，但應該連肋骨都沒斷一根才對。就算是命中胸口也——

——！

糟了……！

「——卡羯小姐，請妳轉去加入攻擊行列。」

蕾姬這句話的意思——是指**已經沒有保護貝瑞塔的必要了**。

「……貝瑞塔！」

我顧不得N陣營可能攻擊我的風險，趕緊撲到貝瑞塔身邊。

她驚訝地睜開著碧藍色的雙眼，彷彿時間停止般動也不動——

「金次同學，我準備槍枝需要二十七秒的時間，請你掩護我。貝瑞塔小姐已經當場死亡了。」

正如跪在地上打開鋁製手提箱的蕾姬所宣告，貝瑞塔已經停止心跳，也沒有呼吸。

心肺都停止了……！

（這是……「羅剎」……！）

我以前在富嶽上被閻擊中過的那招，光靠一擊毆打就能殺死人的秒殺技。

用特定威力給予人體胸部非貫穿性的衝擊，引發心臟震盪與橫膈膜震盪——致使心肺瞬間停止。而茉斬原來會使用那招的**槍擊版**！利用不可知子彈配合變相的雙重彈子戲法，辦到了這點……！

怎麼會……怎麼會！貝瑞塔……！貝瑞塔！

她被自己創造出來、為了賺錢而大量販賣出去的子彈——

——殺死自己了。

簡直就像……對死亡商人的天譴。

「貝瑞塔……！」

在這狀況下，亞莉亞也忍不住把視線從尼莫身上移開了。

於是我反射性地移動到可以保護貝瑞塔的位置，提防尼莫。即便貝瑞塔已經化為屍體。

結果我看到尼莫的周圍——

（……那是……！）

不知不覺間出現了八顆左右的藍色發光粒子，像是以尼莫為中心公轉般飛舞著。

而且發光粒子轉眼間增加為十六顆、三十二顆、六十四顆……

雖然顏色不同，但那現象我以前也看過。

是孫的「筋斗雲」，緋緋神亞莉亞的「視野內瞬間移動」！

「再見了，遠山金次、神崎・福爾摩斯・亞莉亞、蕾姬、卡羯・葛菈塞、梅雅・羅曼諾。我今天不打算讓你們流血。」

尼莫的語氣——聽起來是準備丟下這句話離開。

因為這次已經達成戰果，所以他們打算要撤退了。利用視野內瞬間移動。

俗稱為瞬間移動、能無視於距離進行移動的這項招式——我記得應該只能跳躍到眼睛所見的範圍內才對。

她為什麼會在這間四面八方都有牆壁阻擋的舞廳使出這招？

不對，應該反過來想。既然她會在這個視野被遮住的場所使用這招，就代表——

（尼莫她……甚至能夠跳躍到眼睛沒看見的場所嗎……！）

若真如此，就算靠亞莉亞的瞬間移動也追不上了。

「下次——就等稍微再回到過去的時代再相見吧。」

臉上露出奸笑的尼莫，現在已經在一團大量飛舞的藍色發光粒子中了。

光芒有如巨大的雞蛋般呈現橢圓形展開，包覆N陣營的所有人。

從尼莫在科爾索大道的發言來判斷，他們希望盡量不要被人看到。

如今已經從N的敵對勢力——也就是從我們陣營——除掉夏洛克與貝瑞塔這兩項因子，所以他們應該打算就這樣離開羅馬了。

要是現在追丟那些傢伙的下落……恐怕不會再有第二次機會抓住尼莫、削弱N勢力。

既然那個光和緋緋神的視野內瞬間移動類似，只要我闖進去，或許就能搭便車追上他們。

但是夏洛克和貝瑞塔都倒在這裡，要是放著不管——

「遠山，不要追！亞莉亞也是！如果連你們都被殺掉就完了！」

「……嗚……！」

聽到卡羯大叫，似乎和我在猶豫同樣念頭的亞莉亞一臉不甘心地咬牙切齒。

「如果有質量限制，或許可以妨礙他們移動！我先——」

眼看尼莫一行人隨著光芒漸漸消失，我對亞莉亞如此說道。可是……

「那個光比我的還要強，就算假設有十個人進去也可以帶走。萬一目的地是封閉場所，就沒辦法靠緋緋神的視野內瞬間移動脫逃了……！」

亞莉亞很不甘地用她發光的右眼盯著巨大光球。在光球中，現在依然可以看到藍色的光點。是尼莫的左眼。

尼莫在準備瞬間移動的過程中，依然繼續維持著雷射。她能夠同時使用兩項超超能力中的大招式。這在以前緋緋神事件的戰鬥中都沒見過。

——追不上了。

就在我明白這點的時候，碧藍色的光球忽然急速減弱亮度——

——尼莫、茉斬、殺了貝瑞塔的隨從以及其他N的成員們……

……在視覺上、伴隨存在、漸漸變得稀薄……

……無聲無息地……

——消失……了。

「……嗚……」

廣場大酒店的舞廳……被一片寂靜籠罩。

「居然消失了。是猴在香港用過的那招嗎？」

看來瞬間移動果然是連超能力者都會感到震驚的招式。就在卡羯瞪大眼睛如此說道的時候……

「……曾爺爺……！」

亞莉亞讓眼睛的光芒減弱，並衝到夏洛克身邊。

我也趕緊抓起夏洛克的手腕確認……已經沒有脈搏——變得冰冷。

不對，也太冰了。屍體的體溫比室溫還低，感覺大概只有十六度。

「——夏洛克先生剛才操縱自己的心肌，抑制了出血量。再加上我透過降低體溫，讓他進入了冬眠……也就是假死狀態。現在要盡速將他送往梵蒂岡——」

因為尼莫一行人已經消失，梅雅開始為我們進行說明。

——在一些案例中，掉入冰水或被雪崩掩埋的死者會在經過長時間的心肺停止後又復活過來。這項似乎是因為低溫減緩代謝的現象，也有被嘗試應用在急救醫療上。但那終究只是稍微提升本來就不高的復甦機率而已。夏洛克的狀況依然非常絕望。

「貝瑞塔呢……！」

緊接著，我看向倒在地上有如一具假人動也不動的貝瑞塔。

然而……

「——她死了。放棄吧，遠山。夏洛克還比她更有復活的可能性呀！」

卡羯說著，和梅雅一同扶起夏洛克的身體。不過——

「還來得及……！」

我不放棄。夏洛克自然是不用說，但貝瑞塔我同樣不放棄！

論死亡經驗，我也有過兩次。第一次是被卡羯那群納粹的魔女連隊淹在水中溺死——而第二次就是跟現在的貝瑞塔一樣，是因心臟震盪而死的。

（既然如此……就這樣……！）

這種死法並不會造成肉體損傷。換言之，貝瑞塔現在是毫髮無傷。

從心肺停止到造成腦死或內臟死亡，還有一小段時間。

在那之前——

我抱起仰天倒在地上的貝瑞塔。

為了不要讓衝擊被一度保護了貝瑞塔肉體的黑制服分散掉，我脫掉她的外套，黑上衣也掀起來——雖然會露出內衣，但現在不是在意那種事情的時候。接著將手指放到她白皙的肌膚上，沿肋骨移動，很快找到了心臟的位置。這種時候真要感謝貝瑞塔的胸部不大。

看來茉斬並不知道——

其實**這個死法是有復甦手段的**。

我模仿蘭豹在柔道課上讓昏倒的學生重新清醒時的姿勢，首先讓貝瑞塔的上半身坐起來。自己則是為了製造施展櫻花的加速點，把腳跪在地上。

然後將右手放到貝瑞塔的胸口，左手扶住背部……

雖然我沒對別人用過這招，但也只能硬上了……！

放手一搏——

「——回天——！」

從胸口和背部同時灌入櫻花的衝擊，不過要調整力道，以免破壞貝瑞塔的身體。

——磅——！伴隨像AED進行電擊時的衝擊聲響，我可以感受到和貝瑞塔身體一樣小的心臟在她胸腔內用力彈跳。

醒來啊——

醒來啊，貝瑞塔！

別死在這裡！

妳還有**未來**在等待。

怎麼可以讓它為了N蠻橫的計畫就被奪走——

（那種事——我絕對不允許！）

然而……

……不行。

貝瑞塔沒有醒過來。

她的心臟沒有恢復跳動。

雖然是有點迷信的講法……但我聽說過急救復甦能否成功一方面也要看受救者本身對活下去的執著心。

如果受救者內心某個角落抱著「自己死了也罷」的放棄念頭，就無法救回來了。

貝瑞塔在她短暫的生涯中——身為世界一流槍械製造商的千金，創造出大量革命性的武器。而且將那些武器販賣給善惡雙方，因此被人稱呼為死神……

如今就像遭到報應似的，被自己創造的武器殺死了。

所以貝瑞塔她——

放棄活下去了嗎？

認為這也是自己的命運嗎？

「……貝瑞塔！妳……開什麼玩笑！」

即使面對呼吸和心跳都沒恢復的貝瑞塔，我還是不禁大叫。

「妳認為妳自己做了壞事嗎！如果是那樣想——就給我好好補救！放棄這個義務，想要以死負責……根本就算不上贖罪！給我活過來！活下去，用腦袋好好想！妳一定可以辦到！因為害怕武器所以握起武器的行為不斷互相連鎖——這樣混帳的世界，就是要靠妳……去改變啊……！」

「遠山，已經夠了……！現在應該把夏洛克——」

為夥伴的死泛淚的人，不是只有我。

卡羯以及身為貝瑞塔導師的梅雅也一樣。

看到幾近抓狂的我，亞莉亞也彷彿受到感染似地湧出眼淚。

但是，貝瑞塔依然沒有恢復心跳。

「——貝瑞塔啊啊啊！」

——磅——！

我在幾乎喪失理智下發動的第二次回天，使出的是全力。

櫻花力道穿過我全身，讓我的淚水稍微灑出眼眶。

……即便如此，貝瑞塔還是沒有睜開眼睛。
沒有站起來對脫掉她衣服的我又是豬又是狗地臭罵一頓……
就在我垂下頭，說不出話來的時候——
蕾姬輕輕從我手中把貝瑞塔的屍體抱了過去。
「……？」
我不禁抬起頭，看到蕾姬讓貝瑞塔再度仰天躺回地毯上。
然後——
「我可以聽到貝瑞塔小姐的脈搏聲了。接下來請交給我，我會負責急救到她能夠自律呼吸。金次同學請快點去幫忙搬送夏洛克先生。你可以搬得比我快。」
她說著，用宛如機械般標準的動作為貝瑞塔暢通呼吸道。
（……貝瑞塔……！）
雖然貝瑞塔還沒有睜開眼睛，也沒有恢復意識……
不過蕾姬並不是因為判斷死兩人不如死一人，所以才對我演戲想要提高夏洛克的復甦機率——這點從貝瑞塔剔透的白皙肌膚漸漸恢復了血色就能知道。而且「死兩人不如死一人」並非最佳解答，也是在比叡山的狙擊戰中蕾姬告訴我的想法。
……太好了。我成功了。貝瑞塔在千鈞一髮之際，被救回來了。
回天不可以使用得太過小力。就跟武偵高中教過，即使是對年幼者或高齡者進行心臟按摩時也要用幾乎讓對象骨折的力道去按壓——畢竟骨頭折斷了還能接回去，但人死就救不回來了——的概念是一樣的。

看來爆發模式下的我在施展第一次回天的時候，不自覺地過於放輕力道了。

因為貝瑞塔是個女孩子，為了不要傷害到她的身體啊。

2彈　茹斯特

「到梵蒂岡或許會有辦法救活夏洛克先生，但分秒必爭。坐車子肯定趕不上的……！」

慌張的梅雅首先想要用肩膀撐起夏洛克用拖的——夏洛克雖然身材細瘦，但畢竟也是身高超過一百八十公分的大塊頭男人，即使靠卡羯、梅雅與亞莉亞三個人搬送也似乎很吃力的樣子——

不過正如蕾姬所說，換成由我背起夏洛克，搬送速度就一口氣加快了。

雖然我很在意貝瑞塔的狀況，但夏洛克現在也是面臨著生死關頭。

梵蒂岡城國就位於羅馬市內，距離這裡大約三公里處。然而途中道路狹窄，又總是人車擁擠。夏洛克都還沒被送到目的地就會喪命了。

究竟該怎麼——

「把曾爺爺搬到屋頂上！如果能夠看到聖彼得大教堂，送到陽臺也行！快點！」

在如此大叫的亞莉亞周圍可以看到金色的發光粒子在飛舞。她打算用視野內瞬間移動搬送嗎？雖然我不清楚亞莉亞是否真的能做到那招——但現在也只能賭一把了。

於是我無視於察覺騷動而驚慌失措的飯店工作人員以及拿起電話要打給警察的服務台人員，背著夏洛克快步奔上裝飾有獅子雕刻的螺旋階梯。

亞莉亞則是對從左右兩邊扶著夏洛克的梅雅與卡羯說著「因為我從沒嘗試過，只能硬著頭皮上了」，並針對視野內瞬間移動進行簡短說明後……

「我能搬送的質量比尼莫小，所以這次只讓曾爺爺、我加上梅雅三個人跳躍就好。在我們要跳躍的瞬間，金次和卡羯記得要離開。」

說著，我們穿過廣場大酒店的白色走廊，奔到有檸檬樹裝飾的公共陽臺上。這時亞莉亞周圍已經被金色的發光粒子包覆……於是梅雅聽從指示，代替我背起動也不動的夏洛克，走進亞莉亞展開的光球內。

畢竟梅雅熟悉看護方面的技術，在梵蒂岡也有人脈，所以如果要帶人去的確應該選她。

「等一下我會看是用車子或什麼方式，把貝瑞塔也送去梵蒂岡。」

我遵照指示拉開距離並如此說道後，亞莉亞點點頭──把眼睛望向從這個陽臺也能看到的聖彼得大教堂白色圓頂，也就是梵蒂岡的方向。然後「嗯……！」地吸氣蓄力。一次。兩次。

因為要用視野內瞬間移動一次搬送三個人，所以她在集中精神，嘗試她恐怕是透過心結臨時向緋緋神詢問施展方法的超超能力招式。

但畢竟亞莉亞原本並非超超能力者，再加上心情焦急，似乎無法馬上辦到的樣子。

她紅色水手服周圍的發光粒子也飛得很凌亂，一點都不穩定。

「——亞莉亞，別急。要是妳失去冷靜，原本能辦到的事情都辦不到了！」

我借用以前蕾姬對我講過的話這麼說道後——

亞莉亞「嘶……」地深吸一口氣……首先讓金色的發光粒子穩定下來。

接著張開眼角尖銳的雙眼，重新看向梵蒂岡的方向。

——下個瞬間——

（…………）

——啪——

亞莉亞他們消失了。

但不同於尼莫，而是在半空中留下了些許像火花般的發光粒子。

我和卡羯原本可以看到亞莉亞、梅雅與夏洛克的身影……但現在只能看見陽臺上的檸檬樹，以及樹後一整片羅馬市街的瓦片屋頂。

卡羯立刻把眼睛閉上，稍微呢喃一下後……

「嗯……看來是成功了。他們已經移動到聖彼得大教堂的圓屋頂上，現在正準備從那裡下去。」

她把妹妹頭髮型的額頭朝向梵蒂岡，說出這樣一句話。

「妳……看得到他們？是超能力嗎？」

「『霧之標記』。我剛才噴出的霧並非單純只是障眼法而已，同時也是標記。只要稍微有被霧接觸到的人，我都能知道在哪裡。」

霧——就是茉斬把圓桌翻起來之後，卡羯從嘴巴噴出的那個濃霧嗎？

「……！那也就是說，N的下落妳也——」

「沒錯。因為我看到尼莫的魔術，覺得要是之後被他們追殺可不妙。萬一那些傢伙又跑回來，我會打電話通知你，你可要快點逃喔？」

卡羯也真不愧是擔任過極東戰役的代表戰士。

在剛才那場亂鬥之中，她第一手就對N陣營所有人施展了像是發訊器的詛咒。

我本來以為是我們單方面被對手得逞，但原來伊・U陣營其實也有報了一箭之仇啊。

「尼莫他們消失到哪裡去了？」

「大致上是……西南方，距離二十公里以上。要是目標太遠，精確度就會大幅下降。既然我沒辦法準確判定距離，就代表『很遠』的意思。」

西南方——也就是上次我和班上那些人一起去過的奧斯提亞區海岸方向了。

然而，尼莫對眼睛看不到的場所也能使用**視野外**瞬間移動。就算只要他們一回來卡羯就能知道，我們還是不能輕忽大意。要快點讓貝瑞塔也避難到安全的場所才行——

回到地面樓層後，我看到貝瑞塔被蕾姬抱起上半身，呈現坐姿。但她的眼睛依然像沉睡般緊閉著。

「──貝瑞塔的呼吸如何？」

聽到我如此詢問後……

「呼吸恢復了。但依然E1V2（昏迷狀態）。沒有意識。」

蕾姬觀察著貝瑞塔的臉，這麼回應我。

「把她送到梵蒂岡去吧。既然梅雅會把夏洛克送過去，就代表裡面應該有醫療設施。如果送到一般醫院，萬一N他們回來就完了。」

我對蕾姬說明後，為了請飯店幫忙叫計程車而走出舞廳……卻看到剛才還一臉恐懼地看向我的大廳工作人員，現在卻望著旋轉門外面。

怎麼回事？希望跟N沒有關係，但究竟發生什麼事了？

「……！」

我再度把手放到槍上，看向外面道路──科爾索大道上的情景，頓時瞪大眼睛。

因為在那裡有一臺被周圍觀光客們瘋狂拍照的……

「……大蛇……？」

外形就像把迷你四驅車放大成實體車大小的超級跑車──光岡大蛇就在廣場大酒店前緩緩行進，接近大門前。車內無人，但紫色車頂上有一個人──不對，一臺機械人趴在那裡。

「──LOO──！」

和我對上視線……正確來講應該是眼部鏡頭朝向我並大叫出來的那傢伙……不只是那聽起來年幼的聲音，還有那古怪的水藍色頭髮，我都不可能會忘記。就是呈現少女外觀的女性機器人——ＬＯＯ。

身穿白色連身泳衣配紅色水手服衣領的ＬＯＯ——原本是美國的人工天才・馬許的手下，後來跟著馬許一起成為了GⅢ的部下。

既然不曉得ＬＯＯ為什麼會出現在這裡，就無法確定她是自己人。不過她把光岡大蛇帶到這裡可說是再剛好不過了。就把大蛇借來當救護車吧。要是ＬＯＯ拒絕，我就把她踢下車。

於是我拿著槍走出旋轉門，來到步道上……首先嘗試搭話。

「嘿，ＬＯＯ。好久不見啦。雖然劈頭就向妳提出要求很不好意思，但——」

「ＬＯＯ。」

「這裡有個傷患，所以把大蛇借給我搬送吧！」

「ＬＯＯＬＯＯ。」

……完、完全無法溝通。我頂多只知道ＬＯＯ大概是為了確保視野才會坐在車頂上。妳到底是來幹什麼的啦？

畢竟ＬＯＯ外觀可愛，大腿又整支都露出來，讓我即便知道她是人造物也還是不禁對她的泳裝打扮感到傷腦筋，不知眼睛該往哪裡看。但就在這時……光岡大蛇自動把車門打開……

「金次大人，請上車。請問要把傷患送到哪裡？」

從無人的車內傳出跟我以前在紐約聽過一樣的聲音。是大蛇搭載的人工智慧發出的語音。

——太好啦。看來暫時可以確定對方是自己人了。包括車頂上的LOO在內。

因為卡羯說她要是進入梵蒂岡會引起腸胃炎，所以勉強還保持著爆發模式的我把她和蕾姬兩人留在廣場大飯店……將貝瑞塔搬進雙人座的大蛇車內。在自動開在維托里奧·伊曼紐爾二世橋上疾馳的車中，我不斷觀察著貝瑞塔的狀態。她雖然心跳、呼吸都很穩定，但依然沒有恢復意識。

我一邊護衛像睡美人一樣的貝瑞塔——

「你為什麼會到科爾索大道來？」

一邊向只要我問就會回應的大蛇人工智慧姑且詢問這點。

「因為夏洛克大人招待我來參加同學會。身為車輛的我雖然為了提防演變成追擊戰的可能性，剛才是停在附近的人民廣場待命。不過我同時也有在夏洛克大人的智慧型手機中。因為我是程式軟體，所以能夠同時存在於多數場所。雖然主機伺服器的位置是機密，但您只要想像成一個概念性的存在就可以了。」

隨著正面儀板上螢光綠色的棒狀圖顯示器上下波動，車載人工智慧如此回答我。

我以前在紐約以為這個人工智慧是具有實體的光岡大蛇的人格，但原來並非那麼一回事。這個人工智慧是程式，沒有實體、沒有性別，只擁有智慧。有點像是附身於硬體設備上的靈體。

這下我知道啦。它的名字肯定就是──

「──你就是**亞許**啊。」

「是的。雖然精簡版的商品名稱預定是Siri，不過我的開發代號叫Assi。」

既然會被邀請來同學會，代表潛水艇伊・U上應該也有搭載夏洛克不知是用買來還是偷來的亞許吧。怪不得那艘核子潛艇上感覺沒有航海士──原來就跟這臺車子一樣可以自動航行啊。

夏洛克之所以會隱瞞大蛇的事情，大概是為了預防萬一，想把它當成隱藏王牌。雖然它透過夏洛克的手機察覺到危機後，為了穿過滿是觀光客的科爾索大道花了太多時間……不過塞翁失馬焉知非福。多虧它沒趕上戰鬥，反而避免了車體被N破壞的命運，現在才能像這樣當成救護車啦。

「LOO為什麼會跟你一起來？」

「是Ⅲ大人讓她以自動模式跟隨我，負責幫我維修和加油的。畢竟如您所見，我並沒有『手』可以做事。」

對部下心腸好到老好人等級的Ⅲ……GⅢ，對待人工智慧也很好啊。

不過這也就是說，要是廣場會談的事情被亞許告狀，遲早也會給GⅢ知道的。而照那傢伙的個性，搞不好會說什麼「哥哥的敵人就是弟弟的敵人」然後也加入戰局。

這下比起N想引發的戰爭，世界超人戰爭反而會先引爆啦。

話說回來——

靠著結束之前最後一點點爆發模式，我又看出了夏洛克的一項意圖。

這次被叫來參加同學會的成員中，有戰鬥起來很醒目的亞莉亞與卡羯，還有光是外觀就會引人注目的亞許大蛇，都是很顯眼的傢伙。梅雅老師一旦發飆也是最狂暴的人。

這些人選或許就是推理出今天會和N陣營碰頭的夏洛克，為了讓不喜歡被人看到的N能夠早早撤退而故意挑選的成員吧。

這樣講起來，其實應該也要找佩特拉過來才對，不過佩特拉在乃木坂經營的金飾交易店上個月在部落格上公告暫停營業。我因此打電話向大哥關切，結果大哥語氣很含糊地告訴我，佩特拉最近雖然不是生病但經常要去醫院的樣子。所以我猜大概是她身體狀況不好才沒受邀的吧。

梵蒂岡城國是羅馬教宗的領地，世界最小的獨立國家。面積不到零點五平方公里的國土內只有教堂、禮堂、博物館與圖書館等等設施，不過靠僅僅數百人的國民就維持著立法、司法與行政組織。到這邊，是眾所皆知的事實。然而——

我和解除武裝的ＬＯＯ一同搬送貝瑞塔，在梅雅的部下修女兵們帶路下進入的聖彼得大教堂地下室，就不是那種一般所知的空間了。

被稱為「聖騎士團營座」的地下一樓雖然是巴洛克風格的莊嚴建築……但白色牆壁上直到高高的天花板為止，放眼望去都整齊掛滿綻放銀光的短劍、雙手劍、梅雅使用過的巨劍以及描繪有聖彼得徽章的大小盾牌。數量不下一、兩千，是如果在中古世紀甚至能攻略一個國家的大量軍備。

下一間大廳中則是可以看到形狀象徵天使翅膀的弓、像十字架的弩、箭頭鍍銀的白色箭矢等等，數量同樣多倒數不清。走廊牆上也掛有戰槌與長槍等等。

穿過走廊更深處的大廳中則有金色雕刻裝飾的鳥槍和左輪手槍，甚至還收藏有塗白的機關槍和大砲。從火藥和油紙的氣味也能知道，這些槍炮的彈藥就藏在地板下，而且恐怕是施加過神聖祕術的殲魔彈。極東戰役時我收到的武偵彈倉（ＤＡＬＭ）大概就是從這裡提供的吧。

這些武器——就是歷代天主教戰士們葬送魔物或異教徒，從那些敵人的侵略中一路守護歐洲的武裝。在深處房間也能感受到一群強者們的氣息，卻看不見任何身影，簡直就像什麼特殊部隊一樣。能夠看到的頂多只有身穿中古世紀風格的衣服、手握斧槍守在門邊的瑞士人傭兵，從手皮厚度與燙傷痕跡看起來應該是鍛造工匠、臉上長滿鬍鬚感覺像是修行僧的老人，以及大概是他徒弟的圓框眼鏡男。

（雖然我多多少少已經猜到了，不過……）

這裡根本不是普通的教會。從梵蒂岡城國的國土幾乎都被城牆圍繞的事情也能知道，這裡同時也是一座要塞。而且不是針對現代戰爭，而是針對超能力戰爭用的要塞。

我們接著把貝瑞塔搬送到地下二樓像飯店一樣的治療院大廳，結果一群看起來應該同時是護理師的修女們便拿擔架過來了。讓依然呈現昏迷狀態的貝瑞塔躺到擔架上後，無能為力的我只能目送她被送走……ＬＯＯ則是露出彷彿在安慰似的眼神，抬頭看向那樣的我。

「……這也是神賜予的試煉……」

我聽到聲音而和ＬＯＯ一起轉頭過去，便看到眼眶浮現淚水的梅雅站在那裡，做出禱告的手勢。

「夏洛克呢？」

聽到我詢問後……

「現在手術中。雖然非天主教徒是由實習醫師負責操刀，不過這裡的醫生各個都是名醫。只要有神保佑，想必就能保住性命的。」

梅雅表情沮喪，讓她眼角的淚痣看起來就像真的眼淚一樣。接著又說道：

「不過根據醫生診斷……除非奇蹟發生，否則他不會再睜開眼睛了。」

「…………」

夏洛克。

夏洛克．福爾摩斯……

本來我心中某個角落還深信著，照那人過去的表現，這次大概也會若無其事地甦醒過來的說。

可是那樣的夏洛克——

變得無法再醒來了。

史上最厲害，也是最強的名偵探……

與N的戰鬥中應該不可或缺的人物，與莫里亞蒂教授有過交手經驗的人物……

——被擊敗了。

我們和那群傢伙之間的鬥爭，才第一步棋就讓我方大將敗下陣，使我方陷入無人領隊的極度不利狀況了。

不過——

即便如此……

夏洛克以他自己為犧牲，為我們換來了幾項關鍵情報。

雖然只有套出到表面話為止，但至少知道了N的野望。以及那群傢伙的特性，一部分的成員。

更重要的是，讓我們知道了尼莫與莫莉亞蒂的存在，還有那強大能力的冰山一角。

被叫來出席伊．U同學會的我們這些人，大概也是為了能夠透過每個人的人際關係網將這些事情傳出去給同伴們知道，才會召集過來的吧。歐洲大陸的表層組織（梵蒂岡）與地下組織（納粹）分別交給梅雅與卡羯，英國方面交給亞莉亞，北美由亞許當使者，遠東則可以由我負責日本，蕾姬負責大陸方面。大家的出身地或人脈組織都不同，就能向各地發出警報。

接下來，失去了夏洛克的我們……

必須自己思考才行。

必須自己做出行動才行。

就像武偵憲章第六條所說，要自立奮戰。而且也必須互相協力戰鬥，對抗N——對抗尼莫他們。

然而，我們的成員幾乎原本都是互相敵對的個人或組織，當中也有很多人至今依然心存芥蒂。團結力實在稱不上完全。

就連核子潛艇時代的伊．U也是因為有夏洛克這個超人，才能團結一致的。

但如今那個領隊被擊敗，我們真的有辦法合作對抗N嗎？

N的實力很強。

他們的提督——尼莫擁有「化可能為不可能」的力量，甚至可以秒殺夏洛克。另外還是個比亞莉亞更能自在使用超超能力的少女。

而且那麼強的尼莫還不是他們的首領。在她之上還有人。

凌駕超能力的超知力男人——莫里亞蒂教授。

想要凝聚起伊．U陣營打倒那樣的敵人……靠我是不可能的。

就算被大家捧為化不可能為可能的超人，但只要可能又被化為不可能，我就只是個高中生。

別說是莫里亞蒂或尼莫了，甚至面對茉斬都沒有勝算。

——即便是面對再怎麼惡毒的對手，即便正義存在我方，要是沒有能擊敗敵人的力量，就根本談不上話。這就是現實。

（……抱歉，貝瑞塔……）

我以前對妳講過的那些……果然終究只是漂亮話。正確的一方會獲勝的理想，終究只是理想。所謂「正義」，只不過是讓強者可以正當化自己行為的方便說辭……全都是虛假的啊……

夏洛克和貝瑞塔都被宣告謝絕會面了。

雖然心情難受不已，但什麼事也做不到的我……帶著ＬＯＯ走上樓梯，假裝若無其事地回到一般參觀路徑。

即使我有說明過「這是機器人」，修女們還是為腿部和肩膀幾乎全都裸露出來的ＬＯＯ穿上了一套法衣。也因為這樣，天主教徒的觀光客們都主動讓路給我們過了。

走出大教堂後，我走向左側——後來抵達梵蒂岡的蕾姬聯絡我說她和亞莉亞在一起的西斯廷禮拜堂。

晴空萬里之下，我回頭看到的風景……美麗無比。讓羅馬的色彩化為完美的藍色天空，覆蓋在白色的教堂上。

然而，喋喋不休地把這樣的美麗告訴我們的夏洛克，如今卻不在我旁邊。

他已經連講話都做不到了。

將夏洛克視為福爾摩斯家榮譽而萬分尊敬的亞莉亞……現在肯定很難受吧。

包含西斯廷禮拜堂在內的梵蒂岡美術館因為要進行補修的關係暫時休館——不過梅雅就利用這點，拜託梵蒂岡讓我們可以在禮拜堂內進行密談了。於是我帶著體重比外觀看起來還重、踩在臨時木板地面上會軋軋作響的ＬＯＯ，穿過裝飾有宗教畫掛布的聖庇護五世展覽室……進入西斯廷禮拜堂中。

用整面的溼壁畫表現出天主教教義的西斯廷禮拜堂，長四十公尺，寬十三公尺。米開朗基羅花了五年時間繪製的穹頂畫之中，有神與亞當互碰手指的那幅出名的「創世紀」。

就在那穹頂畫正下方——蕾姬與亞莉亞背對著我們站在那裡。

「亞莉亞……」

我在稍隔一點距離的地方，對她嬌小的背影叫了一聲。

「……樞機跟我說，除非奇蹟發生否則曾爺爺無法得救。但既然這樣，讓奇蹟發生就好啦。要是在梵蒂岡都不發生奇蹟，可會很丟臉的呢。」

亞莉亞甩起她的雙馬尾，轉身面向我。

她似乎早已注意到我來了。

布滿血絲的雙眼雖然現在已經沒有淚水——不過和她相處了這麼久的我一眼就看得出來。

亞莉亞果然……在勉強自己。在努力忍耐讓自己不要崩潰。

她認為正是因為失去了夏洛克這號偉大的人物，現在自己更應該加油。

「……」

爆發模式已經退去的我，連一句安慰的話語都想不出來。

只能始終沉默……沒辦法把關於N或夏洛克等等現在應該討論的事情說出口。為了亞莉亞難以負荷的感情著想。

跟亞莉亞一起轉過身子的蕾姬也是，一如往常什麼話都不說。

一片寂靜籠罩禮拜堂。

彷彿象徵著面對N不知所措的我們。

「——那孩子，以前在宣戰會議上見過呢。照這樣子看來，應該不是敵人吧？」

聽到亞莉亞總算看著LOO這麼說道，於是我……

「這傢伙不是人類，是叫『LOO』的機器人，是GⅢ的部下。」

「了解。那我就說了。目前在羅馬的這些成員中，由我來當代理指揮官。」

雖然亞莉亞講出的內容很強勢，但她的語氣——還是給人些許懦弱的印象。

或許她跟我一樣，沒有自信能帶領今後的伊．U陣營吧。

「我是有想過也可以讓金次負責，但畢竟你**身體狀況**起起伏伏。」

大概是考慮到LOO可能與什麼地方保持著通訊，而通訊內容可能被別人從旁監聽的風險，因此亞莉亞故意沒有明講。不過……她所說的「身體狀況」應該就是指爆發模式的ＯＮ／ＯＦＦ吧。

「而且你剛才的身體動作有點奇怪呀。」

接著如此說道的亞莉亞，用她紅紫色的眼睛一瞬間……看向我的右手。

「……妳發現啦？」

現在的我對於進入爆發模式時引發對卒的可能性抱有很強烈的警戒心。恐怕這樣的心理也會些許反映在我的身體動作上。

尤其右手大概是受到對卒的影響，在平時也偶爾會感到微微發麻——出現初期的麻痺徵狀。

也因為如此，我不自覺就會做出保護自己右手的動作。

自從上次被可鵡韋提出這點後，我就有在注意不要讓別人發現。但是……

「我當然會發現呀。都認識這麼久了。」

亞莉亞這傢伙，真的從以前就唯有直覺特別準啊。

然而……身為搭檔，我沒打算把自己的病情告訴現在為了夏洛克的事情感到沮喪的亞莉亞。而且身為一名武偵，本來就應該把疾病或受傷等等弱點隱瞞起來。

我並不是覺得亞莉亞和蕾姬沒有信用。但俗話說，只要讓三個人知道全世界就會知道。誰也不曉得情報會從哪裡洩漏出去。

「別在意，不是什麼大不了的事情。」

因此我現在——沒有說出關於對卒的事情。

「……那就好。」

對於我不想說的話，亞莉亞也沒有深入追問——

不過她卻露出好像在害怕什麼的眼神……

「可不要連你都不見喔？」

只是回應了我這樣一句話。

即使國家不同，義大利的手機在梵蒂岡城國內也可以正常使用。

於是我登上夕陽下的大教堂圓頂，將我和貝瑞塔，還有恐怕連梅雅也暫時不會去學校的事情透過簡訊同步聯絡班上的大家。結果……

『怎麼啦？雖然畢竟是武偵，如果是機密就別講也沒關係，但沒什麼問題吧？』

『要是遇上什麼困難，隨時都可以找我們商量喔？』

『記得要在武偵等級考核之前回來喔。要是沒出席考核就會當場遭到退學的。如果有什麼可以幫忙的事情，也不要跟我們客氣喔。』

他們很快就陸續回訊。

不愧是重感情的義大利人，大家都表現得非常關心。

對於大家的好意，我由衷感到開心。然而……

就像簡訊中也有說到，今天發生的事情我實在沒辦法跟他們講啊。

我接著打電話給卡羯——她現在似乎坐著光岡大蛇在市內巡邏的樣子——告知她關

於貝瑞塔和夏洛克目前都還在昏迷狀態的事情……

「妳那邊如何？N那群人有可能跑回來嗎？」

為了預防萬一，我如此詢問。

『不，剛好相反。他們已經遠離到霧之標記的範圍外。這代表他們已經不在半徑二十五公里之內。畢竟那些傢伙不喜歡引人注意，大概是不想在羅馬這種都市區內久留吧。』

「妳那個標記能維持幾天？」

『整整兩個禮拜。不過會日漸減弱，讓察覺半徑漸漸縮小。』

我記得尼莫有說過「貝瑞塔可能成為歷史轉換點的期間是這半個月」之類的話。也就是說，如果這段期間內N那群人又再度對貝瑞塔出手——我方姑且可以知道的意思。

『要解咒——dispel是不可能的……這樣講你也聽不懂吧。呃～如果要解釋得讓你這笨蛋也聽得懂……就是那詛咒無法被解除的意思啦。在這點上你放心吧。』

雖然如果被一個笨蛋稱為笨蛋會讓人很火大，但畢竟卡羯在魔術方面是真的很有實力。總之那玩意不是沖個澡就會被洗掉的東西就對了。在這方面我就信賴她吧。

日落後，貝瑞塔雖然依舊沒有恢復意識，但狀況算是穩定下來了——於是再度來到聖彼得大教堂地下室的我們總算獲得了進入病房的許可。

地下三樓的區塊劃分得細如迷宮，而位於其中一個角落的救護院個人房——是一間白色牆壁上只掛有聖母瑪利亞油畫的狹小房間。在房內一張黃銅邊框、白色床鋪的病床上……施打著點滴的貝瑞塔，如沉睡搬躺在上面。

（……貝瑞塔……）

平常總是對我囉囉嗦嗦罵個不停的貝瑞塔。

現在卻變得像一具人偶。

被她心中抱著苦惱，但最後還是以「為了賺錢」為妥協點——自己創造出來的子彈，擊中了自己。

這就是製造武器的人最終的末路、報應嗎？

這種事情……這種事情……

「呃，雖然這只是簡陋的醫院食物……不過就請各位留在這裡用餐吧。我想那樣患者也會比較高興的。」

梅雅的部下「喀啦喀啦」地推到房內的餐車上——只放有白麵包、蔬菜湯與白開水，確實是很樸素的晚餐。

「……貝瑞塔，妳看，晚餐來啦。妳只要肚子餓就會心情不好……所以快點起來吃吧。」

我把一人份的餐食放到貝瑞塔病床邊的床頭櫃上，然後和亞莉亞與蕾姬一起坐到房內的椅子上，將盤子放在大腿上……開動了。

醫院食物不好吃，是世界共通的現象啊。或許這並不是真的食物很難吃，而是在醫院這樣的環境中，會讓人變得沒有食慾吧。

我、亞莉亞和蕾姬都默默不語。

連LOO也大概是切換為省電模式的緣故，像個假人一樣動也不動了。

而梅雅或許是規定上不可以在這裡用餐，離開了病房……

「……」

「……」

「……」

嚼嚼嚼……

嚼嚼嚼……

就在我們三個人拿麵包沾湯默默吃著的時候……

──唰！

「嗚哇……！」

我當場嚇得讓麵包都掉了下去。

──醒來了。

貝瑞塔醒來了。

就跟她剛被子彈擊中時一樣，大大睜開她藍綠色的眼睛。

像是仰臥起坐似地彈起上半身，表情呈現茫然。

「……貝瑞塔！」

我、亞莉亞和蕾姬都趕緊轉過頭去。

接著把自己的盤子放到餐車上，快步跑到貝瑞塔身邊。

「……」

貝瑞塔默默望著前方的虛空好一段時間後——東張西望地看向我們，看向自己坐的床鋪，露出總算理解這裡是醫院的表情。

然後，她看到放在床頭櫃上的麵包、湯和白開水……

「……這是……你為我準備的嗎？」

對我這麼詢問了一句。

太好了。

……太好了……！

她恢復意識了。

「是啊。很驚訝我會對妳這麼體貼吧？」

雖然因為太高興而忍不住跟她鬥嘴了，不過我——還是眼眶含淚地把身體探向貝瑞塔的病床上。

就在蕾姬去把梅雅叫回來的時候……

「……這裡是？」

貝瑞塔對我們如此詢問。

「這裡是梵蒂岡。妳記得自己被槍擊中的事情嗎？」

聽到亞莉亞的回答後……

貝瑞塔把她睫毛上揚的眼睛盯向亞莉亞同樣睫毛上揚的眼睛。

「我記得。」

……看來暫時可以放心了。她並沒有發生記憶障礙。亞莉亞應該也是為了先確認這點才那樣問的，可是……

「喂，亞莉亞，妳現在不要讓貝瑞塔回想起那種事情啊。貝瑞塔，妳聽好，在廣場大酒店的事情妳就忘記吧。我們雖然現在和那群傢伙敵對，但長期來講妳和這場鬥爭沒有關係。或許現在妳被對方盯上，不過這種狀況在半個月後應該就會結束了。這段期間內，我們會保護妳。知道了嗎？」

——被槍擊中過的人，有時候會留下創傷後壓力症候群（ＰＴＳＤ）。狀況較嚴重的人甚至光是看到同樣的槍就會產生自己中彈的錯覺而昏倒。

貝瑞塔是被自己公司的產品——Ｍ９２ＦＳ開槍擊中的。身為貝瑞塔公司的千金要是罹患了那樣的心靈創傷是很糟糕的一件事。所以現在必須先讓她忘記這件事才行。

「我才不需要人護衛。我可是貝瑞塔・貝瑞塔呀。」

雖然貝瑞塔在亞莉亞面前就會莫名逞強，但這次的狀況可不能輕忽小看。

萬一她擅自想要報復Ｎ，只會再度被殺或被擄走。

於是我把貝瑞塔交抱在胸前的手臂解開後……

「有獨立心是一件好事，但偶爾也要學著依靠別人啊。亞莉亞是S級的武偵，至於我……或許不怎麼可靠，所以我不會說要當妳的護衛，但至少也讓我在妳身邊吧。如果妳生活上遇到什麼需要出力的工作，我也會幫妳做的。畢竟我是妳的債務人嘛。」

我有點強硬地如此說服她。

「……」

即便如此，貝瑞塔依然不看向我和亞莉亞，露出不知在思考什麼的表情。

貝瑞塔——在那場廣場會談的成員中，是最弱的一個。

若只論戰鬥力，她頂多只比一般女孩子稍微好一點而已，不是能夠和N正面對決的料。因此不管怎麼說，總之必須讓她躲起來撐過這半個月才行。

「知道了嗎？今天的事情妳就忘記吧。了解嗎？」

我加強語氣再度這樣叮嚀後——

「——知道了。我會忘記。」

貝瑞塔老實點頭回應了。

不過她很快又把藍綠色的大眼睛重新看向我。

「但有一件事我忘不掉。我不可以忘掉。」

「……？」

「我被我製造的武器擊中了。」

貝瑞塔把這句話——像是接受到神啟示的人一樣，用明確的發音說著。

然後又將那對看起來意志強烈的雙眼瞪向虛空。

比起滿腦子只想著N的我們，她的眼神彷彿是要挑戰更巨大的東西——挑戰未來。

一如卡羯的推測，後來N並沒有馬上又回到羅馬來。

茉斬那時候也是一樣，他們之所以會傾向於採取「打完就跑」的戰術……或許不單純因為他們不想引起注意，另一方面也是因為他們的領袖莫里亞蒂透過條理預知讓部下們的行動都維持在最小限度的緣故吧。

N只會在必要的時機做必要的事情。

他們不會對敵人全體展開大規模的攻擊行動。在不為人知的骨牌策略中，他們只會針對能夠引發巨大變動的關鍵起點進行刺激。接著只要骨牌順利倒下去，一切就會如N的計畫發展。那群傢伙的計畫就是像這樣以半自動的方式，很有效率地進行。

無論面對的是像伊．U這樣的敵對組織，或是面對國家、地區，他們這樣的戰術傾向應該都一樣。N在廣場會談中，對伊．U方面是殺掉夏洛克破壞團結力，對世界方面則是將身為「人類歷史分歧點」的貝瑞塔——首先邀請加入他們返回過去的革命行動，若被拒絕就當場殺害，讓朝向未來發展的革新不會發生。

然而……

N在廣場會談中同時打出的這兩步棋之中，目前有一步棋應該可以判斷是被我方驚險擋下了吧。因為能夠化不可能為可能的我與夥伴們合作，保住了貝瑞塔的性命啊。

貝瑞塔一恢復意識就立刻離開梵蒂岡，回到了位於帕里奧利的自己家。

雖然護士修女們以及梅雅都努力勸留，但貝瑞塔完全聽不進去——於是為了護衛她，我和亞莉亞也同行到貝瑞塔家了。另外還有蕾姬和莎拉常駐守護，因此宅邸的防衛算得上是相當堅固……但不安的感覺依然難以消失。

貝瑞塔沖完澡，換上便服後——就窩進地下的手槍工作室，都已經深夜了還喀喀喀地瘋狂敲打著電腦鍵盤。

就算貝瑞塔是個工作狂，在遭遇那樣的事情之後卻馬上如此，實在有點異常。

她究竟是在幹什麼？

「雖然身為武偵高中的學生，被槍擊中是常有的事情……但妳今天可是才剛經歷過心肺停止，別太勉強自己啊。」

在工作室內一個人負責護衛貝瑞塔的我如此指責了一聲後，貝瑞塔便把頭轉了過來。

「是你自己叫我忘記那件事的不是嗎？這隻笨狗。我必須把這個完成才行呀。」

「那是什麼啦？」

「下一季貝瑞塔公司的整體方針提案。明天就是簡報日了。我妹妹羅潔塔也會發表簡報，競賽讓公司挑選出較好的方案。我今天會徹夜趕工，所以你們如果說什麼都要護衛我，就採取輪班制吧。」

「我說妳啊……『徹夜工作』可一點都不適合義大利人啦。話說那個簡報資料，妳不是很早以前就做好，叫艾爾瑪送出去了嗎？」

「嗯，可是那個我決定不報了，所以要重做一個新的。」

「……不報了？」

為什麼那麼突然？而且如果是臨時趕工做出來的簡報，反而更會輸給羅潔塔吧？就算不考慮這點，貝瑞塔因為借貸獎學金給我的事情，在公司內的立場已經很差了說。

「其實，我本來是打算發表這個東西的。」

貝瑞塔說著，亮在我眼前的——就是她使用的革命槍。

那玩意再怎麼好意解釋也稱不上有什麼革命性，只是外觀方方正正看起來很難看的塑膠製單發槍而已。

「那妳就發表那個啊。反正妳現在臨時趕工出來的簡報肯定會輸給羅潔塔，發表那種粗製濫造的掌心雷一樣會輸。既然都會輸，悠悠哉哉睡個覺還比較有意義。」

我模仿歐美人擺出「真受不了」的手勢後——

貝瑞塔卻像個小孩子一樣擺動她的小腳腳，「呵呵呵！」地笑了。

「狗真的很笨呢。哎呀，反正這企劃已經不用了，我就告訴你吧。這把革命槍的真正名稱叫 Beretta modello dato 1——貝瑞塔ＭＤ１。Ｄ就是『ｄａｔａ』的Ｄ喔。」

「……ｄａｔａ？意思是把設計圖賣出去，授權給中國或東歐生產嗎？那樣不就是偷學之前羅潔塔在學校講過的那些話了？」

「在『販賣設計圖』這點上你說對了，但是在根本上不對。ＭＤ１是世界上任何人都能下載的資料。而我們公司沒有採購材料的必要，也不需要營運工廠。只要建立伺服器把資料放在上面，就能賺到巨額財富。簡單來講就是『付費下載服務』了。」

付費下載服務……

那是在日本也從IT革命時代開始爆發性擴大規模的數位資料販賣產業。

從手機的待機畫面或鈴聲開始，乃至遊戲、影像、電子書籍——各種數位資料接連創造出巨額的財富。近年來已經發展成一大產業，甚至讓付費現象演變成社會問題的程度。

然而……

「手槍設計圖這種東西，誰會想付錢購買啦？如果沒有材料和工廠就沒辦法製造，更何況手槍是一種精密機械。只要某個零件規格做錯一公厘，就搞不好會造出一把射不出子彈的廢物啦。」

「MD1的製作材料只需要十九個寶特瓶蓋就行了。至於工廠，就是這個。」

貝瑞塔說著——用手指輕敲一下從以前我被狙擊拘禁時就一直放在桌上、外觀像一個玻璃箱的裝置。然後她又操作了一下跟那臺裝置相連的MacBook。

（……？）

那個像水槽的裝置，哪裡是工廠了？

就在我搞不懂貝瑞塔想表達的意思，皺起眉頭看向那臺裝置的時候——

「這裝置是我將功能特別調整成適於製作槍械的3D列印機。不久前熔融沉積成型

（FDM）的專利在美國已經失效，所以可以推出價格低於五十歐元的商品囉。」

貝瑞塔解說的同時，從那像水槽的裝置上方朝內側降下一根小機械手臂……然後機械手臂前端就像熱熔槍一樣，朝裝置內的作業臺上開始擠出跟我前幾天從超市買來的瓶裝碳酸水瓶蓋同樣顏色——恐怕就是將那些瓶蓋熱熔解出來的樹脂。

「3D……列印機……？」

「雖然現在還只是少數人知道的裝置，不過我想到了二〇一五年左右應該會普及到在電器行就能買到了吧。簡單來講，就是能夠印刷出立體物的列印機。只要有這個東西，加上從我們貝瑞塔公司買來的設計圖檔案——」

在裝置內，線與線重疊為面，面與面重疊為立體，漸漸製作出某樣東西。

身為武偵高中學生的我，一看就知道那是什麼玩意了。

非常眼熟的那物體就是……

（……！）

槍鬥的一部分。

衝鋒鎗之類的槍械會使用到、稱為「鎖片」的零件。

「有了這東西，任何人——只要積層厚度設定得宜，就能夠在不到幾微米的誤差下製造槍枝。如果用我的設計圖和列印機，製造出一把槍的零件只要十四分鐘。只要有一百臺列印機，一天就能量產出一萬支手槍了。」

貝瑞塔用鑷子從裝置中夾出轉眼間便完成的鎖片零件。

「ＭＤ１是掌心雷，ＭＤ２是左輪手槍，ＭＤ３是自動手槍，ＭＤ４是狙擊槍，然後這個ＭＤ５是衝鋒槍。外型之所以會設計得這麼古怪，是為了防止射擊時的破損以及促進散熱。不過如果一把槍只要十歐元可以任君挑選，外型怎樣也不會有人挑剔了吧？我催促專利商標局的負責人加快腳步，已經獲得專利權了。畢竟以槍械壽命來講無論如何都會比金屬製產品來得短，所以將擴大市場值加上重複販售的量合算起來——在非洲、中東、俄羅斯、北美和中南美等地，估計十年內就能賣出五億把槍喔。」

貝瑞塔拿到她藍綠色雙眼前的東西，只是一個小小的零件……

但我也總算理解其背後隱含有多重大的意義了。

透過像是販賣音樂檔案或遊戲道具的手法，販賣槍枝——堪稱是槍械產業版的ＩＴ革命。

舉例來說，衝鋒槍的訂價如果是在需要課徵關稅的日本，再怎麼便宜也要十五萬。然而這下價格可以一口氣降到百分之一以下。需要另外準備的材料則是寶特瓶，不管在哪個國家都是多到數不清的垃圾。至於那個３Ｄ列印機，恐怕很快就會出現出租業者了吧。

要是革命槍真的開始下載販賣——就會引起名副其實的一場革命。

無論是小孩子，或貧窮國家的人，大家都會變得能夠生產槍械。槍械會以檔案資料的形式擴散到全世界，被各種勢力利用。然後只要戰爭爆發得越多，就會有越多金錢流入貝瑞塔的口袋。而公司只需要負責管理授權就好。要是這案子真的被採用，貝瑞塔公司的下任總裁——當然毫無疑問就是貝瑞塔了。

（太誇張了吧……）

「不寒而慄」或許就是形容我現在的感覺。

「但是這案子，我不用了。強度、耐熱性、射擊速度、小型化，透過只有我能想到的設計，將這些可能發生的課題都預先解決的——MD系列設計圖，目前只有在這裡。」

貝瑞塔說著……把看起來的確應該是獨立主機的 MacBook 上插的隨身碟拔了出來。

然後將那今後十年內可以創造出六千億元以上財富的隨身碟——「碰！」一聲用原本放在桌角的槌子當場破壞。

「好啦，它消失了。這下——除了我的腦袋以外，這設計圖不存在於世上任何地方了。」

「……六……六千億……」

「不要露出一臉眼珠子都要跳出來的表情行不行？這隻借錢狗。這是我想出來的東西，所以我當然也有讓它消失的權利呀。」

目擊到遠山金次人生史上最大金額消失的瞬間，這次換成我差點就心肺停止了。

不過——

「…………話說……沒有了那份資料，明天的簡報會妳打算怎麼辦？」

「所以我才在想新的案子嘛。今天晚上我就會把資料完成，明天發表。」

在一臉擔心的我面前，貝瑞塔把裝有惡魔發明的隨身碟殘骸丟進有溶解液的廢棄桶中。接著拿起了另一個東西，就是……

貝瑞塔沉迷不已的正義美少女戰士——水手火星的變身棒。

「讓武器擴散到世界的死亡商人——貝瑞塔……其實我內心某個角落很清楚，這樣下去是不行的。但我一直都沒有改變。因為嘗試改變、嘗試變身，是非常需要勇氣的一件事。不過……我明天會改變。我會改變給你看。你那晚親手交給我的這個——我就當成護身符一起帶去吧。」

貝瑞塔把變身棒抱在胸前，說出這樣一段話。

她燃燒的眼神，就好像從凶惡的魔物面前保護世界的水手火星一樣。

隔天早上——

我和亞莉亞陪同貝瑞塔來到位於羅馬南部——EUR地區的貝瑞塔總公司新大樓。

原本負責狙擊拘禁，讓我煩躁不已的蕾姬與莎拉，今天則是一同前來的可靠存在。

尤其莎拉因為沒有參加廣場會談，所以我在車內將事件始末包含亞許和LOO的事情都詳細與她共享情報。雖然她實在沒什麼反應，讓我不知道究竟有傳達多少就是了。

抵達總公司新大樓的地下停車場後，跟大家一起搭乘貝瑞塔的法拉利，完全沒有被這臺車所謂「胸部重量限制」排擠的亞莉亞……

「在簡報會場要注意可疑人物。曾爺爺恢復意識之前，我們必須要好好做。」

如今已經露出一如往常勇猛幹練的表情了。精神振作得比較快，就是她的優點之一啊。

「剛才我和卡羯通過電話，N似乎沒有任何動靜的樣子。雖然不知道是在什麼地方，但大概是回他們的陣地去了吧。」

「我想應該是那樣沒錯，可是也不能輕忽大意。至少在這半個月內。」

我和亞莉亞如此交談，並帶著默默不語的蕾姬與莎拉，跟在前頭的貝瑞塔後面。

接著搭乘裝飾超豪華的電梯來到簡報室所在的十五樓——在電梯大廳的玻璃櫥櫃中陳列有貝瑞塔公司生產的歷代武器，彷彿象徵著人類自古以來互相殘殺的歷史。

位於大廳深處、厚重木門另一側的簡報室……感覺就像一座小型的電影院。舞臺上準備有發表人的演說臺以及投影銀幕。

狀況看起來隨時都能開始簡報了。

設置在舞臺前方好幾排的椅子上，坐著公司高層、管理階層、企業公關負責人，甚至還有大股東以及看起來應該是軍事關係人之類的人物。

因為時間還沒到的關係，會場中的氣氛相當輕鬆。不過……

畢竟外來人士很多，於是我姑且環視了一下，確認其中有沒有可疑人物。

不過來場的主要都是身穿西裝的商業人士，沒有特別可疑的傢伙。只有一個光是看起來就很可疑，或者說可疑過度到反而應該沒問題的人物，據說是來自非洲某地的黑人將軍。肥胖的身體穿著訂製尺寸軍服的那個人，似乎擁有選擇陸軍制式武器的權限——對貝瑞塔公司來說是很有可能成為大宗客戶的ＶＩＰ。他拿著別人贈送的粗雪茄，正愉快地與公司高層人物交談。

而將軍一看到貝瑞塔……

「哦哦，妳就是貝瑞塔．貝瑞塔小姐嗎！聽說妳開發出了什麼一把只要十歐元的機關槍是吧？我很期待喔！」

頓時露出一臉興奮的表情，搖著他的大肚子從遠處向貝瑞塔搭話了。

貝瑞塔稍微回應示意後，便說了一句「走吧，狗子。」並帶我走向舞臺旁。

途中，根據傳入耳朵的會場交談聲，我大致理解了——

關於貝瑞塔公司今後的方針，主題似乎是「削減成本」的樣子。針對至今依然每天努力擴展軍力的開發中國家，要如何便宜販賣槍械，又能同時提升收益。即使是這樣高難度的任務，如果靠昨天貝瑞塔丟棄的革命槍系列應該也能輕鬆達成吧。

在聽眾席的最前排，有一名坐在輪椅上，滿是皺紋的手握著一把枴杖的義大利老人。

他臉上也布滿皺紋，雖然帶著柔和的笑容，但根本搞不清楚究竟醒著還是睡著了。

也許講起來有點失禮，不過總覺得他已經痴呆……或者說看起來已經有阿茲海默症的徵狀了。

然而從他身上一看就知道是最高級品的華麗西裝，以及周圍都是貝瑞塔公司高層人物的狀況來判斷——這位老人似乎就是公司最高位的人物。

「爺爺！今天要講很重要的事情，您清醒點呀。」

貝瑞塔有點粗魯地搖一搖那個老人的膝蓋後……

「……嗯……貝瑞塔……貝瑞塔……嗯…………呵、呵、呵。」

看來原本在睡覺的老人——似乎是貝瑞塔的祖父——對貝瑞塔露出笑容。

布滿皺紋的臉變得更皺了。

「……貝瑞塔……貝瑞塔啊……妳……」

然後他把瘦骨如柴的手放在嘴前做出要講悄悄話的動作，於是貝瑞塔把耳朵湊過去，並撥起輕飄飄的秀髮——

「……妳在、享受夢。享受、戀愛是吧。這兩個、都是、好事……喔……」

結果那老人果然很痴呆地講出這種傻話。明明等一下就是公司重要的簡報會的說。

而貝瑞塔也不出所料地因為「戀愛」這個詞當場滿臉通紅——

「真是的，爺爺！在現代社會講那種話可是性騷擾喔？」

不過她似乎也因此稍微解除了緊張的心情，邁步走上舞臺邊。

在舞臺邊，與貝瑞塔同父異母的妹妹——在羅馬武偵高中欺負過我們的羅潔塔·貝瑞塔正在複習她自己的簡報資料。

周圍還有她似乎在公司也有的跟屁蟲軍團，對同一份資料進行著最終確認。

身材姣好的羅潔塔大概是為了多少給男性顧客較好的印象……穿的是讓身體線條很明顯的緊身西裝。不過同時也把頭髮梳理得很工整，甚至戴上一副假眼鏡，表現出精明女性的形象。雖然臉上化的妝還是老樣子，以義大利女性來講有點厚就是了。

「──貝瑞塔姊姊，妳好呀。」

似乎沒什麼從容餘力的羅潔塔只對貝瑞塔簡短一句招呼後──等到司儀宣告兩位公司千金的簡報評選會開始，便在現場沒什麼熱情的掌聲中走上舞臺了。

「各位貴賓與股東們，今天非常感謝大家來到會場，我是羅潔塔・貝瑞塔。現在開始，就由我發表下一季皮埃特羅・貝瑞塔武器製造廠股份集團的經營方針提案。」

從一段中規中矩沒什麼特色的開場白之後，羅潔塔所簡報的內容是──

為了削減成本首先要改變員工雇用型態，這樣有點難以評價的提案。接著果不其然地提議將各種基礎生產線轉移到近年來工業能力開始攀升的中國。簡單來講，就是讓貝瑞塔公司的產品全面改為中國製的計畫。代工生產的產品對象也能因此擴大。

根據投影在銀幕上的圖表，這樣做的確能壓低價格，短時間內的收益也會增加……但這可以說是一種欠缺遠瞻性的思考方式。

畢竟槍械同時也是一種保護自身性命的東西，因此降低故障發生率──也就是「品質」非常重要。

然而根據委託代工的對象，品質很有可能會大幅下降。這會連帶造成信賴度的降低，進而形成「便宜沒好貨」的印象，使公司走向下坡。

另外更糟糕的是，雖然羅潔塔當然沒有提到這點……但技術和人才毫無疑問會外流出去。對於一間公司來說很重要的是技術經驗，更重要的就是人才。日本的製造商過去就是採用和羅潔塔同樣的想法，結果現在演變成被亞洲各國製造商逼近追趕的立場了。

羅潔塔這段明顯可以預想將來慘況的提案，聽眾們當然也不怎麼捧場。畢竟這樣做或許今後可以撐個五年左右，但沒有未來。或許是老期待能短時間創造利益的歐洲企業常會有的想法，卻也是像火耕農業一樣的商業手法。羅潔塔本身似乎也不認為這是個好點子，只是因為她想不出更好的方案，只好提出……講話方式聽起來就沒什麼自信。

連那位黑人將軍也只是表現出一副「哎呀，如果價格可以稍微降低也好吧」——這樣不上不下的反應。

簡報結束後，羅潔塔在聽眾們姑且為她送上的掌聲中退到舞臺的另一側。

……接下來輪到貝瑞塔了。

「那我上了。」

貝瑞塔用力握一下水手火星的變身棒後——將變身棒插在防彈外套的內側口袋中，走向舞臺上。

「加油。有我跟著。」

即使對於我說出的這樣一句蠢話，貝瑞塔依然微微把頭轉回來，對我露出開心的笑臉。或許她是臨場不會緊張的類型，表情看起來威風凜凜。

觀眾們一看到貝瑞塔走上舞臺，便紛紛鼓掌──和羅潔塔的時候完全不同，是彷彿在表示「等妳好久啦！」似的如雷掌聲。

或許是因為大家都知道貝瑞塔是個天才兒童的關係吧……歐美人還真是露骨。

就連在舞臺另一側，羅潔塔都已經咬起手帕，一臉不甘心地瞪過來啦。

「──呃～這麥克風有點……」

因為身高差距的緣故，麥克風的位置很高。於是貝瑞塔將它拉下來後……對興奮望著她的聽眾們露出一臉微笑。

接著閉起眼睛，深呼吸一口。

等到她再度睜開眼──我和亞莉亞的目光都不禁被她的表情吸引過去了。

那是……在戰鬥之前就決心不後退的武偵們經常會有的眼神。

貝瑞塔。

妳放棄那個革命槍計畫……究竟打算做出什麼事？

「──讓我們停止把武器擴散到全世界吧。」

聽到她這第一句話──

會場頓時凍結了。

這裡可是武器製造商。工作就是把武器擴散到全世界的說。

但貝瑞塔卻劈頭就否定了這點。把武器講得很壞，在這裡可是禁忌啊……！

就在不禁慌張起來的我身邊，亞莉亞卻是——輕輕笑一聲後，「原來如此呀」地自己一個人理解了狀況，露出一臉痛快的笑容。什麼叫「原來如此」啦？或許妳靠妳的超級直覺就能夠理解，但我可是一片混亂啊。

「就在昨天，我被我自己做出來的子彈擊中了。」

貝瑞塔這段與公司計畫毫無關係的衝擊爆料……讓會場騷動起來。

雖然也有人笑著認為那是什麼玩笑話，但露出的也是苦笑。

因為貝瑞塔表情看起來是完全認真的。

「很幸運地，我今天可以站在這裡。但我同時也明白了，武器這種東西，是有可能落入惡人手中的。而所謂的惡人，搞不好擁有強大到能夠毀滅世界的力量。如果公司願意選擇我的方針，貝瑞塔公司今後就會停止大量生產武器。我受到神的啟示，告訴我必須這麼做。」

聽到這段話，就連舞臺另一側的羅潔塔也當場呆住了。

喂……貝瑞塔……妳到底是怎麼了啊……！

「藉由這個做法，今後貝瑞塔公司將會逐步減少全世界的武器。人類自古以來捨棄迷信、放棄奴隸制度、廢除階級制度，一路走到當時還稱為『未來』的現在。人類肯定也能從『武器』這樣的存在畢業。而我們就是要成為那個領頭羊。」

會場的騷動聲越來越大。

因為貝瑞塔這段話可不只是公司營運方針而已，是完全顛覆公司宗旨了。

「然而，邪惡勢力肯定不會想放開武器。但誰也不會期望只有惡人擁有武器的世界。因此——」

貝瑞塔彷彿在重新做好覺悟似地深吸一口氣後……

「我要建立起『正義的使者』！」

露出下定決心的表情如此說道。

一部分聽眾聽到她這句話，頓時大笑起來。

那些人的表情看起來是總算確信這次是這位天才千金在開玩笑了。

然而貝瑞塔依舊一臉認真，對著麥克風繼續說道：

「在美國有一種叫『人間兵器』的思想，就是派遣武力足以匹敵超兵器的超人，去處理需要軍事活動應付的事態。而我要創立的這個企劃並不是單純為了某一個國家，是為整個世界。這些超人以及這個組織，我命名為『茹斯特』。茹斯特的武裝將由我來製造提供。」

貝瑞塔講的話漸漸開始具體起來……

我也總算明白她講的都是認真的。

貝瑞塔接著操作演講臺上的按鈕，讓條列出來的理念投影到銀幕上。

「對於茹斯特，將不會給予酬勞。因為以金錢為目的的人，不會伴隨為人道而戰的心。」

這……

「茹斯特要隱藏自己的身分，平時以一般人民的姿態潛伏各地。即便是從事武裝職業的人，也不能公開自己是茹斯特的身分。這是為了防止有人親近討好，企圖恣意利用茹斯特。另外，不知道茹斯特會出現在何處的狀況——也就是說走在街上的學生、上班族、廚師、店員都搞不好會是茹斯特的狀況，將可以成為對邪惡勢力強大的抑制力。」

對，這簡直……

「茹斯特將會由幾名人員組成小隊。讓擁有領導能力的人、頭腦聰明的人、勇敢的人、體力優秀的人以及副領隊等等分攤各自的專長領域。」

簡直就是——日本的動畫啊……！

貝瑞塔是從日本動畫得到靈感，打算將理想化為現實。想要把我曾說過「人類就是要追求理想」的發言——真正實現。

然而，她這些話可說是充滿漏洞。

說到底，究竟要如何挑選出擁有正義之心的人？就算挑選出來了，也無法保證對方今後都不會染上邪惡。

而且就算有天才技師貝瑞塔提供武裝，也不可能會有人心腸好到願意無償投身於必須賭上性命討伐邪惡的戰鬥之中。

「我深切期望會有人對我這項企劃感到共鳴。然後請各位仔細聆聽那共鳴的聲音。那正是人類至今只能當成夢想的人道理想——『正義』誕生的解放鐘聲。」

在淘淘不絕的貝瑞塔面前，多半的公司人員、顧客與股東們——都露出像是聽到地動說的神官、聽到解放奴隸主張的美國人或是法國革命爆發時貴族們的表情。

而事實上，貝瑞塔在這裡發表的主張，的確就像這些事情一樣是足以**顛覆時代**的想法。

是將到處都是武器的這個世界從根本進行改變，開啟新時代大門的第一步。

與散播革命槍到全世界被濫用——也就是尼莫企圖達成的那種讓時代倒退的革命完全相反，是通往未來的革命。即使無法現在立刻實現，以貝瑞塔為起點或許能引發一場世界革命。世界也許會朝未來再前進一步。

然而……

公司方面倒是陷入了一場大騷動。

明明貝瑞塔還在發表簡報，麥克風就被關掉，投影畫面也消失了。

公司高層們慌慌張張地走上舞臺。從非洲來的那位將軍則是對周圍的員工們「這是怎麼回事！」地大聲怒罵著。

大家——都沒辦法理解。

這也是當然的。就算今天有人把「自己公司的產品可能落入惡人手中」這樣的黑暗面攤到陽光下，並大聲主張要面對那項矛盾……大家為了公司的發展、為了自己的生活，都沒辦法立刻表示贊同的。

「……非常抱歉。貝瑞塔小姐現在，呃……那個、患有一些精神上的問題，正在接受藥物治療……總而言之，今天的簡報會、呃、就到此結束。」

不知所措的司儀透過領夾式麥克風對全場宣告這樣顯而易見的謊言——公司的女性員工們趕緊把貝瑞塔拉回舞臺邊。

至於貝瑞塔本人——大概在某種程度上早已料到這樣的展開，表現得非常鎮定。

在譁然的會場中……只有最前排的董事長依舊保持一臉柔和的笑容。坐在輪椅上，握著裝飾有瑪瑙的枴杖。

3彈　聖天使城，小小的革命之夜

——羅潔塔與貝瑞塔的簡報對決結束後，過了三天。

競賽結果當然就是羅潔塔獲勝了。

因為公司一大賣點的貝瑞塔・貝瑞塔今後可能不再製造新商品的關係，貝瑞塔公司的股價曾一時暴跌……不過羅潔塔和某非洲小國締結了契約，讓那國家會制式採用今後將在中國生產的廉價版武器，使得公司股價現在已經回升。也因為這項功勞，據說羅潔塔晉升為國外事業部的責任部長了。

至於貝瑞塔則是……被她從來沒去過，也不知從哪裡來的羅馬某心理治療科借名義開出「精神羅患疾病，須暫時休養」的診斷書。就在昨天被董事會宣告革職，換言之就是遭到開除了。

哎呀，畢竟她在那樣大牌的ＶＩＰ面前高談與企業理念完全相反的主張，因此公司對外必須做出某種程度的交代才行。這就是公司體系。而且一個今後不再會創造賺錢商品的人，對於公司而言也是不值得支薪的人員吧。

於是……

貝瑞塔必須在今天早上離開位於帕里奧利的公司宿舍了。

地下工作室的工具、車床、清空並格式化的電腦與周邊儀器也因為都是公司資產而全部被搬走。就連她即便當成愛車但依然是公司用車的法拉利 California 也同樣遭到沒收。

貝瑞塔一直以來認為「公司的東西＝自己東西」的人生也到此結束了。

「妳的私人物品就只有這些啊？」

在以前我被蕾姬和莎拉剝光衣服的那間客廳暫時堆放的貝瑞塔私人物品，只有衣服、教科書以及少數日常用品而已。

「是呀。你用這個把它們包起來。我在日本動畫上有看過，日本人會用一塊很大的布把行李包起來搬送對吧？你包給我看。」

自尊心高的貝瑞塔雖然態度表現得一如往常，但或許是捨不得離開這間屋子的緣故……聲音聽起來沒什麼精神。

「行李至少也自己整理吧。」

「我沒整理過，不知道怎麼做呀。」

貝瑞塔說著，捲起袖子，解開上衣的第一顆扣子，至少表現出充滿幹勁的態度……但的確如她所講，她整理行李的效率差得可以。

大概是以前這些事情她全都交給艾爾瑪去做的關係吧。於是在不得已之下——我只好按照她的要求，把那幾塊大絲巾當成包袱布，將行李包起來了。

衣服最後塞成了兩包，一包由我背，另一包由貝瑞塔背，然後我們各自手上再提起裝有教科書與文具的包包——亞莉亞也幫忙提了一個包包……加上身穿水手女僕裝、拉著行李箱的麗莎，四個人準備走出玄關的時候……

「貝瑞塔大小姐，我……我……」

一直以來照顧貝瑞塔生活瑣事的部下艾爾瑪顫抖著她的麻花辮，眼鏡底下懦弱的雙眼不斷流出淚水。

——身為公司員工的艾爾瑪已經不能再幫忙貝瑞塔了。

現在貝瑞塔不是公司的什麼高層員工，因此為她工作的行為並不包含在公司與艾爾瑪簽訂的契約內容中。歐美是比日本更嚴格的契約社會，一方面也要考慮到工會方面的問題，所以不可以做契約內容以外的事情。

另外——

艾爾瑪並沒有跟著貝瑞塔向公司提出辭呈，她沒辦法那樣做。

因為艾爾瑪也有她的生活要顧。

「艾爾瑪，有那些淚水就很足夠了。一直以來謝謝妳囉。」

「大小姐……這樣簡直就像我背叛了大小姐一樣……」

「沒關係，我不會那樣想的。來，妳別哭了。今天可是我——全新的出發呀。妳就用笑臉送我走吧。」

用溫柔的語氣說話，並且對艾爾瑪露出微笑的貝瑞塔……從今後生活上的一切事情都必須自己親手處理了。打從出生以來就是總裁千金，只知道「大企業」這個溫室的貝瑞塔，真的有辦法做到那種事情嗎？

因事態發展也跟著她一起走的我，同樣不知道今後究竟該怎麼辦才好。

我們將那樣的不安連同品牌包包一起抱在懷中，留下艾爾瑪，走出前貝瑞塔家一看……

「……」

「……」

在玄關外、大門前——蕾姬與莎拉依舊默默不語、面無表情地站在那裡。

畢竟這兩人本來就是用錢雇來的傭兵，於是……

「貝瑞塔。契約書上有明確記載，當雇主做出嚴重傷害受雇者信用的行為，或是受貝瑞塔公司解雇等，判斷居住、車輛、彈藥武器等方面無法再進行足夠輔助的狀況下，契約將會解除，也不需要歸還費用。」

莎拉用一副「錢了緣分盡」的態度，毫不客氣地對貝瑞塔如此說道。

可惡，這個冷血的女人。我本來還想說要不要用她偷種青花菜的事情當威脅，強迫把她拉入我們離家隊伍的行列，但那件事情在當時已經用「找機會幫我射一箭」做為交換條件，交涉結束了。而且要是莎拉因此又變得腦袋過熱，她搞不好會一箭射向我的腦袋瓜啊。就算我可以應用內臟迴避的技巧讓箭穿過右腦和左腦中間，但我今後的人生都必須讓箭刺在頭上講出什麼「如果你有辦法讓它散落的話，那你就試看看吧！」之類的臺詞吧？敵人肯定也會笑死的。

「……」

蕾姬雖然只是默默站在那裡，但她應該也是和莎拉一起來確認解除契約的。

「其實我昨天就應該要通知妳們才對的。真是抱歉。」

在歐美，確實遵守契約才符合社會倫理。

讓事情變得模稜兩可似乎是很失禮的行為——因此反而是貝瑞塔向她們道歉了。

「那麼從此刻起，我和貝瑞塔之間就沒有關係了。如果想要再雇用的時候，打電話給我。」

莎拉丟下這句話後，便提著裝有弓箭的格紋手提箱邁步離去。

無論對方處境再怎麼可憐，只要沒錢就切斷關係。還真是現實到反而教人佩服的女人呢。雖然我身為一名武偵，其實本來也應該要像她那樣才對就是了。

「……再聯絡。」

戴著耳機的蕾姬不是對貝瑞塔，而是對我留下這句話後，在彎彎曲曲的阿爾奇美得路上走向與莎拉相反的方向。不知道那傢伙今後究竟打算怎麼行動？因為她的想法總是難以猜透，讓我不禁有點擔心讓她離開到底是不是一件好事。

背著布囊行李、顯得與羅馬風景格格不入的我和貝瑞塔，帶著亞莉亞與麗莎——坐上了一臺公共巴士。

空調壞掉的巴士內又悶又熱，讓我不禁都懷念起那臺爽快的敞篷造型法拉利啦。

貝瑞塔坐到最後一排的位子，望著車窗外。麗莎則是跟著坐到她旁邊的座位上。

現在的貝瑞塔或許交給療癒系的麗莎去應對會比較好，於是我和亞莉亞坐到與她們稍隔一點距離的雙人座位……雖然車上沒有其他乘客，但還是小聲用日文交談。

「今天早上我也和卡羯聯絡過，N果然還是沒有回來的樣子。尼莫他們大概本來是想讓貝瑞塔把革命性武器更有效率地散播出去，使今後各地引發的動亂……讓時代退回過去的速度加快。但是——貝瑞塔本人卻做出完全相反的選擇，朝未來的方向踏出了步伐。或許是因為已經朝別的方向開始進化，所以尼莫他們判斷貝瑞塔已經是派不上用場的棋子了吧。」

「就算如此，我們還是要繼續看著貝瑞塔。畢竟她如果經歷世間嚴寒，搞不好也會改變心意。」

的確……貝瑞塔雖然提出了理想，但沒有人願意表示贊同。

這臺破巴士空空蕩蕩的車內，就好像在諷刺這點一樣。跟隨貝瑞塔的人，只有身為借錢狗的我、狗的部下麗莎以及不知該說是護衛還是監視人的亞莉亞而已。

基於贊同理想而追隨她的新夥伴，一個也沒有。

所謂的革命，所謂的第一步……

（……其實就是這樣啊。）

無論組織或者個人，只要現在活得好好的，就會變得比較保守。

即便在心中深處知道自己的生活是建立在別人的淚水之上也一樣。

即便過的生活與自己的志向不同，其實內心想要過著與現在不同的正確生活也一樣。

既然到現在為止都能活過來，人就不會想要改變那樣的生活。

就算今天別人把理想重新揭示在自己眼前，讓自己回憶起曾經有過的夢想，人還是不會輕易改變。就算遇到了改變的機會，也不會讓自己認為那是機會。就這樣漸漸變成無法再行動的老人，然後放棄了改變，認為理想終究是理想，夢想終究是夢想。

我完全沒有要責備這點的意思，畢竟大家多多少少都是這樣過活的。我自己也是一樣。沒有一個人決定追隨貝瑞塔的公司員工、軍人或股東，以及蕾姬和莎拉，他們都不壞。

我瞥眼透過駕駛座的後照鏡看向貝瑞塔寂寞的表情。

——不過，貝瑞塔，即便如此……

要是沒有人率先朝理想與夢想踏出步伐，這世界什麼都不會改變。這也是事實。這個世界就是因為有人踏出第一步而改變的。教科書上記載的許許多多歷史轉換點就是證明。無論在哪個國家、哪個時代，都有勇敢的人改變過去，朝未來踏出第一步。而現在，貝瑞塔正準備成為其中一人。

因此我現在必須做的事情——就是支持貝瑞塔的心，不要讓她再度被N慫恿，變成通往過去的革命起點。雖然平常表現普普通通，即使進入爆發模式也頂多只會打架的我……究竟有沒有能耐做到那種事情，我自己也不知道就是了。

貝瑞塔據說是從十五歲開始正式在貝瑞塔公司工作，後來領了兩年的薪水，但她個人卻沒有多少積蓄。

也就是典型的「我不是有錢人，但我父親是有錢人」模式。

而那位父親大人大概是對於向公司舉旗造反的人不能提供協助的關係，似乎並沒有給予貝瑞塔金錢上的支援。因此連交通費都必須節約的貝瑞塔在羅馬的特米尼車站轉搭路面電車後……

「話說，我們現在要到哪裡去啊？」

「我在特拉斯提弗列區租了一間廉價單人套房。這樣變得和 Frontoni 很近，不是很好嗎？」

在路面電車的車廂中，她如此告訴我。講話方式還算有精神。

不過，原來她是要搬到特拉斯提弗列區啊……那個隔著一條台伯河位於羅馬市中心外面，講好聽一點是很平民，講難聽一點就是感覺有點貧窮的地區。看來她果然很缺錢的樣子。

「說得也是，那家店只要二歐元就能吃到一餐份的比薩……而且這樣距離武偵高中也稍微近一點啦。」

「學校方面我已經休學了。畢竟學費是爸爸，或者應該說是公司幫我出的。如果要我自己繳，我有點付不起呀。」

……原來、是這樣啊。她明明那麼努力在學習車輛科的課程的說……

但這世界就是很現實。雖然我本身也完全沒資格講這種話，但如果繳不起學費，就連學校也不能去了。

不過半官方半民營的武偵高中學費應該不算太貴才對。居然連那樣的金額都付不起，貝瑞塔會不會一下子變窮得太快了？

感到疑惑的我不禁擔心起來——

「講到這個我就想到，我借的錢現在怎麼樣了？」

聽到我小聲詢問，貝瑞塔在搖晃的路面電車中沉默了幾秒之後……

「那筆錢我已經代替你還給公司了。畢竟那本來就是我擅自借出去的錢，而且契約上就有規定要是我離開公司的時候沒有還清，就要由我自己代墊。」

……喂……

我借貸的錢可不只是一萬兩萬而已。對於一個女高中生……或者說現在是休學中的無業少女來說，那金額可是很龐大的。

就是因為代替我把錢還清的關係，讓貝瑞塔幾乎變得身無分文了。

「總之就是這樣，你可以繼續到學校上學。武偵等級測驗要加油喔。」

……我怎麼會做出了這種事情啊。

明明自己也沒什麼償還能力，就隨隨便便借了一大筆錢——

然後又遲遲不還錢，最後害得貝瑞塔必須幫我代墊。

所謂的借貸行為，就是有人要把錢借出去的意思。

要是一直沒有把錢還回去，就會讓那個人傷腦筋，甚至有可能必須代為付錢。

這樣理所當然的事情……我竟然……

明明是只要稍微想想就應該明白的道理啊……！

在特拉斯提弗列區下了路面電車後，貝瑞塔走在前方帶我們到她租借的公寓，麗莎跟在她背後，而我則是和亞莉亞並肩走在最後面……

在路上，我用沒有提包包的手偷偷打了一封簡訊。

『亞莉亞，我有點事情想要跟妳商量。』

「為什麼走在旁邊還要用簡訊交談啦，笨蛋金次？」

「不、不要囉嗦，妳看簡訊就對了。是機密內容啦。」

人常說，遇到困難時就要求助神明。我就向如今和緋緋神大人化為一體的亞莉亞大人求助看看吧。

『妳可以借我錢嗎？』

我用恐懼發抖的手指寄出第二封簡訊後——

亞莉亞看了一下她珍珠粉紅色的手機……「啪嘰！」一聲瞬間變成像監獄兔中基廉列克的表情，額頭浮現出D字形的血管。

接著露出像是看到人間雜碎的眼神狠狠瞪了我一眼……

『為　什　麼　？　？　？』

用氣憤發抖的手指回覆我的簡訊。

『拜託妳別多問，總之先借我五千歐元左右。』

『世界上有哪個笨蛋會想把拿不回來的錢借出去啦？』

其實在妳眼前就有一個啊。那位貝瑞塔。

亞莉亞看到我接著輸入「妳不是很有錢嗎」的文字，立刻抓起她手槍的滑套部分，用握把底部——俗稱「亞莉亞鐵鎚」——碰一聲敲向我的手機。

喂！我這臺可是便宜的直立式手機，要是被敲壞了怎麼辦！

不過……照這樣子看來，她應該不會借我錢的樣子。

或者說，她是在剛才這段對話中直覺看出我和貝瑞塔之間現在的金錢關係，然後判斷不出錢的。因為她認為就算現在稍微給貝瑞塔一些錢，也無法解決根本性的問題啊。

從特拉斯提弗列路穿過好幾條小巷子，在外牆到處都被噴漆塗鴉的住宅區深處——有一棟屋齡看起來應該有七十年之久的破舊五層樓公寓。

那棟公寓的一樓就是貝瑞塔的新家了。

雖然羅馬市內的房屋租金是出名的貴，不過這裡的確應該很便宜才對。

我們打開面向道路的共用大門，走進昏暗的走廊……來到公寓共用的宅配收件架前。麗莎這時把旅行箱暫時放到架邊……

「麗莎這就去找從今晚開始可以讓主人過夜的地方。在就寢時間之前一定會找到的。」

她說著，提起裙子敬禮後，便轉身離去。這麼說來，我現在變得沒地方可以住了，所以麗莎的行動的確幫了我很大的忙。不過……總覺得她同時也是顧慮到狀況——認為自己闖進這間破屋子東張西望對貝瑞塔不太好意思的樣子。

不過我和亞莉亞倒是從以前就不太會顧慮這些事情，於是等貝瑞塔用似乎是事前透過郵寄收到的鑰匙打開房門後，藉搬行李的名義進到房內。

……室內雖然一開始就有提供家具，但全都老舊破爛。白色牆上也到處可以看到裂痕。甚至能聞到氯化物清潔劑的味道，應該是剛去過霉的關係吧。

其實看房屋外觀就可以知道，這房間完全處於陰暗處。現在明明還是白天，但即使點亮垂掛在天花板的電燈泡……還是顯得很昏暗。

就在我和亞莉亞因為在意這點而抬頭仰望有裂縫的天花板時……

「唉呦，這房間不錯呢。反正我本來就幾乎都在地下室生活，不會在意光線昏暗這種事情嘛。」

貝瑞塔強裝有精神似地笑著，把布包行囊放到軋軋作響的桌子上。

貴種流離譚——如果這樣形容或許很帥氣，但貝瑞塔現在可說是——在外國比日本顯著的「貧富差距」中跌落到「貧窮」的一方了。

……我剛才應該跟麗莎一起離開才對的。貝瑞塔以前在我面前表現得那麼高傲，如今卻讓我看到這樣的房間，她內心肯定覺得很丟臉。

「好，這裡就是我全新的出發點了。拿機器人動畫來講，就像是祕密基地一樣。首先要做些什麼好呢？對了，就來做幾套超級英雄穿的裝備服，還有外觀像交通工具的機械物，然後幾臺可以合體變形成巨大機器人這樣。」

在甚至連冷氣都沒有的小房間中……

貝瑞塔坐到一張幾乎要壞掉的椅子上，彷彿在對抗貧窮似地開起玩笑。

為了讓自己不要面對現實，而發揮出義大利人特有的樂觀態度。

「來畫個設計圖，想像一下巨大機器人的外觀吧。」

她說著，做出像是在找紙筆的動作，然後……

把手伸向桌子的右前方，也就是在帕里奧利那棟房子的地下室會有一臺內線通話機的位置……

「──艾爾瑪，把我的針筆……」

因為凡事都叫艾爾瑪幫忙的習慣，她不自覺脫口說出了這種話。

但是那裡根本沒有內線通話鈕，只有老舊到脫了皮的桌面。

「……」

貝瑞塔頓時染紅臉頰……而我和亞莉亞其實也早就察覺到，她藍綠色的雙眼從進到房間之後就已經溼潤泛淚了。

她內心正受到強大的打擊。

因為出生以來初次面對的**貧窮**。

（……貝瑞塔……）

在貝瑞塔深受影響的早年日本動畫中，經常會有所謂從邪惡帝國手中保衛地球和平的正義英雄軍團。

但那種東西終究只是幻想空談，現實是很嚴苛的。像貝瑞塔稱作是祕密基地的這間破房間，也不知道究竟能租到什麼時候。

「……妳的行李我放在這邊了。」

我一方面也為了不要看到轉朝牆壁隱藏自己淚水的貝瑞塔……於是把幫她背來的私人物品放到一張小圓桌上。接著把為了不要積灰塵而立在牆邊的床墊搬到床架上。

生鏽的床架光是把彈簧都露出來的床墊放上去，就軋軋作響。

「你不用幫我整理床鋪啦，我自己會做。你們兩位光是幫我把行李搬到這裡，我就很感謝了。」

貝瑞塔用手指偷偷把眼淚擦掉並轉回頭，對我們說出這樣客氣的話。

「需要出力的工作至少交給我幫忙吧。我在梵蒂岡不也這樣說過？」

在艾爾瑪以及其他許多員工伺候下生活的大企業千金——

貝瑞塔捨棄了那樣的身分、那樣的生活。為了一份朝向未來的理念。

然而現在……在她身邊只有頂多能幫忙把床墊搬到床架上的我而已。另外就是不知道是不是故意什麼事情都不做，只把身體靠在牆上交抱雙手，一臉嚴肅地看著貝瑞塔的亞莉亞。

大概是為了逃離氣氛僵硬的房間，貝瑞塔說了一句「要確認一下浴室才行呢」並站起身子——和為了預防萬一而把沒有防水功能的手機放到架子上的我一起走進一旁的廁所兼浴室。

在瓷磚地板的浴室中，有一臺中國製的老舊洗衣機。是在日本也常會看到的直立式便宜貨。

然而貝瑞塔卻……

「這是什麼東西？啊，是洗衣機對吧？我第一次親眼看到不是滾筒式的洗衣機呢。」

講出了這樣一句千金大小姐發言。

甚至還充滿興趣地找起這類型洗衣機不會有的烘衣功能按鍵。

接著我們來到小小間的廚房，貝瑞塔又東張西望地尋找流理臺周圍……

「這裡沒有洗碗機呢。意思是不能洗碗嗎？」

露出動腦思考的表情講著這種話。她根本不知道用海綿和洗碗精就可以洗碗的事情。

這下……我的不安完全猜中了。貝瑞塔毫無生活能力，甚至比亞莉亞還糟糕。

絕對不能放任她不管。我必須每天來視察狀況，輔佐她生活才行。

畢竟貝瑞塔會淪落到這樣，我也有責任啊。

以前貝瑞塔開著法拉利出門吃過的那些名店義大利料理，在這地方當然也沒有。這裡只有從超市用三歐元買回來，隔水加熱食用的義大利餃。我們三個人圍繞在小餐桌邊……分吃了那盤黏糊糊的義大利餃。今晚的餐食就只有這樣。

不過義大利人在用完餐後說什麼都一定要喝杯咖啡，於是……

「這樣一餐吃起來比 Frontoni 還便宜，真不錯呢。」

貝瑞塔喝著從公寓走廊上的自動販賣機用二十歐分買來的紙杯裝濃縮咖啡，表現得好像很享受這樣的節約生活。然而——

看著眼前桌上同樣的咖啡，我和亞莉亞怎麼也無法提起精神。

但現在我們應該要激勵貝瑞塔才行，因此我為了喜歡動畫的貝瑞塔打算提出「我想像的最強水手服戰士」之類逃避現實的話題。可是就在我準備開口的時候……

「——貝瑞塔，講認真的，妳今後怎麼打算？」

……啊呀……

面對現實派的亞莉亞講出了這樣嚴厲的問題啦。

為什麼這些菁英分子就是喜歡把已經被逼到走投無路的人更逼向絕境啊？

這下就連貝瑞塔也忍不住露出懦弱的苦笑……

「呵呵，就來保護地球免受宇宙怪獸攻擊好了。」

她因為連攪拌棒都沒有的關係，只好轉著紙杯攪拌沒溶化的咖啡砂糖，並小聲如此呢喃。

寂寞的雙眼感覺隨時都要哭出來了。

「我是問認真的。」

「呃、喂，亞莉亞，妳也考慮一下貝瑞塔的心情行不行？現在還是聊些動畫的事情——對了，其實幽靈Q太郎有個叫O次郎的弟弟。他們明明分別叫太郎跟次郎，但O在字母順序上卻是比Q還要前面……」

「Shut up（給我閉嘴），這個笨蛋金次。不過，幽靈嘛……說得也是。貝瑞塔，妳現在就是在跟幽靈戰鬥，不可以鬆懈大意。」

亞莉亞用比平常更嚴肅的語氣如此說道。

幽靈？

就在我不禁疑惑歪頭的時候……

「不如人意的狀況，就像是幽靈一樣。要是選擇背對它，遲遲不願對決，它只會永遠跟在背後。想要擊敗它，就只能正視面對它呀。」

亞莉亞用她紅紫色的眼睛盯著抬起頭的貝瑞塔藍綠色的眼睛。

面對那樣的亞莉亞——貝瑞塔露出溫和的微笑。

即使淪落到這樣的生活，她看起來年幼的臉蛋依然散發出上流階級的氣質。

「妳在擔心我對吧，亞莉亞。妳這個人雖然總是表現得很嚴厲，但其實比任何人都溫柔呢。」

「……我、我才不是在擔心妳什麼的……」

似乎被戳破事實的亞莉亞頓時滿臉通紅，別開視線。

「謝謝妳。或許我真的有點太軟弱了。看來我應該最先打倒的邪惡，是存在我心中的那個幽靈呀。」

貝瑞塔說出同意亞莉亞的發言，並露出振作起來的表情。不過……

……她真的振作了嗎？現在的我完全沒辦法看出女生的心情，所以也沒辦法判斷她究竟是出自真心還是在逞強啊。

到了晚上，跟貝瑞塔約定好明天會再來的我和亞莉亞走出公寓後——

亞莉亞打算搭計程車回去她住的市內最高級飯店——拜倫勳爵酒店。於是我也順道搭她的便車，在過了台伯河的時候……我想說要打電話問麗莎今晚的住處，另外雖然有點煩人但還是姑且要問一下卡羯有沒有感受到N的氣息。

可是——我這時才發現手機不在自己身上。

剛才確認公寓浴室的時候，我把它放在架子上就忘了。

於是在亞莉亞無奈嘆息中，我一個人下了計程車，徒步走回橘紅色街燈照耀之下到處都是灰塵的特拉斯提弗列路……約十分鐘後，抵達了貝瑞塔的公寓。

結果我看到麗莎一臉傷腦筋地呆站在公寓前。

「……麗莎。」

「啊，主人！麗莎剛才打電話給您，但因為您沒接聽，所以就跑回來了——」

「哦哦，抱歉。我把手機忘在貝瑞塔家啦。」

「是，麗莎剛剛在這裡也打了一通電話，聽到從屋內傳來鈴聲就知道了。可是——呃……請問貝瑞塔大人沒有跟您在一起嗎？」

「嗯？她不是在裡面嗎？」

「不，好像不在的樣子。」

聽麗莎這麼說，我從公寓窗戶看了一下貝瑞塔房間……

（……？）

確實，電燈被關掉了。

難道她就寢了嗎？不，現在還是晚上九點前，身為夜貓族的貝瑞塔應該還醒著才對。

另外也沒有聽到在沖澡的水聲——我不禁擔心她該不會是上吊尋短了——於是趕緊將門把用力一拉。

雖然房門有上鎖，但門鎖位置做得不好，稍微使一點勁就位移打開了。

「貝瑞塔！」

我進到黑漆漆的房內點亮電燈泡，然而就如麗莎所說，裡面一個人也沒有。

到底是怎麼回事，貝瑞塔？難道妳在這種治安感覺很差的地區還夜晚外出走動嗎？

我從架子上拿回自己的手機，撥電話給貝瑞塔……但她沒接。或者說，我在房內聽到了震動的聲音。看來貝瑞塔也把手機丟在家了。

我立刻又打電話給卡羯，但據說N並沒有動靜的樣子。

另外我也聯絡亞莉亞說「妳快去找貝瑞塔的下落，我這邊也會找。」之後——

「主人，從對話聽起來……現在似乎狀況緊急的樣子，因此請恕麗莎失禮了。」

麗莎說著，走進貝瑞塔房間的深處。

然後在之前讓我 Mooi 的那對豐滿胸部前握起她的雙拳……

「嘿！」

稍微一用力後……唰！

一對像野狼的耳朵從她的女僕髮箍後面蹦出來了。

同時，帶有荷葉邊的裙子後襬也彈了一下，從裡面冒出毛絨絨的尾巴。

耳朵和尾巴的毛色都和麗莎的頭髮一樣是金色。我以前在荷蘭和倫敦也看過的那些部位——就是麗莎的族人在遭遇緊急狀況時會變成的金色野狼——熱沃當狼人的東西。

似乎可以靠自己的意思變身成半狼人狀態的麗莎，接著在房間內拿起貝瑞塔剛才當成包袱布背在背上的大絲巾。

然後把臉湊近，聞了一下氣味……

「身為主人的女僕，雖然這動作相當難看……還請您原諒。」

她一臉抱歉地如此說完後——啪！

當場全身趴到地上，開始嗅起地板的味道。

呃……妳在做什麼？難道變成小狗狗了嗎？話說……

（……嗚……！）

喂……麗莎的水手女僕裝、的、短、短裙！

因為她擺出把屁股翹高的動作，結果呈現出超危險的畫面啦……！

就在不禁慌張起來的我面前，麗莎本人竟打算繼續用那小狗姿勢爬出房門，讓狀況更加混亂了。

變得更慌張的我趕緊伸手將麗莎的裙襬往下拉，想要把她那對蠢動的大腿根部之間若隱若現好像看到又好像沒看到的某種白色棉質物體遮蓋起來。至於露在外面的吊襪帶，我就說服自己那是給人看的裝飾品吧。

話說這個拉下裙襬的工作，因為麗莎趴著而我站著，雙方的高度差距造成難度相當高。

伴隨往前走的動作，雖然我絕對不是故意的——但我為了遮住麗莎的屁股而抓著裙襬的手好像一直會碰到她的臀部、大腿甚至保護她胯下的那塊布啊。就算我一直對自己否定「不！絕沒有碰到！」但每當我似乎碰到的時候，麗莎那對狼耳朵就會像感

受到什麼似地做出反應。沒、沒有結婚的男女不可以做這種事情吧！這是什麼突如其來的爆發危機啦……！

「Mooi，聞到貝瑞塔大人的氣味了。請主人跟在麗莎後面。」

「什、什麼後面，妳後面很糟糕啊……！拜託、妳的裙子、稍微遮一下吧！」

「啊、嗯……都這種時候了……主人也真是的，從剛才就一直摸人家那種地方……好色呢。請不用擔心，麗莎絕不會讓主人以外的人看見的。」

用莫名開心似的苦笑稍微朝我轉回頭的麗莎，就在即將爬出公寓大門時，唰地把她毛絨絨的尾巴彎成S型，壓住自己的裙子。

既然妳可以做到這點，拜託妳一開始就這樣做行不行！

話說這個不知檢點的女僕，竟然把屁股朝向主人。要不要我把妳那白屁股打成一片紅色當作懲罰啊？不過要是我那樣做，有被虐狂嫌疑的麗莎搞不好反而會很開心，而且女人的屁股根本恐怖到我不敢碰，所以我絕對不會做啦。

麗莎趴在特拉斯提弗列路上一邊爬著一邊聞地面的味道，而我則是像遛狗一樣跟在她後面。雖然沒有項圈也沒有遛狗繩就是了。

話說麗莎小妹妹啊……我被帶到之前的貝瑞塔家狙擊拘禁的第一天，妳該不會也是那樣做的吧？

我記得妳那時好像說，妳是循著法拉利的輪胎氣味找到貝瑞塔家的。

看來有什麼樣的主人就有什麼樣的女僕。還好那時候和這次都是在路上沒什麼人的夜晚。

我們就這樣走著走著，來到橫跨台伯河的石橋——一座通往聖天使城的細長石橋。

那座被燈光照耀、呈現圓形外觀的城堡是原本在二世紀時建來做為羅馬皇帝的陵墓，不過自從建造了據說在六世紀時讓大流行的鼠疫終結的大天使米迦勒的雕像之後，這裡就被稱作「聖天使城」了。

（——貝瑞塔……！）

我發現那個身影的同時，麗莎也站起身子。

貝瑞塔孤零零一個人站在那座裝飾有貝尼尼天使像、周圍看不到其他人影的拱橋上，望著河面。在我眼中，那模樣看起來就像準備跳河自殺一樣——

於是在星空下、橫跨台伯河的白色石橋上——我趕緊衝過去，撲向貝瑞塔。

「貝瑞塔！」

「呀……！」

……噗嘶……！

我雖然因為強襲科時代留下的習慣，不小心用有點擒抱的動作把貝瑞塔壓倒了——不過貝瑞塔好歹也是一名武偵，對忽然撲向她的我也靠著衝撞力道一拳反捶在我胸口劍突處，讓我跟著她一起倒下後——

「——吼啊！」

呀哇！因為光線昏暗的緣故，她大概以為我是什麼可疑人物，竟狠狠咬了我手臂一口！

緊接著又碰一聲用她金髮飄逸的頭頂朝我下顎使出一記上升頭槌……！

被自己的衝力賞了腹部一拳，又被這招以前在機場也嘗過一次的連續攻擊痛毆的我，就在被壓倒的貝瑞塔準備從下方做出保護體位的時候——腦袋忽然一暈——噗嚇。

（……噗嚇……？）

讓臉部落在一對雖然很小但很柔軟的神祕雙丘之間。

「喂……！你、你你你你、你突然在做什麼啦這隻笨狗！」

這是什麼玩意？總覺得我現在臉部好像貼在某種散發出橄欖香氣、有點水水的物體之間。不對，這不是什麼玩意！這、這是貝瑞塔大小姐的、胸部……！我本來還以為她完全沒有的說！

可是其實有一點！

從剛才就又是屁股又是胸部的，我怎麼接連遭遇到這種爆發不幸啊……！

正當我這樣想的時候，忽然有某種堅硬的棒子「碰！碰！」地敲打起我的頭。

仔細一看，是貝瑞塔用水手火星的變身棒在毆打我的腦袋！

「住手，變身棒可不是鈍器，水手火星從來沒用過那樣的戰鬥方式啊！」

「——竟然在這種屋外場所！這隻笨狗！難道真的變成狗了嗎！」

「不、不是那樣……！是、是妳站在奇怪的地方，害我以為妳要尋短啦……！」

吞吞吐吐的我好不容易才讓臉部離開了A罩杯的胸部——對滿臉通紅、憤怒抓狂的貝瑞塔說明狀況。被她毆打的疼痛，讓我連爆發模式的事情都忘了。

結果從平坦的胸口這次換成拿出戰術筆的貝瑞塔……

「……」

眼角尖銳的雙眼頓時呆住，停止對我攻擊了。

然後跟我一起被趕到現場的麗莎拉起身子。

貝瑞塔彷彿在保護被我襲擊過的胸部般將雙手交抱在胸前，沉默了一段時間後……

「我才不是那種女人啦。哎呀，雖然我是有想過，只要我死了，那個惡魔般的點子——革命槍系列也會徹底消失了吧。」

對數著頭上腫包數量的我如此說道。

雖然和我原本擔心的理由不太一樣……不過她果然有稍微想過嗎？若是如此，還真是驚險呢……或許。

「……為什麼妳會跑到這種地方？走夜路很危險啊。」

「我只是覺得有點睡不著，所以出來走走而已。」

貝瑞塔說著，踏出她的小腳在白色石橋上走了幾步——

然後轉頭眺望白伯河另一側整片的羅馬市區。

「一夜全失……讓妳後悔了嗎？」

「──怎麼可能?真是的，大家都對我保護過度了啦。」

對於想要問出真心話而單刀直入的我，貝瑞塔鼓起了腮幫子。

「完全相反。我今天晚上其實莫名愉快。總覺得早已看膩的羅馬……不，整個世界看起來都閃閃發光呢。這種感覺我是出生以來第一次，所以才捨不得睡著呀。」

笑著對我如此描述的貝瑞塔，那對美麗的藍綠色眼眸──

「這是因為我獨立了。雖然一開始有點沮喪，不過現在反而很興奮呢。」

──看來已經沒問題了。就連觀察力遲鈍的我也看得出來，她眼中燃燒著希望的火焰。

太好啦。一方面因為亞莉亞的激勵，讓貝瑞塔真的重新振作起來了。

畢竟她本來就是個性能很高的女孩，因此能夠振作得這麼快其實也不會太奇怪就是了。

幸好她在這方面也跟亞莉亞很像。

「有一種東西，無論面對什麼樣的對手、受到什麼樣的遭遇，也無法停止下來──那就是心。」

以滿天繁星與聖天使城的天使雕像為背景，強而有力地說出主張的貝瑞塔……

真不愧是南歐美人。這畫面簡直就像電影中的一幕，很適合帥氣的臺詞啊。

「我順從自己的心，選擇了這個命運。這命運想必也是神賜給我的東西。哎呀，雖然我萬萬沒想到神的使者會從日本來就是了。」

貝瑞塔最後露出一臉可愛的苦笑，用變身棒輕刺我的胸口——

於是我也不禁露出笑容，雖然同樣也是苦笑啦。

總覺得現在的貝瑞塔莫名可靠。

「我……才不是那麼偉大的人物。不過真是太好了。現在的妳是我認識以來感覺最有活力的樣子。這不是因為妳幫我代墊借款才恭維妳，不過我對現在的妳比較有好感喔。」

聽到我說的話，貝瑞塔頓時臉紅到即使靠微弱的星光也能看出來的程度……小聲罵了我一句「笨蛋」，不過表情倒是很開心地害臊了一下。

然後又再度露出義大利女人高貴的表情——

「我今後要盡情過我真正的人生。就像拯救了阿蘭的你一樣，我也要努力戰鬥給你看。或許你和亞莉亞並不曉得，其實世界上也是有使用螺絲起子和車床的戰鬥方式喔。那是只有手槍技師才能辦到的戰鬥方式。」

她說著，左右張開雙手。

——啪、啪、啪……

這時忽然從貝尼尼的天使像上傳來拍手聲，讓我們抬頭一看……

「不錯呀，貝瑞塔。那感覺真的就像是改變世界的革命起點呢。能夠見證這場只有三名聽眾的歷史性演說，我很光榮喔。」

亞莉亞就坐在那座大型天使像的手臂上。看起來就像坐在大人手臂上的小孩子。

俗話說熱煙和某種人就是喜歡往高處爬啊。

以滿月為背景，讓雙馬尾隨風擺盪的亞莉亞，登場方式同樣像電影畫面般帥氣。只有我現身得像個可疑人士，感覺真吃虧。

順道一提，亞莉亞其實從很早就在特拉斯提弗列路上發現了我和麗莎，只是她看到麗莎的小狗動作，大概不想被別人以為是我們的狗夥伴，所以和我們保持距離跟過來的。雖然我透過像梔子花的味道從一開始就有發現啦。

唰——亞莉亞讓一對長馬尾飄成V字形，從上面跳下來……我則是為了防止目擊到裙底風光，眨了稍長一段時間的眼睛。

等我再度睜開眼皮時，亞莉亞和貝瑞塔互相握起了手。

「妳很了不起喔，貝瑞塔。妳做了正確的選擇，相對地放棄了許多的東西。但那決不代表妳變弱，其實是變得更強了。」

雖然感覺有點高高在上，不過聽完亞莉亞這段話——貝瑞塔也坦率還以笑容。

「好啦，今晚妳還是早點睡吧。要是睡眠不足，原本能做到的事情都做不到了。雖然我沒有講妳新家壞話的意思，不過這一帶治安很差，妳還是早點回去比較好。」

「我知道了。亞莉亞，謝謝妳。」

兩位天才美少女互相握手……在一旁溫柔看著她們的麗莎也為這畫面錦上添花。在這樣小而美麗的革命開幕之中——

……糟糕，總覺得好像只有我被排擠了？要是我不說個一兩句帥氣的臺詞，就會變成只是剛好路過的猥褻犯啦。萬一被亞莉亞的直覺猜中，今晚這一幕搞不好將來會被記載在歷史教科書上啊。

然而我也不可能馬上想出什麼瀟灑的臺詞，結果……

「呃～貝瑞塔，要是妳有什麼困難，至少需要出力的工作妳可以找我幫忙別客氣喔？妳打算要做的事情肯定是很大的一件事。妳不用讓自己太逞強。」

我最後只能重複之前在梵蒂岡就講過的話，說出這樣一段很遜的臺詞。

對於那樣的我，貝瑞塔依然很開心地……

「謝謝。不過我說你喔，到現在還沒搞懂義大利女人呢。」

說著，她把雙手叉在纖細的腰上，挺起平坦的胸部。

然後對我拋出義大利人純度百分百的媚眼……

「——義大利女人就是要表現得堅強才是好女人呀！」

用一臉頑皮的笑容，為今晚畫下了句點。

4彈　八岐大蛇

隔天早上，在貝瑞塔的祕密基地，也就是位於特拉斯提弗列區的破公寓中——

首先，我、亞莉亞和貝瑞塔三個人手拿著紙杯裝咖啡開始討論。

順道一提，我和麗莎昨天過夜的地方，是位於河川對岸金字塔地區、由國際武偵聯盟經營的青年旅舍。雖然必須和從埃及或南斯拉夫等地來這裡進行任務的武偵高中學生們共用房間，火藥味道很重，不過男女房間分隔得很清楚，算是住起來相當舒適的通鋪房間。

「如果要組織性地運用『茹斯特』，就必須能判斷善惡對吧？像我們遠山家自古以來是用『義』這種有點模糊的人道主義做為判斷基準啦……」

身為代代從事所謂「正義使者」的奇特家族後代，我提出了這樣的話題後……

「我想要以各國的法律做為判斷基準。畢竟在搜查行動上應該也需要和警方合作。」

看來貝瑞塔首先打算把茹斯特定義為一個遵循法律的組織。

在這點上我並不反對。畢竟雖然各地法律機制會因政治形態而有所不同，但至少立法與守法行為是人類歷史智慧的結晶。

然而亞莉亞似乎認為光這樣不夠完整的樣子……

「可是，這世界上也有所謂的無法地區。另外也有因為立法速度趕不上，讓警察難以出手應對的惡徒。妳創立的機關應該也需要面對那些警方無從對付的敵人，而且像這些人才真的會隱藏身分躲在人群中。對於那樣的壞人，茹斯特要怎麼抓出來？」

「還真嚴苛啊，亞莉亞。」

希望能夠正向進行討論的我，不禁對亞莉亞這段彷彿在挑小毛病的發言抱怨了一下。

「當然要嚴苛呀。這個企劃可是不容許出錯的喔？茹斯特只要對無辜民眾誤開任何一槍就完蛋了，到時候會變得沒有任何人願意支持的。」

妳平常不就老是對無辜的我開槍嗎？而且還是因為「看你的眼神不爽」之類的理由。居然還有資格講這種話？

……不過亞莉亞的主張也有道理。

現實中的惡徒並不會像動畫裡的反派那樣呈現清楚易懂的姿態。

像在N的成員中，茉斬走在路上別人也不會知道她是個國際恐怖分子。

——那麼壞人究竟要怎麼判斷為壞人？

對於這個在公司簡報會上聽到貝瑞塔要設立這個機關時我就想到的難解問題……我本來還以為她會說「最大的問題就在那裡呀」之類的回應。可是……

「壞人好像是可以分辨出來的喔。」

她卻講出了這樣一句話。

呃……可以分辨出來嗎？雖然我不清楚是怎麼做，但也太恐怖了吧！

「例如，我聽說當一個人打算給予其他人痛苦的時候，會散發出某種氣味。當以為自己在做好事但其實是在做壞事的時候，也會散發出特有的氣味。雖然所謂壞事在哲學上有很多種定義，不過像這樣各式各樣的模式都會有不同的氣味。據說這是因為在各種心理下，腦內分泌的去甲基腎上腺素或血清素等等物質會呈現其特定的比例，使吐氣或汗水中含有的揮發性有機物質產生改變的關係。像義大利國家憲兵要找出恐怖分子的時候，據說也會用警犬進行雙盲測驗的樣子。」

哈、哈哈……您別開玩笑了吧。

要講到嗅覺方面我也有幾分自信，但頂多也只能做到靠氣味察覺出接近自己半徑五十公尺以內的女生然後逃跑的程度而已。什麼靠氣味分辨壞人，那種事情怎麼可能辦得到嘛……

在日本違法改造槍械、非法丟棄子彈、和反社會性組織（黑道）交流等等，幹過不少壞事的我頓時全身冒出冷汗。就在這時……

「那個我也有聽說過。」

亞莉亞居然也出面證實了。

「妳……妳知道嗎，亞莉亞？」

「你幹麼臉綠得像小黃瓜一樣啦，金次？明里有個學妹以前說過『我可以聞得出邪惡的氣味』之類的話。那學妹叫乾，你應該也有見過喔？我當時有點興趣就查了一下，發現那樣的人雖然不多，但自古以來都有喔。」

咦咦……？乾就是那個經常黏著間宮、看起來正經八百、黑髮綁兩搓的女生嗎？因為她總是穿女警服走在路上，我想說應該是將來會進入警視廳的資優生類型，沒想到她居然還有那樣的特技啊。

「能夠聞出邪惡的『偵測能力』。像這樣的人才也是必要的呢。」

「不過那似乎比超能力者還要稀少，找起來很辛苦喔。」

貝瑞塔和亞莉亞開始針對這個話題討論起來。然而……

（要是讓那種傢伙加入組織，搞不好首先會被制裁的人是我……？）

漸漸感到不安的我——

「呃～話說回來，我們遠山家從幾百年前開始就代代或興趣或工作地從事像『正義使者』的事情，結果經常會發生一項重大問題。這是妳的茹斯特也搞不好會發生的大問題喔。」

嘗試進入下個議題，想要把「偵測人才」的事情先擱到一邊去。

結果貝瑞塔似乎對這個話題產生了興趣，問一句「問題？」並轉頭看向我。

「就是『內訌』。所謂『義士』……應該走在正義道路上的人，有時也會因為某些理由走上不同的路。像以前，我和大哥就曾經敵對過。當時我們雙方都認為自己是正義，而實際上或許是那樣沒錯。」

畢竟這真的是很危險的問題，因此我也講得很認真。

像那個伊藤茉斬，其實原本也是公安零課的四式——是為國民賭上性命戰鬥的正義英雄啊。

「成員之間的對決，在動畫裡也經常會看到呢。那你的老家又是怎麼收拾這類問題的？」

貝瑞塔說著，認真拿起記事本和筆。

「在我們家是採用限制、分散招式的手法。例如我以前用子彈偏開羅密歐子彈的那招，叫『彈子戲法』——在古代因為是火繩槍的子彈和子彈會黏在一起，形狀看起來像貨幣兌換商使用的衡量砝碼，所以叫『衡』。是遠山家代代相傳的招式……雖然我不是有人教，而是在家族的年終聚會上喝醉的爺爺和大哥表演過這招，我有樣學樣的——」

「……」

「腦袋很奇怪對吧？不過妳就聽他講吧。」

貝瑞塔頓時一臉呆滯，亞莉亞則是露出苦笑說我腦袋奇怪。

順道一提，這件事我以前在強襲科的健身房訓練時，被亞莉亞提出「好無聊，說些有趣的話」這種高難度要求而已經跟她講過了，所以她現在並不驚訝。

「亞莉亞，妳別打斷我講話。說到哪裡了？哦對對，如果用比較像動畫的講法……那些『必殺技』的數量在我們家是有傳承上限的。順道一提，規定是一百招。」

「一、一百招……！像那種奇怪的招式，你會一百種嗎？雖然我向義大利國家警察買來的影片中確實是有很多種類沒錯啦……」

「腦袋很奇怪對吧？」

「喂。我現在還沒有一百招，頂多七十左右而已。是正常範圍內。」

總覺得只要我開口講話，話題方向好像就會亂跑。看來我這個人不適合參加會議啊。

另外，該死的義大利國家警察，雖然我想你們應該是透過美國國防部之類的管道拿到影片，但你們也別把我的黑歷史動畫賣給民間人士啊。小心我因為侵害肖像權把你們列入「絕不原諒」名單中喔？

「……總之在我們遠山家，超過一百的招式就只能用一代，死後就放棄。還活著的時候也必須當成個人的隱藏招式才行。」

「那樣不是很浪費嗎？」

「以前亞莉亞聽到的時候也是那樣講——雖然當時我含糊過去，但既然都這時候了，我就講白一點吧。那是為了當家族中有人染上罪惡的時候，讓家族的其他人可以出面殺掉他的機制。畢竟就算那傢伙再怎麼強，如果被『基本上使用同樣招式而且還會使用自己不知道的招式』的族人們群起圍剿，還是可以殺掉。另外，有時候父親也會把自己的招式拆開來分別傳授給不同小孩。這個一方面是考慮到兄弟各自擅長的領域不一樣，但同時也是為了當有一方染上罪惡時，另一方能夠出面殺死對方。」

聽到遠山家這樣血腥的規定，貝瑞塔當場被嚇呆了。不過——

為了維護正義，有時候也需要這類像地獄般的規矩。這就是遠山家花了數百年的歲月得出的結論。

「……謝謝你提供參考。雖然我是希望在事態演變成那樣之前能想想辦法——不過為了能夠互相監視，或許讓茹斯特的成員們各自擅長不同的專門領域會比較好呢。」

我就祈禱貝瑞塔能夠將我這段話正面翻譯，採取更加安全的做法吧。

午餐時我們決定稍微奢侈一點，到近處的 **Frontoni** 外食了。這裡以前本來是便宜得教人驚訝的大眾餐廳，但對於現在的貝瑞塔而言卻變成有點奢侈的地方了。

用完餐走出餐廳後——因為天氣很好的關係，我們來到台伯河邊散步。

五月的羅馬堪稱值千金，讓人心情舒暢。雖然我為了陪貝瑞塔連學校都翹掉了，不過像這種天氣我反而覺得外出走走其實真的比較好啊。

在河邊春風的吹拂下讓金髮飄逸動人的貝瑞塔——打算要做一件正確的事情。

雖然她的計畫目前還到處是漏洞，也不知道可以修正到什麼程度。而且想當然，並不會因為貝瑞塔的機關設立起來，這世界就會完美無缺地變得和平。但舉例來說，就算警察再怎麼沒用，肯定也比世上沒警察來得好。

為了讓貝瑞塔不要再被N盯上，現在重要的也是讓她做些把目標放在未來的工作。所以在這件事情上，我就稍微再陪她一陣子吧。

要我陪她是沒什麼問題啦，只是……我個人對這件事情總有一種不好的預感。

都還沒喝濃縮咖啡之前，我的胃就一直在痛的那種預感。

實在忍不住胃痛的我，眺望著位於河川中的孤島——

「……呃～有件事情我從一開始就很在意。妳打算要任命誰加入茹斯特的成員啊？」

對著跟亞莉亞和麗莎愉快互動的貝瑞塔提出了這個問題。

結果貝瑞塔挺起她單薄的胸部……

「首先就是我自己。畢竟這是我提議的，所以就由我當初代長官。」

「哦，這樣……然後呢？初期成員妳預定要找那些人？嗚……痛痛痛……喂，麗莎，把太田胃散給我。」

我不灌水就吞下麗莎從日本幫我帶來的胃藥，並切入主題這麼詢問後……

「你就加入嘛，金次。我因為家族是向女王陛下效忠，所以不能正式加入任何在制度上有任何一點可能會與王室為敵的組織呀。」

亞莉亞露出一臉理所當然的笑容講出了這種話。

噗哧！我的胃當場引起彷彿開了個大洞般的劇痛。太田胃散慢了一秒，沒能趕上。

「嗚、喂！那個成員必須無償勞動吧！我可是武偵，武偵是靠錢……」

我講到一半說不下去——

因為我借了錢卻還不出來，甚至還讓貝瑞塔幫忙代墊啊。

然而這更加表示，連借錢都不還的我，不可能會追隨得上貝瑞塔那樣崇高的理想。

更何況我必須繼續當個武偵，從武裝檢察官口中問出關於老爸的情報才行。然後從中找出克服對卒的方法，要不然我會沒命的。雖然我還沒跟亞莉亞說明過這件事情啦。

就在我這樣東想西想拿捏不定的時候——

「不過這傢伙對金錢和女人很弱喔。我想妳應該也知道就是了。感覺他應該很容易就會染上罪惡，所以不是擔任正式一號成員的料。頂多是測試成員零號，就叫茹斯特・零吧。」

亞莉亞已經徹底把我加入茹斯特當成前提，跟貝瑞塔討論起來了。

「主人，麗莎實在、實在太感動了。麗莎自從和主人相遇時就深深相信，麗莎的勇者大人肯定會是在歷史上全新的一頁中留下名字的人物。噢噢，零號大人，真是太帥氣了。」

懂得立刻對在場最強的人（亞莉亞）阿諛討好的麗莎，也馬上把我當成是茹斯特的成員了。

至於貝瑞塔長官——雖然也稍微瞄了我一眼——

不過她很快又繼續和亞莉亞講話，進入女生之間聊到起勁時會產生的女孩園結界中，讓我抓不到拒絕的時機。

「其實有個人選很適合來當茹斯特・一。那個人不久前才以首席成績從倫敦武偵高中畢業，是個S級的超級美女武偵。她受到日本漫畫的影響，自稱是『正義女英雄』，而且還真的在做那樣的事情。是個因為堅持不向人民收取酬勞，結果才一個禮拜就被任職的出名武偵企業捷達克斯開除的貴族——」

嗚哇……世界上不管任何地方都有笨蛋啊。真浪費。說到「捷達克斯」，可是在日本也有當地法人的超出名企業，年薪最少也有兩千萬日幣的說。

「等等，妳說的那個人……是不是叫安潔麗卡・斯坦？」

「咦？亞莉亞，妳怎麼會知道？」

「——她是我倫敦武偵高中時代的戰姊呀！啊哈，安潔的確應該很適合這個企劃呢。她從以前就是那樣的人。」

聊得真起勁啊～貝瑞塔和亞莉亞。

話說，總覺得……再這樣下去……我好像真的要被抓去做白工了？

但畢竟我一開始沒有立刻表示反對，所以現在才正面拒絕也不太好——就嘗試用別的話題突破眼前的結界吧。

「不好意思插個話。」

於是我用像是要從擠滿人的電車上下車時的動作，稍微撥開談笑中的貝瑞塔與亞莉亞——

「貝瑞塔，妳的組織要開始活躍還太早了。無論是哪一部勸善懲惡的動畫，都有所謂的敵人。所以在找到敵人之前……」

然而就在我講到一半時，才發現這話題選錯了。

「敵人軍團現在已經有啦。就是擊倒曾爺爺的那群傢伙。」

亞莉亞立刻這麼說道。

「——首先必須擊敗的巨大邪惡，就是『N』。」

然後貝瑞塔也表示在這件事情上，連反派角色都已經準備齊全了。

貝瑞塔打算讓茹斯特也出面打擊N。和對待N的態度上保持被動的我不同，而是透過新的思考角度。

她曾一度被N殺過。在黑手黨電影中有說過，「義大利人有仇必報」……而貝瑞塔的故事，同時也是一段復仇記。

亞莉亞也有夏洛克被擊敗的仇恨。

至於我，也有必要將那群傢伙——尤其是茉斬逮捕起來，問出關於老爸的事情。

「革命」這種遠大的目標就先放到一邊，N不但是全世界的敵人，對我們各自來說也是敵人。

這是很明確的戰鬥理由。因此——

「……既然這樣……我就當妳那個機關的測試成員，到擊敗N之前都站在妳這邊吧。但期限只到擊敗N為止，目標也只有N，休想叫我做其他白工。另外，絕對不要把乾跟我安排在一起。我說絕對，絕對不要喔。」

在事情變得難以挽回之前，我先學歐美人清楚提出了自己的契約條件。

畢竟去年我到上野的緋川神社夏日祭典巡邏時有看過，那個叫「乾」的女孩子是個超級美少女啊。雖然她是很少見的那種**不知道為何不會讓我產生爆發性血流**的類型就是了。

但是貝瑞塔卻把手掌伸到我面前——

「等等，在那之前，我身為長官要問你一件事。你會那樣說……是因為你同情我嗎？」

一臉認真地向我確認了這件事。

我覺得在這點上跟她講清楚會比較好，於是我也認真回答：

「……這不是同情，是同意。雖然不完全認同，不過妳所說的事情，我大致上也認為應該要那樣做才對。」

即便茹斯特計畫無論在內容上或組織上都尚未完成，但至少在往前進。

奶奶也跟我說過，看到積極努力的人要給予聲援啊。

老實講——我本來已經徹底放棄了。雖然我是一生為義而活的男人——遠山金四郎的後代，但心中卻認為所謂的正義只不過是方便說辭，全都是虛假的。

當然我現在並不是完全改變了那樣的想法，因此才會用這樣模糊的講法表示同意。

——不過，即便如此。

對於貝瑞塔軍不是為了金錢或地位，而是為了理念高舉的旗……金次軍也決定要揭起同盟旗幟了。就在此刻，我下定了這樣的決心。

因此，我就稍微助她一臂之力吧。遵守之前「至少會幫忙出力工作」的約定。

「謝謝你願意把力量借給我……**金次**。」

貝瑞塔——**叫出了我的名字**。

她高貴的藍綠色眼睛直直注視著我。

「從現在開始，我不會再叫你豬或狗了。我自己在昨天以前才真的是隻貪享別人金錢的豬，或者說是只會為錢工作的狗呀。」

「但是現在的妳已經不一樣了。會抱著志向往前走的，就叫人類。」

接在對我講話的貝瑞塔之後，亞莉亞如此表示。同時把雙手扶在我和貝瑞塔的背上。

對於亞莉亞這段鼓勵，貝瑞塔露出清爽的笑臉回應。

「謝謝妳，亞莉亞。雖然我昨天失去了很多東西……但是沒關係。我現在打從心底這樣覺得。因為我還留有最重要的東西——就是信念和正義。」

看向我和亞莉亞如此說道的貝瑞塔……總覺得此時此刻才真正開始綻放出她的光芒了。感覺她接下來將會做出一番大事。就算是遲鈍的我，也能感受到她放出來的熱。從前與伽利略、拿破崙、林肯等人相遇的人們，或許也都感受過這樣的熱吧。

認為義大利人個性隨便又膽小，是只有看到他們文化的其中一面所產生的偏見。

在人生的關鍵時刻懂得勇敢站起來，這也是義大利人的個性。

然而過於奮勇也是會造成失敗的因素。所以為了讓她能稍微放鬆……

「哎呀，不過妳也別太緊繃了。要講起來，妳其實只是和公司意見不合，決定脫離上班族生活，自己出來創業罷了。這種事情就連全世界最正經八百、腦袋僵硬的日本上班族也偶爾會有人做，沒什麼特別的啦。」

我露出苦笑對她如此說道。

「呵呵，謝謝你，金次。不過認為日本人正經八百、腦袋僵硬的想法……原來是偏見呢。畢竟我現在已經知道，也有像你這樣懂得靈機應變的人呀。」

一頭金髮在春季陽光下閃閃發亮，對我露出笑容的貝瑞塔——原來之前也跟跟我抱有類似的偏見啊。能夠為日義人民相互理解貢獻一份心力，真是太好啦。

中午過後，我們回到貝瑞塔的破屋子……結果在公寓前的小路上……

「……？」

怎麼回事？有臺圓圓的輕型車停在那裡。而就在我們回到公寓前的時候，幾名成人女性陸續從車內走出來了。看起來是義大利的上班族女性，身上的衣服穿得沒有像日本那樣一板一眼。

分別是兩名白人、一名亞洲人、一名阿拉伯人，以及最後是——之前在帕里奧利的貝瑞塔舊家照顧貝瑞塔生活起居、綁麻花辮戴眼鏡的艾爾瑪。

「——露易絲、貝莉奴、陳、萊菈……艾爾瑪……！」

似乎認識她們所有人的貝瑞塔當場瞪大眼睛，叫出各自的名字。

「大小姐！」

艾爾瑪淚眼汪汪地撲過來抱住貝瑞塔，其他應該是貝瑞塔公司的員工們也開心地圍繞她們。

「貝瑞塔大小姐，我們向上司徵求到許可，只要是在午休時間或假日——公司契約以外的時間，就可以來幫您的忙。」

「另外也爭取到契約，只要是預定丟棄淘汰的器材或零件，都可以送來給您。」

用帶有臺灣腔調的義大利文如此說道的包包頭女性打開車子的後車廂……裡面是雖然看起來像破銅爛鐵但數量很多的廢棄零件，以及雖然是老舊的小型款，不過確實是專業等級的車床與加工機。

「大家……為什麼……」

貝瑞塔看到這群人居然會協助向公司造反的自己，頓時呆住——不過那些女性員工們倒是……

「……我覺得大小姐的主張是很正確的。」

「然後我們希望自己也能幫上大小姐的忙。」

「而且大小姐的祖父大人——董事長也表示願意聲援您呢。」

各個露出像那時候的貝瑞塔一樣勇敢的眼神，對貝瑞塔如此說道。

對她們而言，這的確也是需要勇氣的事情吧。畢竟在目前的狀況下站到貝瑞塔這邊，搞不好會讓她們的公司履歷留下汙點。

即便如此，她們還是挺身而出了。在這種時候，女性會比男性還勇敢啊。而且她們還有確實和公司做好交涉，相當厲害。

「大小姐，我擔心您會不會餓肚子……所以做比薩來給您吃了。雖然並不是窯烤而是烤箱烤出來的，而且已經涼掉了……」

艾爾瑪說著——把包在鋁箔裡的比薩遞給貝瑞塔。

貝瑞塔……因大家的溫柔而感動流淚，並拆開鋁箔。

接著露出一臉頑皮的笑容……

「Grazie. Grazie mille（謝謝，真的謝謝大家）。Bene（好），我就表演以前在公司也常做的那招給大家看！」

——說著，「咕嚕咕嚕！」地表演出以前在機場初次見面時我也目擊過的那招「一口氣吞比薩」。

見到她那樣有活力的樣子，艾爾瑪那群員工們也發出開心的歡呼聲。

「……好美味。好美味呢，艾爾瑪。這是我這輩子……吃過最好吃的比薩了……」

貝瑞塔到最後語調都變得帶有哭聲，被那些大姊姊們緊緊抱住——

搞什麼嘛，其實她還挺有人緣的啊。

我本來還擔心她變成了孤單一個人，但其實並沒有那回事。

所謂的公司……其實不是那麼冰冷的場所。雖然一般講到公司就會先聯想到大樓或辦公室，但公司的本質並不是鋼筋水泥，而是人。

而人是有心的。

只要那心中還保有溫柔，表面給人冰冷印象的公司同樣會在內側保有人情。就好像現在溫柔包覆著貝瑞塔的——人間溫情啊。

貝瑞塔長官後來就在房間裡開始製造起我搞不清楚是什麼玩意的東西。

而我則是在像她想要開換氣窗而一直跳的時候幫她打開等等，雖然做不到什麼大事也盡量在可能的範圍內幫她的忙。

麗莎身為我的女僕，也像以前的艾爾瑪一樣包辦了掃除或洗衣等等家事。

「嗯～如果要兼顧精密度和公差值……用調質把材料……嗯～硬度……」

交抱雙手歪著小腦袋，甚至全身都彎成像問號形狀的貝瑞塔——或許是天才常有的特性，在工作時的專注力相當驚人。

畢竟要是我打擾到她也不好，靠我這顆連高中課程都會留級的腦袋也幫不上什麼忙，而且貝瑞塔在思考時會有抓頭髮的習慣，讓她甘甜的女人氣味散出來很危險，再加上我剛好有其他雜務要辦……

於是到了傍晚，我就把貝瑞塔、亞莉亞與麗莎留在公寓，自己出去買食材了。

雖然這工作和以前在貝瑞塔舊家的時代一樣，但現在是能夠多節省個一歐分也好的狀況。因此我不是到家樂福超市，而是度過彎彎曲曲的台伯河，來到位於南邊泰斯塔西奧地區的市場。

在這座占了一整塊街區、四邊各約一百公尺左右、有些地方有天花板有些地方又沒有的市場——就像巴黎的市場一樣，便宜販買蔬菜、肉類、魚類等各式各樣的食材。

雖然看在日本人眼中會覺得有點不衛生，但這裡同時也是販賣給業者的批發市場，其實反而比較新鮮。

而且這裡本來是早市，因此到了傍晚就會有店家特價拋售或是把商品零散販賣。

畢竟購物清單已經由麗莎幫忙嚴選到不造成浪費的程度，所以我的工作就是向中國人店員殺價，把一顆六十歐分的蘋果殺到五十歐分。就在這時——

「LOO。」

在我身邊忽然出現白色泳裝打扮、讓人不禁慶幸現在市場沒什麼人的LOO……竟把右手斜舉在前方，對我做出納粹式的敬禮……！

「呃、喂！那動作在EU圈內可是犯罪行為啊。雖然我不知道法律適不適用在妳身上啦……！」

我趕緊把買來的蘋果丟進塑膠袋，想要把LOO的手臂壓下去。

嗚哇，她手部的皮膚好柔軟！簡直就跟真的女孩子一樣。

雖然怎麼壓也壓不下去的手臂力氣果然不像人類就是了。

「快點、把手放下去……！」

「LOO。」

大概是只要認定為自己人的對象說出命令就會乖乖遵從的緣故——LOO立刻把手臂放下，結果害抓著她的我當場摔在市場的髒地板上。

「ＬＯＯ，妳是美國產品吧，什麼時候變成納粹黨員了！」

「招呼，卡羯，教我的。」

嗚哇，ＬＯＯ講話了！用很僵硬的英文。

「嘿～遠山，跟你拿顆蘋果啦。」

用日文這麼說之前就已經拿走蘋果吃起來的卡羯，站在爬起身子的我旁邊。身上穿著印象中叫作黑森林女學院的連身裙制服。

雖然我剛才有看到為了吃掉到地上的小扁豆而走來走去的鴿子群中有一隻眼熟的烏鴉——埃德加，所以早猜到她應該在附近就是了。

我到這裡來的另一件雜務……就是和卡羯互相報告現狀。

因為要預防萬一被Ｎ竊聽，所以採取了密會的方式。

「卡羯，拜託妳別教ＬＯＯ奇怪的知識行不行！這傢伙是機器人，教了什麼就會做什麼，跟還不懂事的嬰兒一樣啊。」

聽到我這樣說教，卡羯馬上用她沒戴眼罩的眼睛瞪向我……

「什麼叫奇怪的知識？這原本可是墨索里尼採用的敬禮方式呀。而且義大利是軸心國，別計較那麼多啦！」

她明明上次在香港時把義大利排擠在外，現在又為了方便把人家稱為夥伴。

就是那樣高傲的態度把德國逼到敗北的，你們這些人都不會記取教訓嗎？

「受不了，還好我事前有用簡訊講好要『用日文對話』……哎呀，言歸正傳，照妳

的樣子看來，N依舊沒有動靜是吧？」

「是呀，所以趁這段時間……雖然要和梅雅那傢伙合作讓我的胃很痛，不過我還是和她調查了一下關於敵人的事情。可是能查到的東西實在很少，教人煩躁呀。」

卡羯「咖滋咖滋」地把蘋果啃到芯的部分，並對我如此抱怨起來。這傢伙也有胃痛的毛病啊。

「雖然我不清楚尼莫為什麼要穿那種玩意，不過她身上那套軍服是十九世紀後半法國海軍的款式。獅子頭身上的鎧甲是羅馬帝國時代──儒略・克勞狄王朝時期劍鬥士的東西。至於那個戴圓頂硬禮帽的墨鏡男，應該不是超能力者。今後我會透過納粹黨員的聯絡網調查那些傢伙過去的紀錄。伊藤茉斬方面應該是你比較熟悉，所以我就省略了。」

卡羯很沒教養地把吃完的蘋果芯隨手往背後一扔，然後說了一句「喂，LOO，給妳飼料。」並遞給LOO一個牛奶包裝。

因為那包裝看起來有開過，所以我想裡面裝的應該不是牛奶……結果LOO用雙手夾著那玩意「咕嚕、咕嚕」灌進嘴裡的同時飄來揮發性的氣味，讓我知道了……嗚嗯……LOO小妹妹在喝的是重油啊……

不過卡羯在個性上就是這樣──不會只有自己吃吃喝喝，對待部下也很好。到現在還搞不清楚她究竟是好人還是壞人。叫乾來聞聞看好了？

「……另外不是還有一個人嗎？那個戴羽毛頭盔、打扮很誇張的大姊。」

我以為卡羯忘記了，所以提起在廣場會談時見到的剩下一個人物。結果──

「……」

咦？怎麼不回答了？

她沉默好一段時間，表情比講到尼莫時還要僵硬。

「妳是故意跳過沒講嗎？既然都給妳吃蘋果了，就算難以啟齒也要告訴我啊。」

「……現在、還沒得到確證。我們……是有懷疑一項可能性。但還要再調查一下。」

卡羯說著，從口袋拿出五十歐分硬幣，塞進我胸前口袋。

就像是在暗示我──我沒辦法跟你講，抱歉。

為什麼她不想提到關於那個鎧甲女的事情？因為是超能力方面的敵人，不希望讓我扯上關係嗎？雖然我也不敢講自己多擅長，但自從與貞德交手之後，我對付超能力者的戰績應該還不算差才對啊。

在喝完重油、面無表情站在那裡的ＬＯＯ背後……埃德加「呱呱」地發出不吉祥的叫聲。

彷彿是透過鳥獸的直覺感受到什麼事情，在警告我──不要太深入那件事情。

在特拉斯提弗列區的生活一反如惡夢般的那場廣場會談，過得相當平靜。

不過這間破屋子中，現在充滿一名天才著了火似的熱情。

根據經常負責夜班護衛的亞莉亞描述，貝瑞塔總是深夜兩點才睡，不過五點就會醒來。至於白天到晚上這段時間我也會來探看她，發現她除了吃飯沖澡等等零碎的時間以外……也就是一天有二十小時左右都在進行作業。雖然我到現在還搞不懂她在做什麼東西，但她的專注力堪稱是超人等級了。

生活費很少確實教人傷腦筋，不過這裡有從小被爺爺秉持「有錢時要節約，沒錢時要忍耐」的精神嚴格管教所以習慣節約生活的我，以及伊‧U時代擔任會計師的麗莎。要是只有亞莉亞和貝瑞塔應該早就破產，但還好靠著我們兩人勉強撐了下來。

我知道很多省錢食譜，而今晚麗莎也預定會從大眾餐廳 Frontoni 把賣剩的配菜買回來。住在都會區的好處就是，餐費方面只要想節省多得是手段可以節省。

就在亞莉亞為了前往梵蒂岡探望依舊處於昏迷狀態的夏洛克而離開之後——

「這義大利麵是用什麼東西調味的？我沒吃過這種味道呢，真好吃。」

「是在亞洲食品店因為超過賞味期限所以廉價拋售的鰹魚露。以前我在東京沒錢的時候經常會做來吃。一餐不到一百元日幣就能吃很飽。放涼之後再吃會比較有味道喔。」

「配菜是麗莎準備的。」

貝瑞塔對於我做的炒烏龍風義大利麵與麗莎做的雞蛋沙拉一句怨言也沒有……甚至吃得非常開心。不過我從亞洲食品店要來的免洗筷她倒是完全拿錯方式，讓食物一直掉到盤子上。看來我只好從頭教她了。

於是我繞過老舊的餐桌……

「筷子的這地方要放在拇指根部……對，就是這樣拿。然後用前端夾食物。」

像在教導幼童般，從貝瑞塔背後握起她的手示範。

「……啊……呃、這、這樣嗎？嗚……」

但是貝瑞塔卻又讓義大利麵掉到盤子上。動作變得很僵硬，比剛才自己拿筷子時還要不行。

而且還害臊得染紅臉頰……偷瞄貼近她背後的我，又看看自己被我握起來的小手。到底在搞什麼？

「別在意。畢竟妳從來沒用過筷子嘛。就算沒辦法馬上用得很好，也不需要感到害羞啦。」

「嗚、嗯……」

「貝瑞塔大人。雖然是量販品，不過餐後還有義式奶凍可以吃喔。要動腦袋就要補充糖分才行呢。」

至於笑咪咪地看著我們的麗莎——只有臉部肌肉在笑，很明顯是裝出來的。她也在搞什麼啦？

晚上九點過後，麗莎便出門前往Frontoni……讓屋內只剩下我和貝瑞塔了。

這下我總算知道，剛才貝瑞塔和麗莎會那麼緊張或許就是因為按照預定會變成這樣的關係。畢竟只有平常普通狀態下的我跟在貝瑞塔身邊，無論在生活方面或護衛方面都會讓人不安吧。

屋內只剩我們兩人之後，貝瑞塔就變得有點坐立難安的樣子。大概是心情靜不下來的緣故，她一直猛灌我從市場大量採購回來的即溶咖啡。甚至還表演了一段把冰箱裡的鰹魚露誤以為是冰咖啡喝進嘴巴然後噴出來的搞笑橋段。而且因為咖啡的利尿作用，跑了好幾趟洗手間。真是傷人啊。

（我好歹也是個武偵，別擔心成那樣啦……）

我心中不禁這樣想著……並且把房間角落的床鋪當成沙發盤腿坐在上面，讀著我從日本帶來的幾何學參考書。

至於我為什麼不惜冒著「坐在女生床上」這樣危險的行為也要縮在房間角落，是因為貝瑞塔她——不知道為什麼改變了平常到睡覺前才洗澡的習慣，早早就進去浴室發出沖澡的聲音。

那些想必流過貝瑞塔的裸體落下來的水聲，對於患有爆發模式這種疾病的我而言是非常危險的。因此我才會移動到房間角落，相對上降低水聲的音量。

而且進一步為了預防想像力失控，我還用耳機聽著自己錄到手機中的歷史科諧音口訣。這是以前萌教過我的方法，即使沒有專心聆聽，只要不斷反覆播放也能自然而然地記起來。換言之，這是在用功的同時可以遮蔽誘人遐想的聽覺，堪稱一舉兩得的行為。不對，既然同時也有在念幾何學，應該是一舉三得才對。簡直就像連鎖擊彈呢。

「——金次。」

「在三個三角形與多條曲線構成的圖形中……從下面的倒三角形連接到上面兩個正三角形的雙曲線……嗯嗯。」

就在這時，我的耳機忽然被貝瑞塔拔掉——

「喂！」

「？」

於是我轉頭一看……

「……嗚喔！」

結果我盤著腿原地垂直彈跳，幾何學參考書也從我手上跳起來了。

——貝瑞、貝瑞貝瑞、貝瑞塔她竟然……！

穿著以前在帕里奧利的家也看過的那套超薄的紅色背帶裙睡衣……一屁股坐在床上，呈現小鳥坐的姿勢……！就在、我的眼前……！

「幹、幹什麼啦？不要發出那麼大的聲音呀。」

被嚇到的我嚇到的貝瑞塔，用小鳥坐的姿勢稍微動了一下她的腳。結果讓她原本就只有超級迷你裙長度的半透明背帶裙睡衣、內部、以內褲布料為頂點的兩條大腿曲線的、內、內、內角、六十度……！

不知道為什麼莫名適合這個破房間、刺激到幾乎下流程度的內褲——不只是讓我偷瞄到，而是整個映到我的視網膜上啦！

因為男女之間的下半身構造差異非常大，貝瑞塔的內褲是呈現漂亮的等邊倒三角形。而且讓我差點嚇破膽的是，那個不知道為什麼竟然是大紅色的成熟內褲，不是以前看過的那條像小鬼穿的條紋棉質內褲。玫瑰圖案的精緻蕾絲布料上……有大紅色布料的空間與沒有布料的空間，而從沒有布料的空間可以看到底下光滑的白皙肌膚。這究竟要算紅玫瑰還是白玫瑰？

我的大腦趕緊對外眼肌發出指令，讓視線別開。可是——

就因為這個眼球動作，讓我看到了上面兩塊三角性、不對、是三角形，總之就是上面的內衣。隔著在燈泡光線照耀下呈現半透明的背帶裙睡衣超薄布料。

而且上面那兩個三角形和下面的三角形一樣是半空洞的蕾絲質料，在接近正三角形重心的部分好像隱隱約約可以看到肌膚從白色轉為粉紅色的漸層。不過幸虧我很快又把視線別開，沒有看清楚那究竟是什麼東西。

別慌。貝瑞塔的身高只有一四一公分，肉體曲線與其說是女生還不如說是女童。就算她的實際年齡是十七歲，就算她穿著像理子遊戲中幼女角色會穿的刺激內衣，我也不是強到可以把這種低飛球打成安打的強打者。應該不是才對。我想應該不是。

話說回來，她這身性感服裝……對歐美女生來說應該是很普通的睡衣，換言之就是在常識範圍內的服裝——吧？

要不然貝瑞塔也不可能會坐到床上，而且跟我靠得這麼近啊。

「……」

若是如此，那就只是普通的睡衣。只有我慌張成這樣會顯得很蠢。

既然這樣，我不能讓貝瑞塔發現我對她產生了爆發性的感覺。

雖然不能盯著她的肉體，但故意不看她也反而會讓我對她產生意識的事情曝光。

那麼剩下可以看的地方——頂多只有貝瑞塔那張孩子氣的臉蛋了。

因此我默默把視線固定在她臉上。

像是大眼瞪小眼般兩人對上視線後……貝瑞塔露出一臉「現在就是勝負關鍵」的表情……

「——義大利女人就是要表現得堅強才是好女人。」

藍綠色的眼眸強而有力地注視著我。

「男人則是要在身邊支持女人的堅強。金次，你對我做到了這點……」

稍微把身體前傾的貝瑞塔，動著膝蓋漸漸靠近我。隨著那樣的動作，從她剛沖完澡還帶著熱度的細緻胸口與大腿內側飄來如橄欖般的女性香氣。

「所以……我想要答謝你。可是我現在已經沒有錢也沒有地位，剩下的只有我自己本身……」

貼近到我眼前的貝瑞塔身上之所以會傳來熱氣——似乎並不只是因為她沖過熱水澡的關係。我可以看到她呈現曲面的白皙肌膚正漸漸染成粉紅色。

她的身體在發燙。就好像從手槍中射出來、逼近我眼前的炙熱子彈。

難、難道說……我必須推翻自己剛才那段「貝瑞塔穿的並非白雪語中所謂『決勝內衣』」的假說嗎？可是、到底為什麼——

「金次。」

「……貝瑞塔、等、等一下……喂！」

她因為興奮而微微顫抖的小手伸過來，輕撫的我脖子——

但我從她手上感受不到熱度。因為在不知不覺間，我的身體也發燙起來了。

「金次，你變紅了……我好高興。我因為是這樣的幼兒體型，從來沒有被人看作是個女人……可是你在武偵高中的任務中，拍了好多我的照片。所以我想說自己在你眼中搞不好會被視為女人，既然如此或許可以透過這樣的方式答謝你。你現在會臉紅……代表我猜對了嗎？如果是那樣……在麗莎回來之前，讓我報答你吧……」

貝瑞塔說著，把手放到她如羽毛般輕盈的背帶裙睡衣上面的緞帶上——輕輕一拉。光是這樣，紅色的薄布就像花瓣綻開般落到床單上。

現在貝瑞塔身上——只剩下三塊又薄又小、會讓底下肌膚透出來的蕾絲布料，蓋住她身為女孩子的重要部位。柔軟微卷的金髮就像頭紗般散開，閃閃發亮，讓她看起來甚至就像小小的女神。

「我雖然不知道應該怎麼做才對……但你應該很清楚吧？反正你肯定有跟麗莎躲起來偷偷在做。」

妳直覺還真準啊，貝瑞塔。前陣子為了拯救阿蘭，我才在學校走廊和麗莎躲起來做過很不得了的事情——呃、等等——

（——血……血流……來了……！）

我明明剛剛才確認過自己不會打到這種低飛球的說！我對低飛球的打擊率也太強了吧！

呃……事到如今，我才想起了一件重要的事情。以前大哥，或者應該說加奈告訴過我的一件事。

據他說——

雖然一般都認為男性只會對女性的肉體方面感到魅力，但其實知性也會讓男人產生性興奮。這是因為男人在本能上也會希望生下腦袋優秀的子孫，「所以面對頭腦好的女孩子要小心注意才行喔？」什麼的。

——貝瑞塔的內在部分擁有超越成人的優秀知性。我只是因為她外表看起來像小孩子就輕忽大意，結果陷入了一如加奈警告過我的展開之中啦！

另外我發現還有另一項爆發性的要素。這是過去女生們的化妝界王拳讓我推論理解到的一件事。女人其實是可以藉由唯有女人會穿的東西——例如裙子、布魯馬、女僕裝以及女性內衣等等——來增強自己性方面的魅力。

像貝瑞塔的幼兒體型，現在也透過那女人感爆表的成熟內衣獲得了那份力量。

（不妙，我因為躲在房間角落，這下反而沒地方可逃了……！）

就算我想要和貝瑞塔拉開距離，我背後也有垂直的牆壁擋著。

「……貝瑞塔、我、那個……嗚……！」

被逼到絕境的我，像個準備認輸的棋士低下頭——

反正和麗莎之間的事情好像也被看穿了，所以就在我打算把爆發模式的事情全部攤牌，向貝瑞塔簡報我現在不能放任自己衝動的理由時……

「——來吧，金次。雖然我知道這樣很任性，但我也……不想讓自己留下遺憾呀。畢竟這想必會是我最後的機會了。」

貝瑞塔用她嬌小纖細的身體——依偎到我身上抱了過來。

「……嗚……！」

雖然很小但充滿彈力的胸部，以及女生特有的、沒過度鍛鍊而柔軟的手臂，都緊緊貼到、我的身上……了……！甘甜到幾乎要讓人昏過去、如花朵般芬芳的髮絲。那秀髮飄逸的頭，就埋在我的胸口。讓我的身體很自然地，想要抱住對方可愛的全身。

但是——

我的注意力在千鈞一髮之際轉移到了別的事情上。就是貝瑞塔說出口的……

「……**最後**……？」

這句話上。

「明天——我會給你一套武器。從那瞬間開始，我就不能再對金次有特別待遇了。那武器只能使用在正確的事情上。萬一你哪天偏離正途，我就必須把它沒收回來。如果你不聽從，我就必須對茹斯特的成員下達『與金次戰鬥』的指令。」

彷彿是在描述這世上最恐怖的想像般……貝瑞塔在我胸膛上用顫抖的聲音說著。

為了貫徹自己的理念，所伴隨的悲劇性責任。

貝瑞塔她──一旦對自己該做的事情下定決心，就不會再讓自己妥協。

要捨棄天真的感情，為理想嚴格奮鬥。

這就是她的決定。

「所以從明天之後……我不可以再抱你了。」

貝瑞塔如此說著，抬起她雖然稚氣但美麗臉蛋……

露出對一切做好覺悟的成熟女人表情。

「──貝瑞塔……」

「我抱著我的思念製造武器，你也抱著你的思念擊發子彈吧。」

彷彿是在譬喻什麼事情似地──貝瑞塔說完後，便閉上雙眼把一切託付給我。

（貝瑞塔……）

抱歉，貝瑞塔。我辦不到。我不能那樣做。

當然一方面是考慮到爆發模式的問題，但另一方面，既然妳是抱著那樣的想法，我就更不能出手。

貝瑞塔在故作堅強。認為自己為了理想，連心情都能夠犧牲。

認為自己今晚和「金次」告別後，從明天開始就能把我視為一名「茹斯特」對待，並相信我也能做到這樣。

然而，大哥以前也有說過──

男女之間是沒辦法做到那樣的。尤其是還在年輕的時候。只要相愛過一次，就會變得無法忘懷。即便腦袋遺忘了，內心依然無法忘記。

兩人相愛的同時，也會互相交換心意。而心意會留在彼此的內心中。所謂的男女，是不會像伴隨明確劇終的電影——舉例來說就像「羅馬假期」那樣無論身心都離別得那麼乾脆。往後肯定會繼續影響彼此。因為人生在別離之後還會繼續下去。

在這個國家，女人要表現堅強，而男人要懂得支持。

我必須支持努力讓自己堅強的貝瑞塔才行。

因此我輕輕抓住她的雙肩，把她……從我懷中拉開。

「貝瑞塔……妳是個好女人。我非常清楚這點。但是很抱歉，雖然這樣做會讓妳丟臉……可是我……」

所謂的支持，不一定是指完全聽從對方的心願。我想應該也有像這樣的支持方式。為了不要讓貝瑞塔因為難捨的心情，反而有一天傷害了她崇高的理想。

貝瑞塔領悟我的拒絕後——

靜靜地再度張開她藍綠色的雙眼。帶著哀傷的眼神不和我對上視線。

然後把輕輕握起的右手放到自己胸前……

「……沒關係的。謝謝你，金次。你……不需要再多說什麼。我多多少少明白你在想什麼。這果然是不應該做的事情吧。」

她對我微微露出苦笑。但眼眶中還是湧出難以堅強到底的淚水。

「貝瑞塔……」

「還好你是個溫柔的人呢。」

貝瑞塔說著，透過窗簾縫隙仰望窗外。

天上可以看到我來到羅馬時也看過的傍晚的明星——

「金次，你是我的第一顆星。我從今後，將會成為引導星星的存在。等到有一天，世界上有無數的英雄們挺身而出……黑暗的夜空想必會被滿天的星光照亮……」

在夜空中還有另一顆星。軍神星——火星，綻放出燃燒般的光彩。彷彿在引導著明星。我抵達羅馬時講過的那句菲利浦・諾瓦雷的臺詞：「Ogni uno di noi ha una stella da seguire.（每個人都會有一顆引導他的星星。）」就宛如象徵著我和貝瑞塔之間的命運。

隔天早上，我從金字塔地區的青年旅舍來到貝瑞塔的公寓時——

亞莉亞和麗莎已經比我先到，兩人充滿興趣地探頭觀察著房間中央桌上的一件黑夾克。

「金次，早安。」

貝瑞塔就像昨晚什麼都沒發生過似地對我打招呼後，伸手指向那件夾克。

「我算是按照自己所想的設計造出來了。尺寸應該吻合才對，你穿穿看吧。」

她說著，拿起的那件夾克——為了能夠當成羅馬武偵高中的制服，上面也有黏貼徽章用的魔鬼氈。雖然外觀上看起來只是件普通的黑夾克，不過……

「……？內側好像有什麼東西。」

我脫下自己身上的夾克，露出左腋下裝有貝瑞塔‧金次樣式的槍套——從貝瑞塔手中接過那件黑夾克，發現它稍微有點重，於是確認了一下內側。仔細瞧瞧，裡面除了裝有以前安格斯給我的護具以外，還可以看到好幾條金屬製的軌道。

我接著套上夾克，發現有一部分軌道剛好接觸到槍套中的手槍。另外在袖口部分隱藏有整圈的內襯布，是帶有伸縮性的新材質製成的。我搞懂了，這玩意——

「是袖槍啊……！我還是第一次見到可以讓M92FS通過的。」

理子也很愛用的袖槍，是一種讓收在衣服中的槍飛出來到手中的裝置。因為不會讓對手看到拔槍動作就忽然開槍，所以能先發制人。我記得那玩意應該是靠彈簧在動的，可是這件夾克中卻看不到像那樣占空間的構造。

「這件『滑軌夾克』連沙漠之鷹也能通過喔。當然彈匣也一樣。雖然因為是跟磁浮車一樣藉由渦電流磁場方式讓手槍移動，所以塑膠槍身的槍枝可能會沒辦法使用就是了。金次，你把左手像投擲小刀一樣揮動看看。」

聽到貝瑞塔這麼說，於是我朝窗戶的方向揮動手臂——唰——結果手槍瞬間通過左袖，短短零點二秒就握到我手中了。超強的……

連亞莉亞和麗莎也像是看到什麼魔術表演一樣眨了好幾下眼睛。

「送槍的手勢動作，要把手槍或彈匣送到右手或左手，以及要從哪個槍套位置取槍，這些都可以透過電腦或手機無線連接變更設定喔。」

「真是教人驚訝的玩意啊……」

「喂喂，你可別太小看我喔。現在只展示了一個功能而已呀。接下來你看看袖口的地方。我幫你裝了符合你之前要求的東西呢。」

就在我前後上下觀察著這件穿在身上一點也不會感到奇怪的夾克時，聽到貝瑞塔這麼一說——

「要求……？」

於是我看看袖口內側，發現在手腕處的布料摺疊部分藏有非常小的捲線器。設計上真的就像動畫一樣，充滿近未來感。

「那個捲線器只要事先設定好，就能在把槍送出來的同時和槍連接。就算槍離開了你的手，只要一個手指動作就能讓槍回來。我從你帶來那個會拉出化學纖維的子彈得到靈感，使用了進口的複相芳綸纖維喔。」

貝瑞塔甚至還參考我之前跟平賀同學買來會拉出繩索的纖維彈——造出了這種玩意啊。對於我以前說過「當手槍脫手時會感到有危險」這樣強人所難的要求，她也幫我解決了。

「這樣一來就算你被打飛讓槍脫手，或是手槍被人摸走，只要在二十五公尺以內都能把槍拿回來囉。另外你也說過『因為連射功能經常會把子彈用光』對吧？」

「主人，請拿去。」

麗莎接在貝瑞塔的說明之後——「鏘郎」地交給我一條9mm魯格彈的彈鍊。

所謂「彈鍊」是把大量子彈並連成長條狀的東西。通常是需要激烈連射的重機槍之類的槍械會使用，子彈與子彈之間有專用的金屬零件互相連接。不過這條彈鍊是透過肉眼幾乎看不到的極細繩索連接子彈。這繩索似乎也是用芳綸纖維製成，具有高度伸縮性，讓彈鍊可以像蛇一樣自由彎曲。

「而這個是透過把那條彈鍊的繩索切斷並裝彈上膛的『切割式彈匣』。」

貝瑞塔從我手中拿走槍，「喀嚓、咖鏘！」地把彈匣換成會從握把下面稍微凸出來、看起來有點像Ｍ９３Ｒ的長彈匣。然後……

「你把彈鍊的前端插進這個洞試試看。剛才測試時我也看過，很有趣喔。」

亞莉亞說著，把我的背部護具遞給我。這似乎同樣也是把安格斯以前給我的東西改造成的玩意，外殼直接沿用，所以外觀幾乎沒變。

在內側可以看到四個十五公厘×四十公厘左右的小洞。於是我把彈鍊前端插進其中一個洞——結果彈練就隨著「唰啦啦啦啦！」的清脆聲響自動被吸進去了。

我接著把夾克先脫下來，讓麗莎幫忙我穿上這個背部護具的時侯……

「那是『護具彈匣』，維持你那件護具的強度之下，讓它兼有彈匣功能的東西。因為是採用雙排蓄彈，所以９ｍｍ子彈可以收納六十×四排共二百四十發。另外上臂、前臂、胸部和腹部護具我也全都改造成彈匣了，總計一千發。會根據設定的子彈數量通過滑軌夾克，為手槍裝彈喔。」

我重新把夾克穿上，按照貝瑞塔的指示……將握在手中的槍先往左，再往右，間隔零點三秒直角傾倒並恢復原本角度後——唰啦——彈鍊立刻通過袖子，讓第一發子彈飛入切割式彈匣……也就是從握把下面稍微凸出來的部分。全部都在短短一瞬間完成。

「普通彈匣也有插在夾克上八個地方，所以再加一百二十發。然後手槍本身的裝彈數是十五＋一發。雖然根據子彈口徑會有所增減，不過9mm子彈的最大攜帶數量是一一三六發。怎樣？這下你還對那把貝瑞塔有什麼不滿嗎？」

……一一三六發……！

「不……已經非常足夠了。簡直不敢相信啊……」

「雖然體重會因此增加個幾公斤啦。另外為了防止連射爆炸，你不可以使用廉價的子彈喔？」

貝瑞塔咧嘴一笑後……

「『Metal storm』——子彈暴風。這是那件夾克的代號，代表它跟傳統拿在手中的槍（handgun）從根本概念上就完全不同，是穿在身上的槍（wearable gun）。那麼，我要對你下達最初的指令了：為那個系統取一個你獨自的真正名稱吧。」

她對我講出這樣像動畫臺詞的話。

於是我——

「——八岐大蛇。」

取了這樣一個名字，並說出口。

「八岐……什麼？」

面對頓時呆住的貝瑞塔、亞莉亞與麗莎，我接著又解釋：

「八岐大蛇。是古事記和日本書紀中都有記載的一隻八頭蛇魔物的名字。我的護具其實最初只有手指部分而已——名字就叫『大蛇』。」

「唉呦，以你的命名品味來講還挺好的嘛。」

「Bene（好耶），八岐大蛇！如果是你，肯定能將它用在正途上的。」

亞莉亞，接著是貝瑞塔，分別用各自的娃娃聲對我如此說道。

能夠吐出子彈暴風的八岐大蛇。

重獲新生的貝瑞塔・金次樣式。

只要有這個裝備，下次應該就能力戰到底了。即便是對N，對茉斬也一樣。

就算是不可知子彈，應該也不可能無限發射才對。能不能到一千發都很可疑。

對於不知消失到哪裡去的那傢伙，下次我一定要做出個了斷。畢竟有老爸的事情要問，而且在廣場會談上她也欠我一筆帳啊。欠的帳我絕對要討回來，但是戒指休想我還給妳。

5彈　競技場的兩千年王者

後來，貝瑞塔透過亞莉亞嘗試聯絡了亞莉亞在倫敦武偵高中時代的戰姊——英國威爾斯的伯爵千金安潔麗卡・斯坦一。

然而安潔麗卡因為父親斯坦伯爵控告了捷達克斯公司的關係，被捲入麻煩之中。對於那樣過度保護的父親，安潔麗卡氣得逃家了。因此據說雖然有和對方的執事取得聯絡，但沒能聯絡到安潔麗卡本人的樣子。我本來就猜想那人既然會收亞莉亞為戰妹，或許是個腦袋奇怪的人物，但沒想到居然都這年紀了還逃家什麼的……把那種女人拉攏為自己人真的沒問題嗎？

言歸正傳，關於我自己本身的事情——

武偵等級測驗的日子終於來了。

我雖然因為擔心貝瑞塔的狀況，好一陣子沒去武偵高中，但我打算從這次測驗之後要再回學校去。

反正卡羯對N那群人下的詛咒——霧之標記的兩週期限剛好也已經結束，到頭來那些傢伙都沒見到個影子啊。

測驗是在晚上舉行，因此我在黃昏時與貝瑞塔和麗莎三個人一起吃炒烏龍風義大利麵，填飽了肚子。

現在身體狀況非常好。因為青年旅舍的男生房間是沒有女人的安全區域，讓我每晚都能好好睡覺啊。

為了能接近知道老爸事情的武裝檢察官，學歷和職歷是很重要的。而武偵等級測驗就是關係到那雙方面的重要機會。

（至少也要到C級，不，看我一口氣升到B級吧……！）

對於這樣的關鍵考驗鼓起幹勁的我在吃完飯後，為了據說在羅馬武偵高中的等級測驗中最重視的面試打點好自己的打扮儀容，並且為了不要遲到而打算提早出發。然而——

就在我準備出門的時候，讓人有點意外的客人來訪了。

開著以前貝瑞塔當成私人車輛的法拉利California——搖曳一頭縱捲金髮進到公寓的人物，是現在已經成為貝瑞塔公司國外事業部責任部長、和貝瑞塔同父異母的妹妹——羅潔塔．貝瑞塔。

「姊姊大人，原來妳住在這種廉價單人套房呀。」

羅潔塔幾乎無視於幫忙打開房門的我，伴隨一股香水氣味走進房間後，立刻一臉擔心地走近貝瑞塔。

「我後來向父親大人求情了好幾次，希望他能夠再雇用妳。現在父親大人的氣似乎也消了。董事會也說願意重新聽聽看『茹斯特』的內容，所以今晚預定會召集幾名董事到場。另外與聯合國經濟社會理事會有人脈的理事也會從米蘭特地過來，看看能不能以非政府組織（ＮＧＯ）的方式推動姊姊大人的新計畫呢。」

哦哦……！

就算身材完全不像，姊妹果然還是姊妹啊。

本來還以為是敵人的羅潔塔，似乎願意伸出援手的樣子。

只要茹斯特能夠以ＮＧＯ的形式正式展開活動，搞不好就能像無國界醫生（ＭＳＦ）那樣受到全世界注目了。

交抱著手臂聽羅潔塔講話的貝瑞塔大概原本也有自覺，知道計畫如果照現在的狀況下去，將會遲遲難有進展，因此露出很認真的表情考慮羅潔塔說的話。

「妳或者那些董事理事，是打算以企業名義為我準備一個位子嗎？」

「不，是以私人名義。所以這次的會談也不是在公司舉行的。」

「……明白了。我就去談談看。等我換個衣服。」

貝瑞塔說著——從破舊的衣櫥中拿出據她說是透過網路買來的便服——東京武偵高中的水手服。那套穿起來像動畫人物，顏色也和水手火星一樣的衣服，似乎就是貝瑞塔的勝負服裝。

「——貝瑞塔，加油啊。這次是真正的簡報會啦。」

「或許吧。那我走了。你等級測驗也要加油喔。」

雖然很可惜因為雲層看不到金星和火星，不過今晚我和貝瑞塔都即將面對各自的重要挑戰。就讓我們彼此都留下好成績，迎接明天的太陽吧。

相對於入學條件嚴格但畢業容易的日本學校，歐美的學校在入學或轉學方面比較容易，但升級和畢業方面的條件卻很嚴格。

在羅馬武偵高中，等級考核測驗就是條件之一，只要缺考就會被視為欠缺繼續從事武偵工作的意志——就像在日本缺席入學測驗的人便無法入學一樣，會當場遭到退學。即使平常再怎麼隨便，唯獨在這種時候是缺考一堂都不行，也嚴禁遲到。

因此……我為了避開在羅馬經常遇到的公車延遲狀況，特別聯絡卡羯要她用光岡大蛇來載我。

為了防止作弊，另外也有規定測驗中手機必須關機。因此我聯絡亞莉亞關於貝瑞塔的事情之後，便預先把手機關掉以免自己忘記。

在公寓附近的馬斯泰廣場等了一段時間後，我聽到V型六汽缸引擎接近的聲音……來到我面前的大蛇駕駛座上，是穿著卡羯那套連身裙制服的LOO。大概是卡羯認為讓一臺無人車走在路上會引起騷動，所以叫LOO坐在上面的吧。

「喂，LOO，卡羯沒跟妳一起來嗎？」

「金次，笨蛋。光岡大蛇，兩人座。三個人，坐不下。」

居然連LOO都罵我笨了，但她講得也對。畢竟如果讓這傢伙坐在車頂上也不太好啊。

雖然和使用僵硬的美語講話的ＬＯＯ交談是很辛苦的一件事，不過據她說，卡羯正在圖書館調查魔術相關的資料。想必是為了對付那個戴羽毛頭盔的瓦爾基麗雅吧。

「那麼，本車這就前往位於喬久內的羅馬武偵高中。路程十五分鐘。安全起見，請繫好安全帶。」

相對地，光岡大蛇的ＡＩ亞許則是用流暢的美語講話——

「時間上我有提早出發了，所以拜託你也安全駕駛吧。」

然後它載著如此回應的我與ＬＯＯ，在夜晚的特拉斯提弗列區出發了。

我抵達有點久違的羅馬武偵高中，從停車場進到校舍大廳後——

「金次！太好啦，你來了！」

「因為你最近好像很忙，我們還擔心你能不能來啊。」

「要是你在測驗途中肚子餓了，這個拿去吃吧。」

「喵嗚！」

法蘭西斯科、丹尼爾、拿麵包遞給我的拉斐爾以及撲到我小腿上的小獅子阿蘭都紛紛來迎接我了。在場另外還有齊雅拉與安娜瑪莉亞……

「你面試的時候要注意用詞喔？」

「畢竟金次的義大利文有點像黑手黨呢。」

她們為了武偵等級測驗中最重要的面試，一下幫我拉正領帶，一下又像理髮師一樣用梳子幫我整理瀏海。

平常放學後都會自由跑去玩耍的E3班同學們——今天居然……為了幫連會不會來都不知道的我加油打氣，特別留到這種時間啊。

「貝瑞塔過得好嗎？聽說她好像在公司闖了大禍……」

齊雅拉感覺是代表大家向我詢問了這件事，於是——

「……哦哦，貝瑞塔現在開始展開了新的事業，變得甚至比以前還要有活力啦。像今天她也出門去參加一場重要會議了。」

聽到我這麼說，大家都露出總算放心的笑臉。

我也因為能將這件事情轉告大家，有種終於放下一樁心事的感覺。

——好，就去挑戰等級測驗吧。

「各位……謝謝你們。我這下變得幹勁十足了。其實我過來之前原本的目標是升上B級，不過現在我要努力升上A級——不，升上S級給大家看。」

面對這群重情重義的義大利朋友們，連我都不禁感動到把目標往上方修正了。

E3班的大家也因為這樣的我興奮起來，「Bene（好）——Forza（加油）！」地齊聲歡送我前往今天要爬出鍋子底到另一側、當成測驗會場的專科大樓。

在校地狹小的羅馬武偵高中，會根據專門科目與等級分別在不同日子舉行等級測驗。換句話說，一年中幾乎每天都會有少人數的等級測驗在進行。我的專門科目是從東京武偵高中延續下來的偵探科，今天有九名E級的學生準備參加測驗。

畢竟我從入學之後就沒參加過武偵等級測驗，難免會感到緊張。不過——

一方面也多虧大家的聲援讓我湧起幹勁，筆試答題比我預想中還要順利。雖然理科方面稍微讓我苦惱了一下，但問答題較多的文科方面應該能拿到不錯的成績。

採用類似日本所謂「逃脫遊戲」形式的偵探科實習測驗中我也猜中關鍵，在九人中以第二名的好成績突破了。射擊測驗雖然因為是搜查類武偵的測驗所以配分較少，不過我也誤打誤撞得到了很高的分數。

到了晚上九點，我進入一小段休息時間……

（照這樣下去B級應該沒問題。如果面試表現得好，搞不好真的可以升上A級啦。）

因為心情上變得較正面的關係，都還沒開始面試我就在腦中打起了這樣的如意算盤。

正當我吃著拉斐爾給我的麵包，搭配從一樓走廊自動販賣機買來的咖啡時——

『考生編號一號，穆罕默德・薩威里斯，請進入面試房。』

天花板上的廣播器開始傳來最終測驗項目的點名聲。

是據說在羅馬武偵高中的等級考核中影響最大的面試。因為面試是一個人一個人輪流進行，我現在只能繼續等待……卻忍不住緊張起來了。

於是我透過窗戶眺望停車場上方陰暗的夜空，在腦中練習假想問答時，二號、三號考生陸續被叫進去。再不久後就要輪到五號，也就是我了。

然而就在這時後……

一臺紅色的法拉利 California 進入停車場，在都是空位的停車場中慌忙停車，感覺都沒打到空檔就讓引擎熄火了。

「……！」

正當我不禁皺起眉頭的時候，看到從那臺法拉利的車門中——連滾帶爬似地跑出一名縱捲金髮相當凌亂的女人。是羅潔塔。

「……！」

雖然兩人之間相隔一段距離，不過羅潔塔還是隔著窗戶與我對上了視線，然後從停車場衝過來。看到她那樣慌張的樣子，我不禁帶著一股不好的預感打開窗戶。

伴隨一陣溼暖的風，羅潔塔的香水氣味漸漸接近——

「——遠山金次……！遇到你真是太好了……拜託，來幫我，來幫我呀！」

從屋外撲到窗緣上的羅潔塔對我發出驚慌的尖銳聲音。

「羅潔塔，到底是怎麼了？妳不是和貝瑞塔在一起嗎？」

「因為我怎麼也、怎麼也想不出來……所以只是想說要稍微欺負一下、嚇唬一下而已……！」

羅潔塔大大的眼睛中不斷溢出淚水，但我完全聽不懂她究竟在講什麼。

欺負，嚇唬……？她對貝瑞塔做了什麼事嗎？

我從窗戶伸出手抓住羅潔塔的肩膀，先讓她深呼吸幾口……

「……妳冷靜點，按順序說明到底發生了什麼事。」

聽到我這麼說之後……

「非政府組織的那件事，其實是我為了把貝瑞塔姊姊騙出來所編造的謊言……！因為如果沒有姊姊大人的技術……我實在沒辦法把槍的價格壓低到契約規定的單價……所以我只是想請她幫我重新設計而已！可是我覺得姊姊大人肯定會拒絕，所以就拜託羅密歐認識的人安排了一場假綁架。然後假裝我付了贖金就立刻放走姊姊大人，我再藉這個人情要求姊姊大人提供點子這樣……」

「……！」

剛才把貝瑞塔帶走的羅潔塔，其實是虛構出一場援助計畫當誘餌……然後透過羅密歐認識的黑手黨幫忙，企圖要利用貝瑞塔。因為才華普通的自己沒辦法造出要賣給非洲的廉價版槍枝，所以打算叫貝瑞塔幫忙設計。

「可是在那些人來之前，梅雅老師就開車出現了。我以為是自己的計畫在哪裡被洩漏出去，結果公司的另一派人馬——肯定是艾爾瑪那些人趕來救援的……所以那時候我就放棄計畫，乖乖把姊姊大人交出去了。可是等我回到公司卻發現艾爾瑪那些人全部都在，而且我假裝不經意詢問了一下姊姊大人的事情，大家卻感覺真的都不知道的樣子——於是我打了一通電話給梅雅老師，她卻說她一直都在照顧重要患者……！」

「……！」

的確，梅雅現在應該依然在梵蒂岡繼續照顧昏迷狀態的夏洛克才對。

如果那個梅雅不知從什麼地方聽說羅潔塔的陰謀，開車趕往現場救出了貝瑞塔，卻在接到羅潔塔本人的電話時又假裝不知情——怎麼也講不通啊。可是……

「……這種事情，我實在找不到人可以商量……噢噢，神呀……！」

用白皙的雙手掩面哭泣的羅潔塔，看起來並不像是在騙我。

不妙。很不妙……某種事件正在發生。

而且恐怕是只要走錯一步就會難以挽回的某種事件……！

這下該怎麼辦？想要把跟隨某位像是梅雅的人物一起不知消失到羅馬何處的貝瑞塔找出來，簡直有如大海撈針。但還是必須立刻行動才行。

「——羅潔塔，幫個忙！」

我請羅潔塔幫忙拉一把，翻過窗戶——來到停車場後，衝向自己搭乘來的光岡大蛇。

「羅潔塔，妳記得貝瑞塔坐上的那臺車車號多少嗎？車種是什麼？」

「因為事情發生得太快，我不記得車牌號碼——不過那是一臺暗色車窗的黑色蘭吉雅 Thesis……！」

跟在我後面的羅潔塔說出的車種，果然不是以前梅雅開的紅色愛快羅密歐 Giulia sprint GTA。

「……亞許！你到這裡來的這段期間，有遇過蘭吉雅 Thesis 嗎？」

我不是對坐在車內的LOO，而是對大蛇的AI如此詢問後……

「——不，並沒有這樣的紀錄。」

亞許將儀板上的螢光棒狀圖顯示器上下波動，透過語音這麼回答了我。羅潔塔見到會講話的車子與精巧的機器人不禁瞪大眼睛，而我則是「該死……！」地火大拍了一下方向盤後——嘟嘟嘟嘟～嘟嘟嘟嘟～——

（……？）

車內忽然發出聲音。不是亞許的聲音，也不是電話……而是Skype的待接聲音。

大約響了七聲左右後……

「……？真沒想到居然會是你打給我。GII，好久沒見了。哦？你又換了個女人啊？」

車內傳出似乎可以看到光岡大蛇車內以及周圍狀況、以男性來講有點尖銳、會讓人莫名感到不快的聲音。

（這聲音是、馬許……？）

不會錯。而且我抬起頭看到光岡大蛇的儀表中央顯示器上，映出了一名戴眼睛的蘑菇頭少年。

吃著洋芋片配罐裝可樂的馬許・羅斯福——是製造出這臺LOO在美國和我們交手過、來自洛斯阿拉莫斯的人工天才。雖然拳頭很弱，不過非常擅於使用超尖端科學兵器，堪稱是ＩＴ方面的天才兒童。

「馬許大人，金次大人希望能檢索羅馬市內的特定車輛。」

看來就是亞許透過無線通訊的ＩＰ電話幫我尋求協助的。

但是透過馬許背後的窗戶可以看到外面是曼哈頓的夜景。似乎在紐約ＧⅢ大廈的馬許是要怎麼尋找位在羅馬的車輛——

就在我皺起眉頭的時候，畫面上的馬許「喀喀」地操作了一下滑鼠……

「車輛檢索？嗯，紐約、洛杉磯、巴黎、東京、上海……哦哦，找到羅馬的線路了。」

他好像——露出一臉能夠辦到的表情了……！真的假的？

「難道你可以用衛星照片找車嗎？」

「那也是可以啦，不過晚上還是掃描監視攝影機比較快。只要駭進羅馬市警局的資料庫，大約三分鐘就能找出來了。要我幫你找是可以，但你要拿什麼跟我交易？在那邊的女性太年輕了，可不符合我的口味喔？」

似乎喜歡熟女的馬許說出了這樣對羅潔塔也感覺有點失禮的回應。

本來對我就不算友善的他，露出一臉不會免費協助我的表情。

我這邊可是在趕時間的說。必須想想什麼巧妙的交涉臺詞才行……！

「我想找的那臺車上，坐了一個叫貝瑞塔的女人。她是，呃～正義使者的長官。換句話說，這是一樁與正義有關的案件。你們的老大ＧⅢ不是最喜歡正義了嗎？只要你幫我找到車，我就幫你跟GⅢ說些好話！這樣你就可以賣他一個人情啦！」

我一句接一句如此說道後……

「我雖然聽不太懂你在講什麼……不過最後那部分聽起來不錯。只要對GⅡ有所貢獻，GⅢ有很高的機率會給予實際內容以上的評價。你說那少女名叫貝瑞塔是吧？我入侵到羅馬武偵高中的伺服器，用名字搜尋了一下照片……」

一邊講話一邊操作滑鼠的馬許如此說完後，大蛇的螢幕上……忽然「啪！」地顯示出貝瑞塔的照片。身穿白色布魯馬，也就是我之前在任務中偷拍的照片。

「嗚……沒、沒錯，就是這女孩。」

「拍攝者的名字是Kinji T喔？」

「對啦，就是我拍的啦！」

「這個角度，是偷拍嗎？你到底在羅馬做什麼？還是老樣子啊。」

「不要囉嗦了！快幫我找那女孩坐的黑色蘭吉雅Thesis！」

總覺得一旁羅潔塔的視線刺得我很痛，但現在我偷拍貝瑞塔的事情並不重要吧！雖然偷拍的人沒資格講這種話就是了啦！

「——找到了。臉部辨識率完全符合的有七個影像。是改造的加長型轎車啊。那臺車正從馬可波羅路開往喬托路。同乘的是一名美麗的女性。」

大蛇的螢幕上「啪！啪！啪！」地——顯示出好幾個畫面粗糙的影片視窗。那些似乎是將監視攝影機的畫面經過數位調整出來的影片中——的確可以看到一臺副駕駛座上坐著貝瑞塔的蘭吉雅。在駕駛座也能看到一名很像梅雅的人物。

「……！」

我趕緊——打開手機電源，結果累積在通訊中心的好幾封簡訊一口氣進來了。有梅雅寄來「剛才貝瑞塔小姐的妹妹跟我聯絡——」的簡訊，以及似乎也收到梅雅聯絡的亞莉亞和卡羯寄來「我去找貝瑞塔」的簡訊。

「一定是別的黑手黨！這個梅雅老師是假的呀……！」

在大蛇的車門邊，羅潔塔哭得癱坐下去。不過……

不對，這才不是什麼黑手黨。

無論在哪個影像中，貝瑞塔都沒有表現抵抗。因為她以為在駕駛蘭吉雅的梅雅就是自己的老師，是聖職人員，是可以信任的人物。

如此精巧的假貨，做事隨便的義大利人怎麼可能準備得出來。

貞德假扮的白雪，理子假扮的亞莉亞，佩特拉假扮的貞德——我過去也曾經被騙過幾次，這肯定是完美到連武偵的眼睛都能矇騙的偽裝。可能是像理子那樣的特殊化妝，或是像佩特拉那種魔術。雖然我不清楚究竟是怎麼辦到的，不過……

（原來也有像這樣變身能力一流的人物啊——**在N陣營中……！**）

實在不願想到的那個組織名稱，在我腦中響起。

尼莫在廣場會談時有說過——N能夠讓貝瑞塔成為通往過去的分歧點並加以利用的期間，是半個月。而卡羯說過「霧之標記」的效用可維持兩週。半個月和兩週之間，存在些微的時間差。N陣營就是利用這最後的一點時間縫隙展開行動了。

「這就是有拍到貝瑞塔的最後一段影片。嗯……？這是、什麼……？」

馬許發出像是被洋芋片噎到喉嚨的聲音，探頭注視他自己那邊的螢幕。

似乎和馬許的操作同步的大蛇車內螢幕上，有一個影片視窗被放大——暫停下來變成靜止畫面的那個影片中，一部分漸漸被擴大。

在擴大畫面中可以看到——一名巨漢身上穿著像是雨衣的兜帽與大衣，準備坐進暗色車窗的蘭吉雅車後座。

而馬許擴大顯示的部分，是巨漢稍微從兜帽底下露出來的頭部。

看起來不像人類的鼻子與嘴巴部分。

「……！」

雖然畫面因為解析度很低而顯得模糊，但不會錯。那是、獅子的臉……！

影片最後結束在那個獅子頭坐進車內，讓貝瑞塔開始慌張起來的地方。因為假梅雅讓車子緊急起步，轉進了切爾基路的立體交叉點。時間是四十五分鐘前。

『考生編號五號，金次・遠山，請進入面試房。』

從校舍的廣播器傳來呼叫我去進行武偵等級測驗面試的廣播聲。

「……」

原來如此，看來N陣營也知道這場測驗的事情。

所以他們刻意挑上化不可能為可能的男人——也就是身為不確定要素的我不在的

時間做出行動了。

而羅潔塔恐怕是在她本人也不知道的狀況下被莫里亞蒂的條理預知推測出行動，藉由蝴蝶效應誘導，遭到利用把貝瑞塔從我們身邊帶走的吧。

『考生編號五號，金次．遠山，請進入面試房。』

因為我遲遲不出席面試，教務科又廣播了一次我的名字。

——N那群人能夠辦到瞬間移動。就算現在追上去搞不好也已經沒用了。

但是，就算如此，我還是要去救貝瑞塔才行。

「……」

從覆蓋羅馬天空的烏雲隱約傳來遠處打雷的聲音。

『考生編號五號，金次．遠山，請進入面試房。』

要是沒有出席這場面試，我就會遭到羅馬武偵高中退學處分。

如此一來我的武偵證照就會被剝奪，失去身為武偵的地位，通往武裝檢察官的路也會因此中斷。關於老爸的情報將消失在黑暗中，我的對卒症狀想必會繼續惡化下去。

換言之，選擇違背那個廣播的路，對我而言就是一條死路。

即使不到夏洛克或莫里亞蒂那麼厲害，這點程度的事情我也能預測得出來。

——但是。

（貝瑞塔，妳別擔心。）

地位這種東西，我扔了。

像貝瑞塔不就扔得很乾脆嗎？為了她的正義。義大利人平常都是一群糟糕的傢伙。不遵守時間，只有開溜時特別快，從大白天就喝酒，抓到空閒就又玩又唱，又愛講異性話題。

然而他們不會違背自己的理念，遇到關鍵時刻就會勇敢挺身而出。貝瑞塔向我示範了這點，告訴了我這點。

因此我也要挺身而出。為了守護、拯救貝瑞塔這個正義。現在就是那個關鍵時刻。

（就像我對貝瑞塔造成了影響一樣……貝瑞塔同樣也對我造成了影響啊。）

所謂的留學，並非單純只是期間較長的旅行。而是在異國學習，讓自己成長的旅行。

雖然我所學到的東西，是貝瑞塔透過日本動畫學習到的正義論再反過來教我這個日本人，有點教人意外就是了。

『考生編號五號，金次．遠山，請進入面試房。若沒有進房，將視為放棄考生資格。』

我苦笑一下後……轉身背對那恐怕是最後警告的廣播。

正義使者總是比起自己的事情更會優先為了夥伴奮戰。這可是咱們日本人透過動畫展現給全世界看的信條。要是身為日本人沒有做到這點反而逃跑，就會顯得我們只是虛有其表了。

「……」

羅潔塔畢竟也是武偵高中學生，所以似乎理解了我現在的狀況，而一臉無助地抬頭望著我。

而我則是──劈里──心一橫，把自己左袖上的徽章撕下來，遞到她手中。

就是我從一年級，不對，從附屬中學時代就用到現在的武偵徽章。

是我至今身為一名武偵的證明。

「……雖然我是希望能親手交給貝瑞塔本人，但畢竟我不能再戴著它了。等妳要向貝瑞塔道歉的時候，再幫我轉交給她吧。日本製的徽章在刺繡上跟義大利製的有點不一樣，身為日本宅的貝瑞塔應該會很高興的。」

我對羅潔塔留下這句話後，打開光岡大蛇的車門。

「遠山金次……」

羅潔塔將我的徽章抱在胸前──不知該說什麼才好地看著我。

露出一副像是看到正義使者不惜犧牲自己也要拯救他人危機時的眼神。

但實際上，我才不是那麼偉大的存在。就算受到貝瑞塔長官提拔為茹斯特零號，也不算正式的英雄啊。

如果在別人眼中看起來的我是那個樣子，那只不過是我沒能逃避而已。逃避我們這一族代代從事什麼正義使者工作的瘋狂。逃避必須浴血戰鬥的──命運束縛。

「妳開車回公司去。那地方應該很安全。」

雖然羅潔塔的確有一半的責任──不過認為都是自己引發了這樣的事態、不斷緊張哭泣的她也讓我看得有點於心不忍……於是我叫她盡快退場了。

好啦，莫里亞蒂教授。

我這下抱著退學的覺悟缺席等級測驗，是個不惜扔掉通往武裝檢察官的路，進一步來講就是不惜扔掉自己的性命也要去拯救貝瑞塔的笨蛋——這點你也有推理出來嗎？

以前梅露愛特也說過「過度愚蠢的人所做的行動無從推理」這種話。接下來，我這個不確定要素準備行動啦。

羅潔塔開著法拉利 California 離開停車場後……

『考生編號五號，金次‧遠山，若沒有進房，將視為放棄考生資格。』

現場另外還有一個人。

這世上也是有很瘋狂的正義**女英雄**啊。

莫里亞蒂或許也沒料到這點吧。畢竟夏洛克也講過「男女之間的事情難以推理」嘛。

從露出苦笑的我背後……

「你被點名囉。」

——我早就透過梔子花的氣味發現的亞莉亞對我說話了。

看來她是因為聯絡不到我，所以趕到羅馬武偵高中來的。

「我臨時有更重要的事情要辦啦。」

我轉回身子——與穿著東京武偵高中紅色水手服的亞莉亞對上視線。

「我就猜想你應該會那樣講。」

「這或許是我最後一次以武偵的身分跟妳合作啦。雖然以前向妳發誓過我不會再辭去武偵……但是抱歉，我要違約了。」

「我現在不是想跟你講那些話。」

在漸漸變強的風中，粉紅色的雙馬尾大幅擺盪的亞莉亞——

「應該還有另一件重要的事情要講吧？」

紅紫色的雙眼彷彿在質問我似地直直朝我盯過來。

在剛才那一瞬間，她就察覺出了我的覺悟。

「重要的事情？」

「我不想在不清楚搭檔的體能狀況下一起戰鬥。」

……亞莉亞。

說得也對。畢竟我瞞不過妳嘛。

雖然武偵應該要隱瞞自己的病情或傷勢才對。不過既然是妳，我講出來也沒關係。

更何況今晚可說是我的退役賽啊。

「我這個——是會伴隨麻痺或緊急發作的大腦疾病，遲早有一天會爆發腦溢血。恐怕無法根治。至於延命的方法，我老爸知道的可能性很高。到了最近，我變得如果對大腦造成長時間的負擔，在戰鬥中也有可能緊急發作。疾病名稱叫『對卒』。」

聽到我這麼說明——

亞莉亞雖然假裝鎮定……但我可以感受到她彷彿是自己被宣告罹患這項疾病似地大受衝擊。

接著，我們沉默一段時間後……

「……我是心臟，你是大腦。彼此抱有危險的部位都好糟糕呢。不過，謝謝你願意告訴我。殼金的時候，你挺身幫了我的忙。在對卒的事情上，這次換我來幫你。」

「亞莉亞……」

「你以前不就說過嗎？說自己『一輩子都是亞莉亞的夥伴』。所以我也一輩子都是你的夥伴。」

亞莉亞挺起平坦的胸部，凜然說出的這句話……讓我心中頓時湧出強烈到不可思議的希望與力量。

我從以前就總是很生氣亞莉亞是個獨斷獨行的傢伙。

但其實在這點上，我自己也是一樣。無論學校、金錢甚至疾病的事情，我都老是想要自己一個人解決。最後的結果就是讓很多事情變得難以挽回。在廣場會談的戰鬥時我和亞莉亞的想法之所以無法統一，搞不好就是因為我對亞莉亞隱瞞這件事情的緣故。

而現在雖然有點嫌晚——但能夠把對卒的事情告訴她真是太好了。

「我以後行動時也會注意你的病情。」

亞莉亞說著，坐進光岡大蛇的駕駛座——

而LOO大概因為車子是雙人座，所以程式上設定當遇到有兩個人要坐車時她就會下車爬到車頂上去，於是我也坐進副駕駛座後……

「妳最好要做好心理準備。這次事件的對手，是N。把貝瑞塔擄走的是外觀像梅雅的某個人物，以及那個獅子頭。我這邊有掌握到四十五分鐘前他們在切爾基路附近。」

「是往市區內的方向呢……我有預感，他們又往羅馬市中心去了。」

現在還勉強算是歷史分歧點的貝瑞塔萬一遭到N惡用，人類歷史搞不好就會往暗黑時代倒退一步。不過，阻止歷史通往過去，使骨牌重新倒向未來——那樣大規模的事情，終究只是像結果論的東西。

我們現在要做的只是去拯救一個女孩子——貝瑞塔。僅此而已。

「走吧。首先開往市區內。」

我這麼說之後，光岡大蛇不等亞莉亞轉動車鑰匙就自己啟動了引擎。

「這是什麼車？」

亞莉亞頓時驚訝地瞪大她睫毛尖銳的眼睛，於是我向她說明「這是AI自動駕駛車。這傢伙就是亞許。」……可是……光岡大蛇卻遲遲沒有起步。

「……它不動呀。」

「奇怪……」

不對，它不是沒有動。轉速表確實有在上升。

可是車子卻沒有前進。是輪胎在空轉。

「——ＬＯＯ……！」

「發生異常狀況，請繫好安全帶——」

就在車頂上傳來ＬＯＯ像是警報的聲音，接著ＡＩ亞許用人工語音如此警告的瞬間——後輪忽然整個被抬起來，讓車體大幅往前傾，車外的ＬＯＯ沿著前方的擋風玻璃滾了下來。

「——！」

我和亞莉亞還來不及反應——大蛇接著又往右側傾斜、翻倒。

「呀！」

「……！」

我趕緊打開副駕駛座的車門，但來不及了。

在這臺右駕車內，我全身滾向亞莉亞的方向……好死不死，偏偏一臉栽進她如絲綢般柔軟滑嫩的……兩條白皙大腿之間。

（……嗚……！）

明明是在這樣的異常狀況中，我一呼吸，短短三秒鐘——就感受到我的血流因為亞莉亞濃厚的女孩子氣味而漸漸集中到身體的中心、中央了。

脂肪與水分較多的臀部與大腿，以及大腿根部褶皺處較多的部位，是女性身體最容易產生費洛蒙的地方。而且裙子在構造上很容易把受體溫加熱而飄散出來的費洛蒙懸浮粒子悶在內部，是會持續受女孩子氣味薰染的魔性布製品。其內部的香氣分子密度甚至能匹敵潛伏在日常生活中的爆發炸彈——枕頭。

——簡單來講——

只要我鑽進女孩子的裙子中，便能立刻進入爆發模式。就像**現在這樣**。還真是讓我發現了一個驚人的爆發景點啊。

就在我把這項新發現加入爆發模式腦內的能量景點列表時，車子完全被翻了過來——

「……！」

碰！滿臉通紅的亞莉亞對一頭鑽進她白嫩雙腿間的我用力一踹，把我從已經半開的車門踹出車外——但並沒有接著對我開槍。

現在亞莉亞已經知道關於我HSS的原理，所以透過我氛圍上的劇變察覺出我進入了爆發模式……而且是因為她進入的事情，結果在生氣的同時又表現出好像有點高興害臊的反應。

仔細想想，以前貝瑞塔對於被我偷拍的事情好像也有點開心的樣子。原來女生對於自己被人覺得有性魅力的事情，並不一定都會感到討厭啊。我學到一課了。

——等等，現在可不是讓我自修爆發學的時候。

就在亞莉亞踢開另一側的車門，爬出車外的時候——車子再度被抬了起來。

剛才LOO滾下來時撞出裂縫，接著又被車子翻倒時的衝擊力道撞破的擋風玻璃碎片「嘩啦啦！」地散落到周圍。

一點六噸重的光岡大蛇就像紙牌一樣被翻過來又翻回去——

我很快就知道了造成那現象的原因。

因為亞莉亞後退躲開朝她倒下的車子，同時朝「匡鏘！」一聲再度恢復上下面的車體後方縮起身子躲起來的某個人影開槍了。

在大蛇車體下方的全面防彈車體與柏油地面之間，點45ACP子彈以鋸齒狀軌道一路彈向後方，卻沒有擊中那傢伙的身體。那個人影翻滾到車子後面。難不成亞莉亞射偏了嗎！

「——！」

我也瞬間扭動右手腕兩次——讓自動拔槍的貝瑞塔・金次樣式從滑軌夾克中移動出來。這個動作並沒有被發現是拔槍行為，緊接著我立刻朝兩度翻轉過車子的人影開槍——卻依然沒有擊中。那個人影又消失了。不對，是我看起來覺得像消失了。在對方剛才還在的位置旁邊，那人影再度以趴在地上的姿勢現身。

那是以前鬼族的津羽鬼在醫科研醫院展現過的超速度——甚至更快。真要講起來，就是**超超速度**……！

「……」

默默不語的人影，身材很嬌小。但現在問題關鍵不在於因為目標很小所以瞄不準。

那傢伙剛才是用音速**躲開**子彈的。

在槍戰中要躲開敵人的子彈，並非不可能辦到的事情。然而前提是要透過對手的槍口方向預測彈道，在**開槍之前**大腦就必須對身體發出閃躲指示才行。

可是這傢伙剛才——是在我**開槍之後**發現並躲開的。

想要躲開超音速的子彈，只能在看見光速的槍口焰光線時瞬間做出閃避動作。

但那種事情就算是爆發模式下的我也辦不到。因為訊號從視覺細胞經由間腦視丘到大腦視覺區再做出隨意運動的反應之前，子彈就會先擊中了。

辦到了這種超越人類表現的那傢伙，臉上戴有縱長形的木製面具。

（——是廣場會談時那個獅子頭的隨從……！）

那枚面具看起來就像是惡夢中會登場的怪物，在眼睛部分有兩個洞。像雨衣覆蓋全身的大衣，是用大麻搓成的纖維縫製成的。

在大衣的衣襬下可以看到像是金屬的銳利爪子露出來，撐在柏油地面上。

車身變得破破爛爛的光岡大蛇大概是為了不要再被翻車，自動往後退下離開。LOO則是單手抓住大蛇破掉的擋風玻璃框，用另一手脫掉不便於行動的連身裙，變成白色校園泳衣的打扮。

「雖然我不知道你什麼時候來的，不過看來你剛才是躲在附近的車子底下吧？」

聽到站在停車場的我如此說道……

「……」

那隨從卻完全不回應。

但既然對方挑在這時候動手，就表示——

看來對方原本就預定當我準備前往拯救貝瑞塔的時候才動手的。這個隨從的任務是監視莫里亞蒂靠條理預知難以推理的我。如果我沒有做出行動，對方也不打算冒風險跟我戰鬥。

這也就是說，卡羯和真的梅雅附近恐怕也有羽毛頭盔女、繃帶男或茉斬在監視她們。要是我現在貿然聯絡她們，搞不好對手會因此襲擊卡羯、梅雅甚至夏洛克。另外我們也要盡快封住這個隨從的嘴才行。

「金次，繞過去包夾！」

亞莉亞大叫的同時舉起雙槍，迅雷不及掩耳地——磅磅磅！以暗殺者會再度閃避為前提開槍。緊接著朝預測對手再現身的地點前空翻——踹下一記翻轉迴旋踢。

亞莉亞利用翻滾的離心力在空中伸出的右腳腳跟有如一把揮落的斧頭——「碰！」一聲靠直覺漂亮地擊中對手了。好啊！亞莉亞這腳就是我們對N陣營的第一擊了。

亞莉亞的腳跟踢中的是隨從的面具。或者應該說是隨從故意這麼做的。因為對方判斷若是被擊中肩膀或腦門會讓骨頭碎裂，所以把面具當成盾牌了。

如果是速克達機車程度的東西就會被踢破成兩半的亞莉亞那一腳，當場讓木製面具粉碎——

「……嗚……！」

膽子大到甚至敢用自己的臉部去承受腳踢的那名隨從真正的長相露了出來。

——女人。不對，是年紀比我們還小的少女。

不是黑人。雖然也不是白人，不過看起來像是高加索人種。類似印度人或阿拉伯人的印象。從帶有綠色的蓬亂長髮底下，伸出一對獸耳——但是跟麗莎的不太一樣，是像貓科動物的耳朵。其他部分就是人類的臉了。臉上沒有化妝，不過雙眼皮的眼睛看起來很大，同樣給人像貓的感覺。

和放低腳步聲移動的我站到包夾獸耳少女位置的亞莉亞接著——

「什麼嘛，妳的臉蛋很可愛呀。需要戴面具的應該是妳的主人吧？」

對身為獅子頭隨從的那名少女如此挑釁。

少女似乎對於自己的臉被人看到的事情感到大受打擊，瞪大她那對深綠色的眼睛。不過……那眼眸中漸漸流露出憤怒的神情。

然而隨從的長相只有被我們看到短短幾秒而已。少女立刻從麻織大衣底下伸出一隻手——是人類的手——用靠皮繩綁有鉤爪的手指將自己的衣領往上拉。像忍者一樣把臉蛋下半部分遮起來，同時狠狠瞪向亞莉亞。

然後——彷彿在詛咒人似地嘀嘀咕咕念出什麼話。

但我只能聽出幾個單字而已。雖然很像義大利文，但應該是西班牙文。

「——『竟敢看到我這不同於父親大人美貌的醜陋長相』……雖然因為口音太重讓我聽不太懂，不過這女孩似乎很希望自己生來是獅子臉的樣子。名字好像叫伊歐。」

看來那個獅子頭家的少女……伊歐所屬的文化中，人類的長相是很醜陋的。所以伊歐才會想遮住自己的臉。就好像如果一個人類生來是獅子臉，也會想遮起來是一樣的。

伊歐用一臉怎麼殺也不夠的表情盯著踢壞她面具的亞莉亞……

「——嘰——嘰嘰——」

忽然發出某種尖銳的聲音之後，她身體一扭——朝我攻擊過來。

妳以為妳可以贏過我和亞莉亞聯手嗎？若是如此，妳也是個無藥可救的蠢貨啊。

我模仿亞莉亞，擺出強襲科訓練出來的亞魯・卡達架式。就在這時……

伊歐又再度扭轉身體，讓自己全身旋轉——同時脫下她身上的大麻大衣，「啪唰！」一聲朝我臉部丟過來。

為了避免視野被遮擋，我壓低身子躲開大衣。面對被迫彎下身子的我，伊歐帶著彷彿會砍斷小腿的速度朝我踢出一記掃腿，但也被我微微一跳避開。

「——嘰——嘰嘰——！」

伊歐緊貼地面掃過的腳帶出強風，把落在地上的擋風玻璃碎片颳了起來。在宛如鑽石般閃耀的大量玻璃中，彎下上半身又跳起下半身，停滯在低空的我——啪！啪啪！

把扭轉一百八十度的左手撐向地面，同時用右手的貝瑞塔・金次樣式射出三發子彈。接著解放左手的扭力，使自己全身像螺旋槳一樣旋轉——朝我靠槍擊誘導對手再現身的地點使出一記兩段踢。

我這招再度讓玻璃碎粉被颳起的腳踢——被伊歐做出對應了。

她用像是跳高運動中背越式跳高的動作躲開了我的腳。而且我發現她身上穿的竟然是裙襬只有到胯下一公分的超迷你豹皮連身裙，忍不住把視線別開。

這場超低空的互踢攻防之後，就在我準備再度銜接到槍擊時……

我發現自己的右手似乎被什麼東西纏住了。長有刺人短毛的那東西是——尾巴……！原來伊歐有堪稱是第三隻手的尾巴！

因為我把視線從她似乎沒穿內褲的下半身移開的緣故，害我沒發現這點！

「——嘰嘰嘰！」

獸耳伊歐藉著扭動身體落地的力道，拉扯我持槍的右手臂。

力氣大得超乎尋常。

「金次！」

亞莉亞雖然舉槍瞄準，但因為我在射擊線上，讓她無法開槍。

「——嗚！」

我全身被摔到柏油地面上。

接著撐起身子抬頭一看，發現豎起獸耳的伊歐把她像美洲豹的鉤爪——用皮繩綁在雙手指頭上的十支利刃朝著我，又再度緊貼地面衝了過來。

時機上我已經完全躲不開了。

連爬起來的時間都沒有的我只能趴在地上開槍，偏移伊歐的行進方向。但伊歐還是伸長手臂用爪子削到我的左手，在錯身而過的同時用一記袋鼠踢從側面把我踢倒。就在那交錯的瞬間——先是亞莉亞，緊接著是我開槍——兩顆子彈分別都削到伊歐。

「……嗚……」

現在我才注意到，伊歐那種貼著地面的動作，其實是一種格鬥戰術。靠速度翻弄對手，並且把對手逼到「地面」這道牆上的戰鬥方式。

中國武術中有一套功夫叫地趟拳——亞莉亞的戰妹以前也用過類似的招式，但伊歐這是更加原始的東西。近似於熱帶草原的肉食動物靠速度與力量獵捕草食動物時的動作。

伊歐和我拉開了距離——這麼厲害的傢伙，居然在N裡面還是小嘍囉嗎？

這麼一想就教人不禁感到絕望……不過……

到這裡為止的攻防中，我看出她的實力了。她並不是無法擊敗的對手。像剛才只要伊歐的裙襬再長一點，我就應該能注意到她的尾巴才對。

即便是超越津羽鬼的瞬間爆發力，只要我和亞莉亞從兩方向包夾，就能像剛才那樣做出對應。

彷彿是象徵我們與伊歐之間的戰力差距般，我和亞莉亞剛才削到她的子彈——分別把她左右手上綁住鉤爪的皮繩繩結處射斷了。其中有三支沾著我鮮血的十支利刃紛紛掉落到停車場的柏油地面上。

「……嘰、嘰嘰……！」

就像是對不甘心瞪著我們的伊歐威脅說「妳想逃就快逃，看我追上妳。」似地——光岡大蛇「隆隆！」地催響引擎聲。ＬＯＯ也趴在車頂上，隨時準備加入戰局。

然而伊歐卻——依然不退下。雖然沒有再主動攻擊了，但她與我們保持著三十公尺左右的距離趴在地面上，像猛獸一樣豎起尾巴。「嘰嘰嘰」的聲音也依然持續著。那到底是什麼？

（故意在……拖延時間嗎……？）

就在我想到這點的時候——亞莉亞忽然抬頭望向陰暗的天空。於是我也跟著抬起頭……

「……！」

因為剛才我們的注意力都被對方緊貼地面的戰鬥方式吸引過去，結果發現得晚了。在上空五十公尺左右的地方，有數不清的鳥類——海鷗或烏鴉等等飛來飛去。數量不下一、兩百隻的鳥群就在我和亞莉亞發現牠們的瞬間，一起俯衝下來。

伊歐剛才就是用那尖銳的聲音不斷在呼叫牠們啊……！

她之所以面對戰鬥力較強的我們也依然挺身戰鬥，原來是為了拖延這段時間。

有如一面天花板的鳥群逼近到我們上空十公尺左右。原本只是「啪沙啪沙」的拍翅聲音——漸漸轉變為「嘩唰！嘩唰！嘩唰！」的巨響。

停車場一帶的光線被鳥群遮住，讓周圍越來越暗。

「呀……！」

「亞莉亞，把身體壓低！」

白與黑的羽毛像暴風雪般落下。我趕緊抱住臉色發青的亞莉亞保護她。

鳥類是會吃肉的。不只會獵食昆蟲或魚類，牠們群聚在動物屍體邊的畫面在全世界也到處可見。

要是被這麼一大群鳥從四面八方啄食，短短五分鐘就會被吃到只剩骨頭啊。

我和亞莉亞已經變得沒有餘力去管伊歐了。這時——光岡大蛇穿過鳥雲，趕到我們身邊。

在大蛇自動打開車門催促下，我們兩人趕緊避難到車內……但就在車門關上的瞬間，前方擋風玻璃被撞得粉碎了。看到那群漸漸降低高度，最後終於在眼前來回飛竄的鳥——受到驚嚇的亞莉亞顫抖著舉起槍口。

不過我用手壓下她的槍。

「別這樣，亞莉亞。鳥類沒事不會亂攻擊人類的……！」

如果靠我的八岐大蛇，應該勉強可以殲滅這一大群鳥吧。

但是說到底，貝瑞塔給我這套武裝的意義不是要我去殺戮無辜的鳥——而且鳥類是集團行動的生物。如果子彈擊中任何一隻，散出鮮血的氣味引起恐慌，讓幾隻鳥反撲攻擊——在這裡的上千隻鳥就會同時圍上來，如此一來我根本就來不及一一迎擊。

如今已經有幾十隻鳥停在引擎蓋上，完全遮住了我們的視野。

「金次……！好可怕……！」

似乎對於這類的情境很弱的亞莉亞變得淚眼汪汪，緊抱住我的手臂。但我也沒有辦法應付這種狀況。

「放心，鳥類的夜間視力很差——我們就躲在昏暗的車內撐過這段時間。現在只能這樣。」

但是……該死……這下我們完全被封在這裡了。

明明現在為了拯救貝瑞塔，必須盡快趕到市區內的說。

就在我感到焦急起來的時候——

「亞莉亞大人，金次大人，我從網路上找到驅趕害鳥用的聲音檔案。現在準備嘗試播放，請兩位暫時把耳朵塞起來。」

ＡＩ亞許的聲音傳來，於是我和亞莉亞按照指示塞住耳朵後——

——噹～～～～～～～～～～～～～～～～～～～……！

從車體發出讓坐在車內的我們都忍不住會縮起肩膀、有如鐘響的巨大聲音。

——噹～～～～～～～～～～～～～～～～～～～～～～～～～～～……！

聽到車外喇叭兩次、三次放出的金屬聲響……

……啪唰啪唰啪唰啪唰……！

鳥群……漸漸飛散。一百隻左右的鳥逃走也連帶使較遠的鳥跟著逃離，結果就像烏雲消散般——周圍漸漸可以看到燈光。

「亞莉亞大人，金次大人，敵人要逃了。」

在鳥群形成的窗簾被拉開，再度恢復的視野中——

正如亞許所說……遠處可以看到伊歐用雙手雙腳在車道上疾馳離去的背影。她逃了。

不過既然逃跑，搞不好是打算和N的同伴會合。

那群傢伙擄走了貝瑞塔。在伊歐準備前往的地方，肯定可以找到貝瑞塔。就算找不到，應該也有什麼線索才對。

「大蛇，追上去。讓對方知道把你弄壞的代價可是很高的。」

「那當然。N——那些人似乎相當否定未來。那也就是否定我的意思。因此這對我而言也是關係到自身存在的追擊戰。」

在鳥群散去的夜空中，雲層縫隙間可以看到星光。

——其中有一顆紅色的星。是軍神之星，火星。追吧。去把貝瑞塔救回來！

明明是個美少女，卻似乎對自己的長相感到很丟臉的伊歐——把剛才她丟掉的大衣撕成像圍巾一樣，圍住了自己的下半臉。她有如獵豹般用手腳在車道上疾馳，遇到急彎時還會甩動尾巴保持平衡，幾乎沒有減速就轉了過去。在夜晚的車道上，她的奔跑速度甚至超過時速一百公里。

雖然路上車輛很少，但大蛇還是必須左躲右閃地避開車子追趕伊歐。伊歐則是一直線地奔跑在疏於道路保養而長出雜草的路肩，讓我們怎麼也追不上。

「即將進入市區。」

ＡＩ如此告知後，進入的羅馬市區一般道路上──車流量越來越多。

在多半居民習慣開車通勤的外國都市區，尖峰時段不是像東京那樣塞電車，而是在道路上會塞車。而運氣很差地，現在似乎偏偏就是那樣的時段。雖然響著和日本不同的警報聲出現的警車也因此被塞在車陣後面追不上來，這點對我們來說算是好事啦。

「該死！這樣會把伊歐追丟啊。她看起來應該是沿著台伯河北上的樣子……」

我不禁嘖了一下舌頭，結果棒狀圖顯示器忽然上下波動──

「──ＬＯＯ即將脫離車體。接下來螢幕右上方的視窗將會同步顯示ＬＯＯ的眼部攝影機影像。」

亞許說完後，原本坐在車頂上的ＬＯＯ就像狖猹一樣把身體縮成一團──沿著擋風玻璃旁的Ａ柱滾下來到車道上，然後「踏踏踏……！」地奔跑在路肩追了上去。

但是她的速度頂多時速２０ｋｍ左右，這樣根本就追不上伊歐。正當我這樣想的時候，大蛇後方像鳥尾的後車箱打開來，裡面一臺銳角型的無人機──ＬＯＯ的裝備一邊展開象牙色的機翼一邊飛了出來。推進器噴出的些微熱氣一瞬間就讓車內溫度上升了。

那裝備低速飛行到ＬＯＯ的頭頂上方，ＬＯＯ高舉雙手抓住之後……

推進器增強噴射力道，垂掛著ＬＯＯ飛了起來。ＬＯＯ的姿勢變得像吊環體操中所謂的中水平支撐一樣，讓身體和機翼平行後，飛行裝備用機械臂固定在ＬＯＯ的腰部。

接著就像滑翔翼般乘風飛起的ＬＯＯ……時速依然頂多只有八十公里左右。那臺飛行裝備比我以前在美國看過的還要薄而小，是車載用的。

「不能飛得更快嗎？那樣速度比伊歐慢呀……！」

「那就是性能極限了。因為Ｌ０８・Σ推進器並不是空戰用，而是據點巡邏用裝備。」

「……讓ＬＯＯ就這樣飛往和平祭壇的方向吧。我們轉往特米尼車站。」

聽到亞莉亞對亞許這樣指示，我不禁皺起眉頭──

「為什麼要兵分兩路？而且特米尼車站在市區中心，我們會被塞在路上無法動彈啊。」

「就是因為在市中心呀。既然我們速度慢，就要搶在對方之前先繞過去。」

「先繞過去……」

這麼說來，亞莉亞從一開始就直覺推斷伊歐會往市區中心了。

「既然Ｎ沒有殺掉貝瑞塔而是擄走，就代表他們打算把貝瑞塔送到我們不在的羅馬市外。如果要走海路就是往奧斯提亞海岸，如果走空路就是往菲烏米奇諾機場，這兩者都應該往市區外走才對。可是對方的車子卻是開往市區內，可見Ｎ是打算把陸路的鐵路當保險手段，故意進入交通擁擠的場所，然後……呃……」

亞莉亞似乎靠直覺理解到這裡，但理論接不下去。於是──

「瞬間移動是嗎。」

爆發模式的我幫她補充了。

「對，就是那個！」

「N的預定是抓到貝瑞塔之後，靠瞬間移動全員撤退的同時把貝瑞塔也帶走。因為腳程快速的伊歐也退下，讓我方必須使用汽車之類的手段才能追上去。N陣營也很明白這點，所以事前——就把據點設定在交通擁擠、車輛難以進入的羅馬市中心，這樣的意思嗎？」

亞莉亞的直覺與我爆發模式下的思考力互相輔助……

總算得出應該相當於夏洛克一個人份的推理了。

「好，就往特米尼車站、古羅馬廣場、萬神廟的方向。盡可能避開塞車路段，往舊市區的中心部分。」

就在我讓大蛇抄捷徑往特米尼車站——也就是古羅馬遺跡密集的舊市區方向的同時……透過螢幕影像也能看到LOO從河川上空右轉往舊市區了。

在LOO的視野中可以看到伊歐在往同樣方向的車道上奔馳的身影。果然如我們的預測，她往市中心去了。路徑上似乎也是透過網路和大蛇連接的LOO為了追趕而故意誘導的。

能夠從空中直線追趕伊歐的LOO並沒有被甩開太遠，然而影像左下方顯示的飛行裝備燃料錶——已經減少到三分之一。頂多只能再飛五分鐘左右。

雖然通往舊市區的道路車流量會增加，不過大蛇一下驚險穿過車與車之間的縫隙，一下又逆向行駛……首先趕往羅馬市的心臟區——特米尼車站。

就這樣——大蛇穿過石松裝飾的公車轉乘站——

一棟看起來像超巨大立方體的現代主義建築物迫近我們眼前了。

那就是往國內可以到佛羅倫斯、拿坡里、比薩，往國外可以到巴黎、維也納、慕尼黑等歐洲主要都市，歐洲最大的鐵路總站——羅馬特米尼車站。

在西邊的夜空中，靠肉眼可以看到LOO象牙色的機翼。看來伊歐也會通過這裡。

「我們就把特米尼車站當成防衛線，攻擊伊歐。讓她腳程變慢之後，再故意放她走。從逃跑方向分析出N的據點。」

拔出手槍的亞莉亞對我如此指示。這是當遇到不清楚犯罪集團的據點位置時，追擊對方戰鬥力較弱的成員，一邊讓對方撤退一邊找出對手據點——也就是在武偵隱語中所謂「燻逼」的作戰方式。

在螢幕中，被LOO追趕的伊歐——進入特米尼車站內了。我覺得她那身打扮與其要遮住臉，不如遮住下半身會比較好吧。

「大蛇，往特米尼車站內！」

「呃、喂！讓車子衝進車站很危險吧！車站裡可是有很多人……」

「那就從鐵路那邊入侵車站！」

亞……亞莉亞大人發飆啦！因為敵人近在咫尺，卻遲遲無法戰鬥造成的煩躁壓力。

她坐在大蛇的座椅上，用她獨創的奇妙踱地法「碰！碰！」地踱著車底。

「了解。」

大概是察覺出亞莉亞的凶暴性，連亞許也乖乖聽從命令了。但是要左閃右躲那群因為狂飆的超級跑車而騷動，或者應該說是興奮起來的羅馬市民們，並繞過巨大的特米尼車站到鐵路那一側，需要花上很多時間。在這期間ＬＯＯ的飛行裝備也用完燃料，不得不降落到車站的月台附近了。

我因此忍不住嘖了一下舌頭，大蛇卻同時撞破特米尼車站南側──分隔人行道與鐵道的金屬網，讓車子用力彈跳起來，害我差點咬到舌頭。

「──看到了！是伊歐！」

亞莉亞用槍口指的前方，有多達二十九條來自歐洲各地的鐵路。

隔著大量鐵軌的另一側，可以看到身穿毛皮連身裙的伊歐快速衝過來。在後方面無表情追著她的ＬＯＯ也入侵到鐵路上了。

大蛇的輪胎壓在碎石上，讓高度不到十二公分的車底不斷爆出火花，穿過鐵軌。在已經失去擋風玻璃的大蛇車內，亞莉亞朝著逼近眼前的伊歐舉起兩把 Government，右槍垂直，左槍平躺。就在這時──嘰嘰！

大蛇忽然把車體往右一甩。

離心力讓我又再度倒向亞莉亞身上的同時，逼────！

震動大氣的氣笛聲從一旁傳來──羅馬往佛羅倫斯的紅色特快列車緊貼大蛇右側

驚險通過。

「——嗚……！」

「哎呀，畢竟這裡是車站嘛。不過我們也無從選擇了，就在這裡戰鬥吧。」

粉紅色雙馬尾被風亂吹的亞莉亞嚇得抽了一口氣，我則是輕輕拍了一下她肩膀。

透過列車窗戶可以看到義大利乘客們紛紛驚訝地看著我們。世間一般大眾們真是對不起喔，每次都這樣驚嚇到各位。

我再度從螢幕上尋找伊歐的身影。被LOO的眼睛捕捉到的伊歐依然四肢趴在地上，用快到她身上的毛皮連身裙都快被扯破的速度穿越鐵軌。

然而，一班比薩往羅馬的高速列車忽然擋在她面前。於是伊歐往右，我們往左各自繞圓，避開進站與出站的列車。

當我們總算繞到列車最後的車廂，準備穿過鐵軌時——下一班列車又來了。這次是準備進入特米尼車站的通勤列車，在我們眼前從右往左駛去。大蛇在碎石上讓後輪甩尾，朝剛才的反方向疾馳。

只要走錯一步就會沒命，二十九條鐵路有如一座可動式的殺人迷宮。當我們以鋸齒狀路徑穿越鐵軌的時候……

「——伊歐很快將會進入兩位的射程範圍內。不過——」

大蛇忽然讓棒狀顯示器發出黃光，對我們提出注意。

「根據時刻表，現在這個時段似乎會有相當多的列車出入特米尼車站。請兩位找機會下車比較好。要是繼續乘坐在本車上，亞莉亞大人與金次大人因列車衝撞造成死亡的機率會高出百分之七左右。雖然也只有百分之三十七就是了。」

那機率應該算高的吧？就算下了車也有百分之三十嗎？

「——要跳躍了。亞莉亞大人，金次大人，請把重心移向座位右側。本車即將與敵人接觸，駕駛上會**稍微有點粗魯**，請兩位小心。」

才剛講完，大蛇就快速左右行駛搖盪車體——竟順勢讓左側的兩輪彈跳起來，靠單側車輪行走了。

接著從左後方傳來刺耳的汽笛聲，往米蘭的特快列車衝了過來。

就在我感到「會撞上！」的下個瞬間，大蛇讓接地的右側兩輪忽然加速。從身體感覺和聲音可以知道，空轉的左側兩輪也開始往反方向旋轉起來。在那樣的狀態下，大蛇與漸漸穿過一旁的特快列車平行奔馳。

它接著讓反轉的左側兩輪靠到列車的右側面上——然後忽然從反轉改為順轉，把車頭切向**左上方**，磅一聲衝上列車側面。靠自己本身的衝刺能量加上列車的動能——

轟！

「——！」

就像一邊旋轉一邊跳躍的虎鯨一樣，大蛇的車體跳到了列車上空。

在斜下方可以看到伊歐避開那班列車奔跑的身影。亞莉亞馬上從半空中「磅磅磅！」地進行射擊，妨礙伊歐奔馳。

大蛇故意讓自己流線型的車體擦碰到一根電線，在空中轉換方向。我雖然知道電車的電線是只要沒有同時接觸鐵軌就不會觸電，但還是捏了一把冷汗——的同時，大蛇已經越過列車上空往鐵路另一側掉落。方向剛好可以壓到被亞莉亞開槍停下腳步的伊歐。

「——嘰嘰！」

伊歐靠野獸般的反射神經躲過大蛇，然而在她閃躲的方向又有另一班列車衝過來了。

面對被列車限制行動的伊歐，我和亞莉亞在大蛇著地的同時開槍追擊。

多虧如此——

沿鐵路逃走的伊歐速度明顯變慢。大概是腳扭到了吧。

然而大蛇也沒好到哪裡去。起初被翻車時各處造成的損傷，似乎因為剛才那亂來的行動而傷得更嚴重了。車身到處軋軋作響，速度也變得很慢。

「總算讓伊歐稍微變慢了。金次，我們下車。」

「就聽妳的。畢竟我也想讓死亡率降個百分之七啊。話說……大蛇，你和我家老弟打的時候，也是『**稍微有點粗魯**』駕駛嗎？」

「不，和GⅢ大人交手時切磋時，我的駕駛『**非常粗魯**』。」

……真虧GⅢ和這麼瘋狂的車子廝殺還能活下來啊。

連我都敬佩到傻眼的程度啦。

「不要只顧著聊天，我們走啦！」

把 Government「喀鏘喀鏘」裝上新的彈匣後，亞莉亞從行駛中的大蛇車上跳了出去。

她靠慣性在地面跑了一下後……抬起右腳往右後方追過她的通勤電車側面蹬一下，緊接著快速換左腳蹬一下，連續反覆——喂喂喂，真的假的？她竟然沿電車側面飛簷走壁了。那招我可辦不到啊。

印象中，以前間宮對我說過「亞莉亞學姊可是能夠靠跳攀法飛簷走壁、比你厲害好幾倍的存在。或者說你根本是個廢物！」這樣一句奇怪的罵人臺詞，我當時還扁她，要她別胡扯……但亞莉亞其實真的可以辦到啊。

相對於亞莉亞那樣像功夫電影的行動，LOO則是一邊閃躲列車一邊慢吞吞地追趕伊歐。時速二十公里左右。看起來有點療癒人心呢。

「——大蛇，你到LOO附近就把她接上車。她那樣遲早會被撞的。」

我想也差不多該讓這對機器人・AI搭檔把主角位置讓給我們人類搭檔啦。另外，這次讓我們這麼棘手的敵人是個野獸女孩。在這戰場上也是未來、現在、過去互相交錯呢。

腦袋比亞莉亞稍微聰明一點的我，打開大蛇的車門後——

「嘿！」

用手指勾住從左側追過大蛇的列車窗緣，然後貼到列車側面搭霸王車，朝伊歐的方向移動。

好啦，伊歐，妳這下——右邊的列車上有亞莉亞，左邊的列車上有我，中間有大蛇在後面追囉？前方則是有LOO跑過來張開雙臂試圖阻擋。

我和亞莉亞爬上的兩班列車之間，只有兩條鐵軌的寬度。

被關在中間的伊歐在被列車牆夾住的兩條鐵軌之間，選擇了偏向我——也就是左側的鐵軌。在前方的LOO卻是不知道為什麼往右邊鐵軌移動了。那樣不就會讓伊歐穿過去了嗎？

「……？」

「金次！後面！」

單腳跪在右邊列車廂上的亞莉亞忽然如此大叫，於是我轉回頭一看——

（——嗚！）

我貼在側面上的這班列車右側的鐵路上，有另一班列車漸漸逼近了。

LOO原來就是為了不要被那班列車撞到才會避開的。但伊歐卻反而跑到會被列車衝撞的位置。列車雖然緊急剎車，但實在來不及。

就在列車快要從後方撞上去的瞬間，伊歐忽然回頭——往地面一蹬，朝後方跳回來似地撞向列車正面。難道她被逼到走投無路，決定尋死了嗎！

「……！」

就在我嚇得噓一口氣的時候——我看到伊歐用像是撲壘包的動作撲進了列車的車

體下方。就這樣穿過兩條鐵軌間、電車的車輪與車輪之間，從車廂下方狹小的空間中快速爬了回來。

因為我、亞莉亞和大蛇都是和伊歐反方向行進，結果剛好與她錯身而過了。

那班列車穿過我們中間，伊歐也從列車後方跳出車底下──

我看到她總算橫越了特米尼車站的二十九條鐵路，衝到街上。

不過她的腳程比一開始慢了許多。「燻逼」作戰到這裡為止算是順利。

我和亞莉亞「啪！啪！」地從列車上跳下來後──

「她往南邊──黃金宮殿的方向逃了。果然N的同夥就在那裡。」

「看來沒錯。畢竟都被我們追到這地步了，伊歐還是沒有回頭啊。」

我們如此交談著，丟下大蛇與ＬＯＯ，追在伊歐後面穿過幾條鐵軌，回到市區。

伊歐進入市區的小巷後，「踏、踏」地左右蹬牆往上爬，然後斜向穿過低樓層的屋子上，與必須繞路的我們稍微拉開距離再回到地面上。一邊躲開我們的槍擊，一邊抄捷徑。

然而，在這裡還是直覺優秀而且曾經是羅馬武偵高中學生的亞莉亞占有地利。

我們沿著不會浪費時間的路徑奔跑在羅馬市中央南側──夜晚的蒙蒂地區，不讓伊歐把我們甩開。

就在伊歐把淡橘色瓦片踏出響聲穿越屋頂的前方時……我看到了。

在燈光照耀下，羅馬的象徵性建築。

（N的據點……就是那裡……！）

那是世界最大的圓形競技場。

西元一世紀，曾經身為暴君尼祿部下的維斯帕西亞努斯所建造的——羅馬競技場。

世界知名的觀光勝地——羅馬競技場已經結束了今天的參觀時間。

伊歐用背越式跳高的動作跳過封閉入口兩公尺五十公分高的柵欄，消失在裡面。

和我一起追在後面的亞莉亞則是用搞不好比櫻花還強的一腳踹開了柵欄。接著在一片昏暗中，我們穿過從兩千年前左右就在使用的大理石拱門——

在石階另一頭，看到了競技場內部。

被觀眾席圍繞的競技場內側，鋪有最近似乎在舉辦的共和國建國紀念活動用的鋼板。在歐洲國家，就算是歷史遺產也會被拿來舉辦活動啊。

鋪在橢圓形競技場的鋼板上撒有沙子，還裝飾有巨大的石柱。大概是想重現古羅馬時代的競技場吧。

就在據說是把被殺的劍鬥士送出場用的「死者之門」前十公尺左右的地方——癱坐在地上的貝瑞塔被鐵鍊綁在一根巨大的石柱下。

鐵鍊很粗，扣在上面的鎖也很大，一看就知道兩者都不是用槍可以破壞的東西。

「——貝瑞塔……！」

站在入場門處元老席我和亞莉亞發現她的身影——

但是因為必須警戒同時看到的另一個存在，讓我們無法立刻趕過去。

讓剛剛抵達此處的伊歐跟在身邊、交抱雙手站在石柱前的那個人影——是不知道該不該用「人」來形容的獅子頭巨漢。

沙子色的鬃毛隨風擺盪的獅子頭穿在身上的披風，是像太陽一樣的金色搭配像鮮血一樣的大紅色。介於黑色和褐色之間的強壯肌肉也像黃金般閃耀，配上異於常人的頭部，不知為何莫名適合這座遺跡。

在那傢伙附近看不到假梅雅的身影，不過可以感受到有其他人的氣息。

貝瑞塔就像以前在武偵高中被綁在遺跡柱子上的阿蘭一樣，被鐵鍊綁在圓柱上……

羅密歐那些人類對獅子做過的事情，這次換成獅子對人類做了是嗎？

「……要上囉。」

亞莉亞看到獅子頭攜帶的武器是古羅馬士兵用的雙刃單手劍——的大型版，換言之並不是槍，便翻過觀眾席的低矮石牆，輕輕落到下方幾公尺處的鋼板上。

我也跟在後面，跳落到亞莉亞身邊……

競技場上的細沙隨風飛起，像灰塵般飄流著。

我和亞莉亞走在鋼板與沙子呈現斑斑點點的競技場上，接近獅子頭。

首先來到手槍的實戰射程距離——三十公尺左右。

貝瑞塔注意到現身在競技場的伊歐，以及跟在後面現身的我們……

「笨蛋……你們為什麼要來！」

結果對我們如此大叫。

「……看來我們中計了呢，金次。伊歐跟那個獅子頭的目標——好像是我們兩人喔。」

亞莉亞這麼說的同時，我從貝瑞塔被當成誘餌亮在我們眼前的狀況也理解了。

這是——N的陷阱。

N陣營會同時進行好幾項目的。將可能成為通往過去分歧點的貝瑞塔擄走，只不過是N在羅馬的目的之一。他們假裝是要偷偷把貝瑞塔單獨綁架，但其實也打算藉此把身為不確定要素的我以及身為超超能力者的亞莉亞引誘到這裡順便殺掉。

「快逃呀，金次！」

面對繼續對我大叫的貝瑞塔——我卻露出微笑回應。

「正義使者是不會逃跑的吧？」

我為了讓心中肯定非常不安的貝瑞塔能夠安心而如此說後……或許對於我會來的事情其實感到很開心的貝瑞塔頓時臉頰泛紅，閉上嘴巴了。

「Qui es-tu !?……من أنت؟!……Who are you !?」

亞莉亞用好幾國的語言嘗試交談，結果……

「余在羅馬的稱呼乃獅子大公——古蘭督卡。汝等即是亞莉亞與金次了？」

獅子頭用人類聲帶不可能發出的低沉聲音，像野獸低吼般回答了。是用英文。

他……古蘭督卡接著對伊歐——這次換成用西班牙文說了些什麼。因為西班牙文是和義大利文有七成相同的語言，所以我可以類推出來。他是叫伊歐「退下」。而就像是佐證我的推測般，古蘭督卡接著又……

「墨丘利大人也毋須插手。要是余在羅馬睽違兩千年的劍鬥廝殺被潑了冷水，尼祿陛下在天之靈想必也會震怒的。」

這次換成用義大利文對不在現場的某人——叫墨丘利嗎？的人物如此警告，語氣相當強勢。

光這樣聽起來，就知道古蘭督卡能流暢使用三國語言。他雖然頭部長成那樣，智力倒是挺高的。要是因為他的長相和古老的服裝就鬆懈大意，可是會吃大虧的意思嗎。

「睽違兩千年……？」

在驚訝眨眼的亞莉亞身邊，我只能露出一臉苦笑。

弗拉德是六百年，玉藻是八百年，閻是一千年，古蘭督卡是兩千年。

在我遇過的妖魔精怪之中，他是最古老的怪物啦。不過這下讓我更明白了。古蘭督卡是——「那邊」類型的敵人。擁有弗拉德般的巨大身軀，玉藻般人獸混合的長相，比閻長壽。也就是說在人獸之中屬於較上位的古代種。

古蘭督卡彷彿在聞風中的氣味般用他凸出的鼻子吸了一口氣——

「人類是比野獸還像野獸的存在。這座競技場就是證據。滲染場上的鮮血氣味，即便過了多少歲月也不會消散。死者的靈魂瀰漫各處。」

就像懷念著羅馬帝國時代似的，他瞇起琥珀色的雙眼。

「古蘭督卡，你以前在這裡戰鬥過嗎？歷史教科書上可沒有那樣的記載啊。」

我為了順便觀察對手，如此詢問後……

「馬克西穆斯競技場、舊圓形競技場以及這座新圓形競技場——余當時贏了太多，多到不只是人民，連皇帝陛下都感到不悅……於是被逐出羅馬，受到將勝利的榮耀從史書中抹消的處罰，並遣返努比亞了。」

古蘭督卡打開左右嘴角，露出果然不像人類的笑臉——

透過雲縫間灑入競技場的月光，照亮他宛如利刃般的尖牙。

「余在競技場上從無敗績，一人可敵百名劍士。汝等今晚只有兩人，沒問題嗎？用不著顧慮，無論面對多少對手，余都只會單獨戰鬥。因為尼祿陛下命令過余，永遠都必須如此。」

那個因暴虐與專制讓元老院看不下去而認定為國賊，約兩千年前遭到殺害的羅馬皇帝．尼祿……如果把古蘭督卡講的話當真……代表他至今依然遵守著那麼久以前的約定嗎？真是個耿直的傢伙。

「在聚集了最強劍士的競技場，一次殺百人嗎？無論在什麼時代，人類總是敵不過大自然的力量啊。」

我對亞莉亞如此嘀咕後……

「抑制大自然的力量，也是人類的工作。金次，沒什麼好害怕的。會拿數目眩耀的人，其實都是沒有自信的傢伙呀。」

妳以前不也炫耀過自己連續逮捕了九十九名罪犯嗎？我這句吐槽差點脫口而出……但畢竟現在不是起內訌讓我從死者之門先失陪退場的時候，因此我忍住沒講了。

——據說在西元八十年，這座競技場為了慶祝啟用，從各地抓來熊、長頸鹿、象以及獅子等等猛獸——舉辦讓劍鬥士們廝殺的活動。

根據記錄，在那活動中有數百名的劍鬥士被猛獸啃食或踩踏而喪命。但願今晚我們不會重現那樣的情景啊。

「你是為了什麼目的在協助尼莫？是想要一起回到羅馬時代嗎？」

因為知道對方可以用言語交談，於是亞莉亞試著要套出關於N的情報。

「如今，唯有在尼羅河源流區，像余的外觀才會受人崇拜。余只是希望把神能夠以神的身分理所當然地統治人民的世界——留給余的獨生女伊歐。」

就像玉藻會把自己認為是神明一樣，這傢伙也有這樣的傾向。畢竟人類有時候就是會把像這種半獸半人的存在當成神佛膜拜啊。

古蘭督卡想必在故鄉非洲一直以來都被當成神明對待吧。

他在這方面的自我認知，感覺跟茉斬很像。該不會在N的成員中，有一堆傢伙都是神吧？雖然尼莫希望迎接的神似乎和這些自稱的神又不太一樣就是了。

——古蘭督卡說他以前從羅馬被遣返的努比亞，是埃及南方的古稱。

這個關鍵詞讓我爆發模式下的記憶力回想到……閻說過霸美他們大約在四百年前

「天下布武的旅途中有經過奴昆」這段話。

「原來如此。你是打算在那樣的世界中和霸美或閣他們愉快相處是吧？」

我試著胡扯套話後——

「嗯……汝見過霸美嗎？緣分實在是奇妙的東西。不過，那要看緋鬼們的意思。畢竟那群鬼跟余不同，從相識時就不是一個人了。」

——古蘭督卡說出了他們在過去果然有接觸過的發言。

古蘭督卡與霸美之間，有「同樣是數量稀少的類人種族」這個共通點。因為無法和人類共存，霸美他們移居到了帛琉海域，古蘭督卡則是棲居在非洲深處。

不過古蘭督卡說他過去只有一個人，也說伊歐是他的獨生女。活了兩千年卻只生了一個小孩，代表他要不就是很守貞潔，要不就是生殖能力很低的種族。像伊歐除了獸耳和尾巴以外，臉蛋長得也像人類，搞不好古蘭督卡才是僅限一代的突變存在。

不管怎麼說，總之古蘭督卡對於延續種族的危機意識比緋鬼們更強烈。

那就是他的動機了。為了不讓他們自己被人類逼到絕種——所以才協助N的計畫，試圖改變人類世界。

「我才想問你，沒問題嗎？要是你和我們戰鬥喪命，往後只要唯一的女兒伊歐出了什麼差錯，你的種族就會滅絕啦。」

我為了盡量能夠不打架就解決問題，而提出這點嘗試嚇唬對方。然而……

「喪命？汝說余會喪命？有趣有趣，不愧是化不可能為可能的男人。但毋須擔心，那樣的可能性將會隨著汝的死，在今晚化為不可能。余很久沒有和東方世界的劍鬥士交手了，相信尼祿大人也會很愉悅吧。」

……看來是沒用的。畢竟對方不是靠嘴巴講講就會退下的貨色。

「余倒要反過來問了。據茉斬說——金次，亞莉亞，汝等是在人類世界從事所謂『武偵』工作的存在。而據聞那所謂的武偵，似乎禁止殺人。汝等可會抱著殺掉余的決心全力戰鬥？羅馬人民也說過，世上沒有比不需要賭上性命的比武更無聊的東西。而余也不喜歡單純的殘殺行為。」

看來古蘭督卡期望的是賭上性命的戰鬥。

從他會那麼中意充滿血腥的競技場就可以知道，他是個戰鬥狂啊。

而且個性上又很正經八百，討厭不平等條件的樣子。

「我是不知道亞莉亞怎樣，但關於我倒是不用擔心。畢竟你到底算不算人都值得懷疑了，而且就在今晚……」

我向對手露出一臉故作輕鬆的苦笑，同時用不可視子彈的動作——

「——我剛放棄了武偵的身分啦！」

左手像投擲短刀般揮動一下，握住從八岐大蛇中瞬間飛出的沙漠之鷹，然後「轟！」一聲射出點５０ＡＥ彈。一·二八馬赫的子彈朝古蘭督卡的手臂飛去——但古蘭督卡就跟伊歐一樣，彷彿巨大的身體忽然消失般飛速移動了。

他是看到槍口焰之後才做出對應的。看來這傢伙也一樣，光靠普通的槍擊是沒用的。

雖然我想過既然如此就靠跳彈射擊——但是在這麼寬敞的空間中，就算朝對手看不見槍口的方向射擊，讓子彈彈跳用的牆壁也距離很遠。靠那樣悠哉的射擊，連開槍聲都會先被對方聽到了。

然而從我剛才能輕鬆辦到多了一項動作的不可視子彈就可以知道……

我因為貝瑞塔被抓的事情進入狂怒爆發了。

雖然這樣容易讓行動變得只顧攻擊，必須小心注意，不過狂怒爆發可以發揮出普通爆發模式一點七倍的實力。N啊，你們綁架貝瑞塔的行動反而是弄巧成拙啦。

從八岐大蛇中拔出貝瑞塔・金次樣式握到右手中的我，以零點三秒的間隔左右扭動手腕。伴隨「唰啦啦——」的聲響，我感受到彈鍊通過袖子，第一枚子彈插入切割式彈匣的同時，我用拇指把選擇器切換到全自動射擊後——將後座力的震動也加以利用，「碰碰碰碰！」地把手槍子彈像霰彈一樣連續射出。

為了封鎖古蘭督卡的超速度而瞄準他腳邊射擊的二十發子彈，讓他周圍與背後都掀起波浪般的沙塵。亞莉亞看著古蘭督卡往右閃躲子彈的同時，自己也用半自動射擊一邊我護援我一邊往左衝。伊歐則是繞到柱子後面，把貝瑞塔當成盾牌。

沙子色的鬃毛隨風擺盪的古蘭督卡拉開兩邊嘴角露出笑臉後——「鏘！」一聲拔出磨得閃閃發亮的羅馬短劍（gladius）。

那是古羅馬劍鬥士使用的堅硬寬刃劍。

為了配合他巨大的身體，劍身較長，因此嚴格上來講應該叫 spatha 的樣子。

「哦哦……回來了。大家都回來了。那時代羅馬人民的靈魂都回來啦！把整座競技場的觀眾席都坐滿啦！」

就在古蘭督卡環視沒有半個人影的觀眾席，架起羅馬短劍的下個瞬間——

我的眼睛忽然看到**空間扭曲**。在古蘭督卡背後到貝瑞塔之間的位置。

感覺有點像條紋狀的扭曲，是某種——波浪嗎——？

緊接著，伴隨「轟磅————！」一聲通常靠劍術不可能發出的炸裂聲響，古蘭督卡朝我和亞莉亞的方向揮劍了。好快——是連爆發模式的視覺都無法捕捉到的**超超速砍擊**！

磅！磅磅！我和古蘭督卡之間的鋼板隨著捲起的沙塵一起彈跳起來。從古蘭督卡的位置為起點，呈現放射狀被掀起的鋼鐵海嘯，朝我們逼近。

這是——類似妖刕靜刃使用的炸牙，用刀劍放出衝擊波的中距離攻擊——

我看到亞莉亞似乎靠直覺看出這點，用念力動起她的雙馬尾，在自己頭部前方交叉成X型擺出防禦姿勢。下個瞬間……

「！」

——碰磅磅磅磅磅磅磅磅磅——！

我明明和古蘭督卡隔了相當足夠的距離，卻還是有如全身被電車撞到似地感受到某種看不見的衝擊。我可以知道自己雙腳頓時離地，身體就像被踢飛的球一樣彈向後方。因為力道太強——我來不及做好護身姿勢。糟糕，掉落的角度太差了……！

——「碰！」的一聲，我的後腦杓硬生生撞到薄薄的沙層底下的鋼板。

「……嗚……！」

我光是為了不要讓眼球彈出去而緊閉眼皮就很吃力了。過了一會才發現自己後腦敲在地面上，似乎讓頸部受到很強烈的傷害。甚至還引起了腦震盪。

雖然勉強保住意識，可是眼睛……該死！幾乎看不見。

呼吸也很困難。是緊接在頸部之後，從背部撞到肺了。

但我不能讓對手發現這點。要假裝沒有受到傷害站起來才行。

於是我咬緊牙根站起身子——準備對古蘭督卡應該在的方向重新舉起手槍的時候……

——吼啊啊啊啊啊啊啊啊啊啊啊啊啊啊啊啊啊啊啊啊啊啊——！！！！

震耳欲聾的獅子吼叫聲撼動大氣——

轟響朝我迎面而來。震動有如暴風般，在我周圍吹颳。

「——嗚……！」

類似弗拉德那招「瓦拉幾亞的魔笛」，會喚起本能恐懼的猛獸咆哮——讓我的身體無視於本身的意志，如觸電般縮了起來。

（糟了……爆發模式……！）

我唯一能依靠的爆發模式要被解除了……！本來我因此捏了一把冷汗，不過現在我意識朦朧到連聲音都聽不清楚的狀態反而救了我一命。而且我有記取和弗拉德交手時的教訓，在千鈞一髮之際用雙手拇指根部摀住自己耳朵。血流只有衰減一點。還能繼續戰鬥。

被這兩波連續攻擊掀到空中的沙塵「沙啦沙啦」地落到我的頭上和肩膀上。

——古蘭督卡會使用衝擊波和轟響。

這些呈現放射狀展開的攻擊無法閃避。相對於我方的槍是直線性武器，那傢伙可以用扇形的面進行攻擊。這次的對手也不好對付啊。

「——金次！」

我聽到貝瑞塔的聲音。雖然聽起來有種比實際距離更遠的錯覺，但她似乎平安無事的樣子。

另外也可以聽到亞莉亞為了讓古蘭督卡遠離我而開槍的聲音。看來她因為往左繞開的關係，沒有受到咆哮技直擊。

在古蘭督卡放出衝擊波之前我看到的空間扭曲，恐怕是由第三者使出的——為了保護貝瑞塔的反相波。雖然我不清楚是誰做的，但可以推測N果然不只是要把貝瑞塔當成誘餌，也依然打算抓她成為通往過去的分歧點。

（怎麼可以、讓你們得逞……！）

手槍……糟糕，兩把都脫手了。不過用小指做出兩次敲擊動作後，我就感受到兩把手槍都回到了手中。是八岐大蛇的隱藏功能——複相芳綸纖維的捲線器。

沒錯，現在我不是孤軍奮戰。亞莉亞和貝瑞塔也和我一起在戰鬥……！

雖然我試著如此振奮自己的鬥志，但是……剛才被衝擊波撞飛摔落造成的傷害太嚴重了。我的意識越來越模糊。

眼睛也依然看不到東西。不對……這是……

（……這是……什麼……？）

難道我站著身體死了嗎？現在我眼前……可以看到很像是瀕死經驗者所描述、彷彿穿過一條昏暗通道般的景象。

在通道另一頭，是一片明亮的世界。

明明我的腳沒有在動，卻可以感受到自己的意識慢慢穿越通道。

前方漸漸傳來聲音。這是……歡呼聲……？

……「站起來！」「殺！」「殺！」「上啊！」「殺——！」……

（這是……什麼地方……）

頭上可以看到一片晴朗無比的藍天。

在上空五十公尺左右的地方，有一塊塊麻製的遮陽布圍繞。

腳下沒有鋼板，而是被太陽晒到發燙的沙子。

（……嗚……！）

在觀眾席上——

可以看到大量的古羅馬人觀眾，身上穿著用一塊布織成的衣服……有男女老少的貴族們、騎士們、市民們。

有的人高舉拳頭，有的人揮甩裝有賭金的袋子，有的人吐出口中的葡萄，大家都紛紛「殺啊！殺啊！」地大叫著。

就在我嚇得擺出防禦姿勢的時候——隆隆隆隆隆！伴隨宛如巨象的腳步聲，一隻巨大的獅子朝我撲了過來——！

「……！」

我趕緊後空翻閃避的同時，把右腳像刀一樣往上踢起——

——碰！後翻踢當場踹中那隻獅子的下顎，順勢往上踢到底。

我自己的腳也能感受到強烈的衝擊，頓時讓周圍的幻覺「啪！」地消失了。

回到二十一世紀，夜晚羅馬的競技場——

「……！」

恢復正常的視野中，我看到凸出的下顎似乎被我踢中的……身高兩百二十公分，體重應該有兩百二十公斤的古蘭督卡，正舉起長長的雙刃劍重新保持身體平衡。

我趕緊往後一跳拉開距離，在夜空中閃耀的火星下再度舉起手槍——

「呵哈哈！汝也聽到了嗎，那時代的聲音——羅馬人民恐怖的歡呼聲。」

我臉上似乎還留著剛才看到幻覺時錯愕的表情。古蘭督卡用一副看見友人般的眼神，對我咧嘴一笑。

我大概是情急之下靠身體記憶對他踢出了帶有櫻花力道的一腳。從古蘭督卡凸出的鼻子流出原來獅子也會流的鼻血，沾溼了他的尖牙。

……非洲獸人與東洋劍鬥士的異種戰鬥。原來如此，怪不得幽靈們都會感到興奮啊。我甚至到現在還有聽到那些歡呼聲的錯覺呢。

——這裡是過去曾經長達四百年間表演殺戮的競技場，是著迷於血腥戰鬥的古代羅馬人靈魂至今依然聚集的地方。搞不好是全世界最受詛咒的場所，甚至讓人不禁覺得當成觀光景點是很恐怖的事情啊。我可不想久留。

「金次！你沒事吧！」

亞莉亞尖銳的叫聲傳來——

於是我轉頭一看，發現她的右眼開始發出紅光，手臂擺出「向前看齊」的姿勢。是雷射攻擊的測距測角動作。

古蘭督卡應該也有看到亞莉亞的眼睛發光，卻完全沒有做出警戒的樣子。

——他知道這招。古蘭督卡肯定有看過尼莫使用雷射攻擊，然後也知道迴避的方法。根據那傢伙的能力，我也能推測出他的手法。就是在雷射即將射出之前，眼睛光線增強的瞬間，用超越亞莉亞反應速度的超超速衝出她的視野之外。如此一來就能讓雷射白白浪費一次——而古蘭督卡恐怕真的能夠辦到。

亞莉亞似乎也知道了這點，但依然沒有放棄蓄積雷射。

「剛才那一腳踢得好，金次。尼祿大人在天之靈也看得很高興。來，儘管放馬過來吧。」

「……雖然為了觀眾戰鬥並不合我的個性。不過哎呀，偶爾來一次也無妨。」

就在我和古蘭督卡互相對峙的時候——

歡呼聲的錯覺好像又變得更加熱烈了。你們這些傢伙還真愛這套啊。

另外……我故意把話講得比較長，順便確認自己的咬字發音。看來我已經從暈眩狀態恢復了。

雖然剛才狠狠吃了對方一記大招式，但既然沒有因此被擊敗——就代表我還有勝算。

面對讓手臂為了再度使出超超速度而蓄積起力量的古蘭督卡，我反而「啪！」一聲選擇一邊開槍一邊拉近距離。

「——！」

伴隨「磅——！」一聲宛如用力抽鞭的聲響，古蘭督卡又放出了衝擊波。不過——在他放招之前就跳向斜前方的我，幾乎沒有受到影響。布魯塞爾、東京灣、羅馬競技場，既然都見識過三次，我總不可能還看不出閃避的方法吧？

衝擊波招式的攻擊範圍是扇形。雖然我剛才還覺得無法躲開，但其實波動的發生源頭左右兩側還是有可以閃避的空間。就好像剛才亞莉亞沒有被轟響直接波及到一樣。

然後在這樣的近距離下——我就能用拿手的亞魯．卡達戰鬥了。亡靈們，給我睜大眼睛看到嚇破膽吧，這就是二十一世紀的劍鬥士啦！

——碰碰！碰碰碰！碰碰碰碰碰！

我的貝瑞塔・金次樣式靠彈指連射不斷攻擊古蘭督卡。

就在他為了閃避子彈而失去平衡的時候，緊貼到面前的我接著用膝蓋狠狠踢向他巨大的身體。

畢竟我知道會像以前在富嶽上踢閻的時候一樣，會被厚重的肌肉鎧甲擋下來——因此我不是用破壞骨頭的潘克拉辛式踢擊，而是選擇攪拌對手內臟的踢拳式腳踢。這招想必也是羅馬人不知道的技術吧。

「——嗚？」

古蘭督卡大概萬萬沒想到會被人類的腳踢兩度造成傷害，頓時感到意外地瞪大眼睛。原來他驚訝的表情和人類是一樣的啊。

我趁那一瞬間的破綻射出的半自動射擊子彈，被對手靠槍口焰判斷並閃開了。竟然在亞魯・卡達的距離下開槍也能閃避，真不愧是N的成員。然而既然他會選擇閃避——

就證明只要能擊中就會有效。

他的鼻血到現在也還沒停，可見這傢伙不像弗拉德擁有無限回復能力。決勝的關鍵，就是槍了。

但是，這下我該怎麼擊中他？在射擊時不讓對手看到槍口焰——要怎麼做？真是個難題啊。

古蘭督卡因為被我逼近到比劍的攻擊範圍更內側的距離，於是「唰！」一聲改變了羅馬短劍的握法。逆向握劍，把緊握青銅握柄的巨大拳頭朝我揮來。

感覺一拳就能擊毀水泥組合屋的一記沉重鉤拳——

我判斷即使靠秋水也無法抵銷，因此開槍迎擊。拳頭為了閃避子彈而偏開，從我右耳邊驚險削過。光是如此，我的鼓膜就發出「啪！」一聲損傷的聲音。

「——嗚！」

「——吼啊啊啊啊啊啊啊啊！」

我打算使出頭槌反擊，卻看到古蘭督卡張大嘴巴露出利牙。

是企圖一口咬住我頭部的動作。

從以前與閻的戰鬥經驗中我也知道，這傢伙連嘴的周圍都是殺傷範圍。於是我舉起左手朝他嘴巴使出水平手刀，故意讓對方咬到自己的左手臂。

「！」

喀嚓——！

獅子啊，你因為本能咬住我的手臂，反而自己固定住自己的頭部位置啦。

古蘭督卡試圖咬斷我的手——然而夾克內的八岐大蛇是攻防一體的裝備。是面對獅子的咬合力道也能支撐幾秒的科學鎧甲。

然後，我根本不需要到幾秒的時間。

我用左手臂撐起古蘭督卡的頭部，同時放出已經進入出招動作的頭槌，由上往下——「碰！」一聲，用手臂和頭包夾古蘭督卡凸出的上顎。這是從空手道的剪刀腳夾擊得到靈感的「剪刀頭槌夾擊」啦。

獅子的頭部比人類往前凸出的部分很大，而我瞄準的就是對方已經在出血的──鼻子。隨著「喀哂！」一聲，傳來被我夾爛的觸感了。

好，再來一次──！

就在我又把頭用力抬起的時候……

「～～～……！」

古蘭督卡似乎不太喜歡我的硬腦袋，而張嘴放開了我的手臂──

──倒退幾步後，壓住彷彿血管破裂般大量出血的鼻子，伸出長長的舌頭，從舌尖不斷流下鮮紅的血液。

我為了預防對手的震動技而再度拉近距離，並確認一下沒有趁這個機會攻擊古蘭督卡的亞莉亞所在的位置。亞莉亞在競技場內往左側繞了很大一段距離──明確地站在某個特定地點。

根據那個位置和角度，我理解了亞莉亞的目的。她打算把只有一發的雷射──不是用來攻擊可能會被閃開的古蘭督卡，而是用在別的事情上。她現在依然把雙手舉向古蘭督卡的動作只是個幌子，其實她似乎已經決定把狩獵獅子的工作完全交給我了。

古蘭督卡趁我如此判斷時形成的空檔瞬間接近，揮出鐵鎚般的上鉤拳──我立刻交叉雙手擋下──被彈飛到上空五公尺處的同時，用後座力幾乎會讓身體停在空中的速度連續開槍反擊。八岐大蛇的子彈數目幾乎可以說是無限，讓我能夠盡情朝對手轟灑子彈。

即使身體巨大也能發揮超速度的古蘭督卡靠旋轉護身躲開我的攻擊。從他舌尖流下的鮮血灑出一道圓。而我則是像要擊散那大紅色的圓環般，把腳像長槍一樣往下刺。古蘭督卡**沒有咬**我的腳，而是選擇了閃避。

很好，多虧我剛才夾爛他的上顎——這下不需要擔心被啃，可以盡情攻擊了。

「……了不起的、男人。汝、不是人類啊。究竟是何方神聖？」

彷彿是為了躲開又用槍又用腳連續攻擊的我，試圖拉開距離的古蘭督卡……似乎連講話都有點困難了。大概是血液流進他喉嚨的關係吧。

「只是個高中生啦。到剛才為止！」

我用切換為三點放的射擊進行牽制，同時拉近距離，朝古蘭督卡的弱點——也就是外露的臉部——這次瞄準下顎橫踢一記腳刀。隨著「磅！」一聲巨響，古蘭督卡讓自己巨大的身體後空翻進行閃避——「轟！」地帶著幾乎讓鋼板凹陷的力道著地。

但是他的速度感覺比剛才稍微遲鈍了一點。大概是鼻子被血塞住的關係，可以看到他開始用嘴巴呼吸了。很好，就這樣靠亞魯・卡達一口氣擊敗他……！

於是我右手舉起槍。

在準備開槍的瞬間——

「……嗚……！」

——我扣不下扳機。不對，要扣下扳機的力道很足夠，但是——我沒辦法進行為了誘導古蘭督卡動作的精密瞄準行為。因為**我的手開始些微發抖了**。

（……麻痺……！）

糟了。我以為自己有在注意，但狂怒爆發讓我衝過了頭，使大腦新皮質承受到過高的負荷。從我在喬久內的停車場進入爆發模式之後，也經過了相當長的時間。沒有懷疑的餘地，這是、對卒發作了……！

面對我這樣的破綻——古蘭督卡自然不可能放過。

他把反手握劍的粗壯手臂高舉到背後。不是衝擊波，是砍擊的姿勢。

我現在的位置剛好就在那把劍的殺傷範圍內。

從劍的角度判斷，古蘭督卡打算一劍砍斷我的腦袋。

——要後退已經來不及了。現在反而應該像拳擊的扭抱技術一樣拉近與對手的距離，閃避到劍身的攻擊範圍內側——於是我帶著些微的櫻花速度逼近對手，可是——該死……！我的動作被猜到了！靠他野獸般的洞察力。這下不只是劍，連鐵拳也要揮過來了——我閃不掉！

「渴望鮮血的羅馬幽靈們，仔細看個清楚！」

隨著「轟——！」一陣捲起狂風的聲響——古蘭督卡右手握著羅馬短劍，用雙拳朝我左右夾擊。大概是為了報復我剛才的剪刀頭槌，他打算從左右兩側擊爛我的頭部。

「——！」

我靠手腕動作收起手槍——的同時，用雙掌擋住對方如岩石般的雙拳。

雖然我及時趕上，但現在古蘭督卡的右拳、我的左手、我的頭、我的右手、古蘭督卡的左拳呈現水平一直線。古蘭督卡奮力要夾扁我的頭部，我則是拚命要把他的雙拳推開——這下變成比拚力氣的局面了。

彷彿是被巨大的虎鉗，不對，是被重機械從兩側夾住的驚人壓力——讓我的雙手漸漸貼近我的頭部。

對巨大的雙拳注入力氣的古蘭督卡讓大胸肌、肩頭三角肌與上臂二頭肌都鼓脹起來。

臂力差距顯而易見。說到底，爆發模式本來就不是讓肌肉增強的東西，而是讓神經系統亢奮到常人數十倍的能力。是靠技術對抗力量的手段。面對威力系的對手如果被帶入純粹比拚力氣的局面，就會非常吃虧。

我在這樣不好施力的姿勢下試著使出看不見的打擊——靠秋水往左右連續推打，一點一點地推開逼近頭部的拳頭。然而就算我推開1mm，接著又會逼近2mm。不斷反覆中，我聽到「啪嘰！啪嘰！」像是樹枝折斷的聲響，是我的掌骨開始裂開。不行了，我變得、沒辦法出力——

「……嗚……！」

我的兩手背最後終於接觸到自己的左右側頭部。

再這樣下去，頭會被壓碎……！

靠膝蓋踢——或是往上踹對手的胯下——不行，我的腳只要離開地面一瞬間，秋水就會中斷。到時候我的頭就會像雞蛋一樣破裂了。

「金次……！」

「金次！」

我被自己手背摀住的耳朵模模糊糊可以聽到亞莉亞和貝瑞塔焦急的聲音。

古蘭督卡現在背對著亞莉亞。按照雷射的貫穿力，要是亞莉亞射擊古蘭督卡，想必就會連我也一起被射穿。雖然在戰略上也不是沒有這樣的選項，但亞莉亞應該不會選擇。她應該會相信我，把雷射按照預定的時機使用在預定的目的上。我也要相信她這點——靠自己撐過這個難關……！

……軋……軋……

從內耳可以直接聽到自己頭蓋骨教人毛骨悚然的聲音。強烈的頭痛——從頭部內側也感受得到。是對卒。好痛——好痛、好痛……！痛到快瘋了……！

——「殺啊！」「殺——！」「殺——！」——

「羅馬的亡靈們，別急。」

古蘭督卡大概是可以聽到同樣的聲音，用拉丁文呢喃了些什麼後……又恢復成現代的義大利文對我問道：

「金次，余現在尚未使出全力。汝可明白這句話的意思？」

「貓在……想什麼……誰會知道！」

「很好很好，死到臨頭還能鬥嘴的膽識余也很欣賞。金次，余就提拔汝為余的部下，換言之，就讓汝成為Nautilus的一員。」

「那件事……之前、我、就鄭重拒絕過了。對你的上司……尼莫……！」

「當時和此刻，汝面對的狀況已經不同了吧？」

古蘭督卡把滿是鮮血的鼻頭靠近我痛苦扭曲的臉前——

——有如在詢問最後的選擇似地……

「**余在問汝，要生抑或死**？」

對我如此宣告。

「若服從Nautilus，將能獲得下一個世界。對汝等人類而言，也是改變這個汙穢文明的最好機會。」

「你說……機會……？少、少在那邊……小看人類……！」

「？」

「我、我們人類、自己會……改變……不是靠回到過去……而是透過、朝向未來的方法……！」

即使我已經變得不知道自己在講什麼了，但依然不向對手投降。

「汝可有做好覺悟？為了汝所相信的未來，即便賠掉這條命也不足為惜？」

「如果你有辦法讓它散落……你就、試看看吧……！」

對於這樣的我——

——古蘭督卡用純粹的獸眼不斷注視著。

但不知道為什麼，他遲遲沒有殺掉我。

似乎在思考什麼事情。

「……金次……！」

「──金次！」

不知不覺間已經被對手的雙拳吊起來，隨時都要被夾破頭的我──

現在只能隱約聽到亞莉亞和貝瑞塔的聲音。

不過亞莉亞的聲音確實朝著我們，代表她的臉，也就是右眼朝著這邊。不行啊，亞莉亞。不要把雷射浪費在我身上。

「亞莉亞……用在、**那邊**！現、現在古蘭督卡沒辦法行動！」

聽到我大叫而察覺雷射即將發射的伊歐，為了出手妨礙而衝向亞莉亞。

──啪──！

一道緋色的閃光與伊歐擦身而過，快速飛去。

在我的視野餘光中──雷射貫穿了綁住貝瑞塔的鐵鍊上鐵鎖的U字型部分。亞莉亞就是為了得到不會傷害貝瑞塔本人的角度，才對那樣大幅移動的。

像糖果般融化的鐵鎖掉落到鋼板上，掀起沙塵……

「……！」

鐵鍊因本身的重量而掉落的同時，貝瑞塔從柱子上被解放了。

伊歐「沙沙沙！」地緊急剎車刨起細沙──衝回貝瑞塔的方向。

雖然亞莉亞用 Government 開槍阻止，但點45ACP子彈是亞音速。

伊歐靠著比子彈先傳到她耳朵的開槍聲，躲過從背後的射擊。

「——！」

大概是為了不要撞斷轉回頭的貝瑞塔的背脊，伊歐緊急減速的同時——撲向貝瑞塔的胸口使出擒抱。將貝瑞塔當場撲倒在地上的伊歐……

「……！」

臉上露出似乎非常疼痛的表情。明明她沒有被亞莉亞的子彈擊中的說。

面對即便如此依然不放開自己的伊歐——跌坐在地上的貝瑞塔瞪大藍綠色的雙眼。然後……

「……金次，你和羅密歐交手時說過『要弄髒雙手的事情，交給男人就好。』對吧？那是很落伍的想法喔。現在這個時代——女人也是會戰鬥的！」

她大叫之後，「喀嗤！」地狠狠咬了伊歐的手臂一口。用她匹敵亞莉亞的尖銳犬齒。

緊接著又放開嘴巴，同時「碰！」一聲用後腦杓撞向伊歐的臉部。

就跟我以前在菲烏米奇諾機場嘗過的那招一樣，是貝瑞塔拿手的連續技。

伊歐不知道為什麼沒能避開攻擊，當場被撞了個正著……

她放開貝瑞塔之後我才看到，在她的側腹——插有貝瑞塔平常藏在胸口攜帶的貝瑞塔公司戰術筆。

就像之前我在聖天使橋上被握起拳頭的貝瑞塔捶打胸口劍突一樣，伊歐因為撲上去的力道讓貝瑞塔握在手中的戰術筆刺到自己身上了。

「——伊歐……！」

古蘭督卡雖然沒有放鬆拳頭的力氣——不過眼睛還是忍不住看向被擊敗而發出呻吟的寶貝女兒伊歐。

就在這時，穿破大氣，「嚓！」的一聲——

傳來彷彿鞭打獅子般的聲音。

以削過我後腦杓的角度斜向刺穿古蘭督卡右手腕的——是孔雀尾羽、白銅製的——

（……莎拉！）

莎拉．漢的箭矢。

「——唔！」

遭到沒有光也沒有聲音的箭矢攻擊，讓古蘭督卡的右手力氣瞬間變弱。

雙刃劍也從他右手中被放開，「鏘！」一聲掉落在地上。看來是箭頭切斷了他右手的指深屈肌。

「——嗚喔喔喔！」

我「啪！」地彈開古蘭督卡的右拳後——那傢伙依然沒有放鬆左拳的力氣，於是我藉由推動我手部與頭部的力道，順勢往右側翻。

在旋轉一圈的視野中，我看到競技場的觀眾席上——

穿著像日本女高中生西裝式制服的莎拉單腳跪在騎士席上。帽子上的裝飾羽毛與格紋裙隨風搖蕩，手握長弓保持著「殘身」的姿勢。

在她身邊還可以看到白色泳裝打扮的ＬＯＯ。看來莎拉是見到在羅馬上空飛行的ＬＯＯ，發現是和我形容的特徵相符的機器人，因此察覺事態異常而前來會合的。

大概是因為判斷除非用奇襲否則靠弓箭無法對付古蘭督卡的關係，所以莎拉一直躲在觀眾席深處伺機而動……做得真是太好了。妳果然很專業啊。

之前我答應不把莎拉瞞著貝瑞塔偷偷種植青花菜的事情講出去的那一晚，在帕里奧利——她和我訂下契約，會幫我一箭。她確實遵守了約定，而且是在如此重要的瞬間。

我一邊護身一邊翻滾身體好幾圈，最後單腳跪下停在亞莉亞附近。

對卒造成的疼痛越來越激烈。我應該頂多只能再打一分鐘左右。雖然有時間限制的確很像正義英雄，但也沒必要像在這種部分吧。然而……

（正義使者、茹斯特……）

既然在貝瑞塔面前，我就必須表現得**像個正義英雄**才行啊。

忍著頭痛露出苦笑的我，想起在動畫中的英雄通常還有另一項約定俗成的部分。

那就是——最後要用必殺技擊敗敵人。

而且是和夥伴的聯手招式。

剛才我在旋轉的同時，爆發模式的腦袋中閃過的畫面是——

在羅馬武偵高中、鍋子底的棒球遊戲，以及在東京天空樹上與華生的戰鬥。從這些畫面得出靈感、對付超超速度的新招式，雖然不是什麼特別華麗的合體技。不過——

「——停下來，古蘭督卡……！我要……逮捕你……！」

我對著不知是朝貝瑞塔還是朝伊歐衝過去的古蘭督卡如此警告，同時讓八岐大蛇中的馬尼亞戈短刀飛出來到左手上。

把握住短刀的左手架在前方，把飛出來到右手的槍排在後面——透過因頭痛而一閃一閃的視野確認古蘭督卡停下了腳步。

「金次，汝既然也是劍鬥士就該學著記取經驗。不起眼的小刀和藏也沒藏的槍械，對余都是沒用的。」

古蘭督卡讓鬃毛隨風飄盪，把身體轉過來的同時……

似乎從我的動作看出新招式內容的亞莉亞露出勇敢的表情——站到我和古蘭督卡之間的直線上。然後不把自己的槍舉向古蘭督卡，而是左右張開手臂。為了從古蘭督卡的視野中遮住我的身影。

——謝謝妳，亞莉亞。妳懂我要做什麼。

而且相信我能夠**辦到那件事**。

「為了保險起見，我要提醒你一下：不可以殺掉他喔。要遵守第九條規定。畢竟你現在似乎有點過於亢奮。」

讓雙馬尾隨風展開，更加遮住我身影的亞莉亞——即使不知道詳情大概也看出我現在處於狂怒爆發，而朝背後的我提出警告。

亞莉亞……妳依然願意把我當武偵看待啊。我真是高興。

「哦？汝可是打算射穿亞莉亞的頭，攻擊另一側的余？」

或許是從最後看到的槍口方向如此推測的古蘭督卡說出的這句話，可以解釋成如果我那樣做就有可能成功的意思。果然，他要是沒看到槍口焰就無法對付超音速的子彈。

好——我要上了——

「亞莉亞，妳背著我在羅馬吃了很多好料對吧？」

「為、為什麼現在要問那種事情啦！」

「我這招，就利用妳身體最細的部分……頸部吧。雖然妳的腰也很細，但最近好像變得有點粗了。」

「等一下我就開你洞！」

我……和貝瑞塔夢想中的動畫英雄完全不一樣。

不但長相平凡，個性上想必也不合格。

然而如果要舉出唯一相同的部分，那就是——

——我**會贏**。就算狀況看起來有多不可能。

今晚就讓我再次證明這點。

我將通常應該舉在前方射擊的手槍——往後方大幅拉開。不過槍口依然對著亞莉亞的脖子。

握著短刀的左手則是把整條手臂繞到自己脖子上。這想必是最快的出招動作了。

接著，我用右手拇指「喀」一聲把貝瑞塔・金次樣式的選擇器切換為單發模式。

雖然短刀部分自是不用說，不過這招在手槍部分同樣必須要求極為精準的動作。

我和手槍之間必須有百分之百的信賴關係才行。

不過，沒問題。

這把槍可是貝瑞塔。

我完全相信貝瑞塔。要上了，貝瑞塔。

「這場櫻花吹雪——你們看過可別忘啦！」

我不是對應該沒看到我的古蘭督卡，而是對整場的亡靈們如此宣告後——

「——『弧彈』——！」

扣下扳機。

只扣下一次。

霎時，在我感受到變成超級慢動作的世界中——

擊錘敲擊撞針，雷管點燃彈殼內的火藥。

因此發出的光芒，被亞莉亞的身體和頭髮遮掩。

炙熱的超音速子彈沿著膛線旋轉，飛出槍口。

朝著亞莉亞的後腦杓，下面的脖子。

就在那瞬間，我將華生之戰中使用過的螺旋加以應用——朝飛在槍口前方旋轉的子彈——「啪！」的一聲，用瞬間達到超音速的短刀尖端輕撫般削了一下。

短刀一如我的預期，在子彈上削出像做壞的米尼子彈一樣的切痕。

因此在空力上變得不穩定的子彈一如我的目的——像我在棒球遊戲中投的變化球一樣劃出一道曲線。首先往右。

朝亞莉亞飛去的子彈沒有擊中她的脖子，而是從她右肩上方通過了。

接著又換成往左下方劃出螺旋狀的弧線——啪——！

命中了似乎打算靠咆哮技反擊而正在吸氣的古蘭督卡的左腳踝。

所謂的弧彈——就是把站在射擊線上的自己人當成遮蔽物，攻擊另一側敵人的招式。

真要講起來，就是子彈的變化球了。

「呃啊……！」

左腳被往後彈開的古蘭督卡雖然想重新站起身子——卻無法施力，單腳跪下。能夠使出衝擊波砍擊的右手已經因為中箭讓劍掉落，靠超超速度躲避子彈時必要的左腳又因中彈而無法出力。那模樣看起來真的就像隻傷痕累累的獅子。

「……！」

貝瑞塔看到剛才這招射擊而瞪大眼睛——

「真受不了。這是你至今用過的招式中最危險的一招啦。」

亞莉亞則是微微皺著眉頭轉回來看向我。

從遠處乘著風，傳來聖安博及嘉祿堂的教堂鐘聲——

「……父親大人……！」

伊歐爬到古蘭督卡身邊想要保護他……

「……」

古蘭督卡則是抱住伊歐並縮起身子，反過來保護伊歐。

一邊膝蓋跪在地上，手腕被箭射穿，垂下頭的古蘭督卡……象徵著在這座競技場未嘗敗績的獅子大公兩千年來初次的敗北。

為了結束爆發模式以緩和對卒症狀，我站在原地仰望天空……

「……古蘭督卡，我問你一件事：你剛才其實……只要狠下心，就能壓爆我的頭吧？為什麼你要猶豫？」

一邊調整呼吸，一邊對古蘭督卡如此詢問。

在亞莉亞靠雷射解開貝瑞塔鎖鏈之前——古蘭督卡應該有時間夾碎我的腦袋。但那時他卻只是用琥珀色的眼睛注視我，沒有那麼做。彷彿在對我手下留情似的。

「……余不是在猶豫。而是那時候，余收到了『別殺』的命令。」

古蘭督卡用自己的披風藏住伊歐，並如此回答我。

「誰命令你啦？」

「吾皇，尼祿陛下的聖靈。」

據說在羅馬帝國時代，在這座競技場……當分出勝負時……

究竟要不要殺掉落敗的劍鬥士，是由皇帝決定的。

也就是說那個皇帝——暴君尼祿救了我的命嗎？

「為什麼？尼祿到底跟你講了什麼？」

雖然我是個沒有親眼見證就不會相信什麼靈魂的人，但還是忍不住對那個救了我性命的歷史人物產生興趣，於是深入詢問後——

「『這有趣的男人，讓他結束在這裡太浪費了。讓他參加更多的戰鬥，在永不結束的活地獄中掙扎，繼續娛樂人民。』這樣。」

——早知道就不要深入追問了。暴君果然是暴君啊。

「不過，吾皇對余則是——下了這樣的命令。伊歐，原諒父親吧。」

古蘭督卡如此呢喃後，將左手伸向剛才掉在地上的羅馬短劍。

伊歐見狀，「哇啊啊啊！」地抓狂抱住古蘭督卡粗壯的手臂，甚至不顧自己剛才還用手壓住的側腹傷口。

「沒關係，伊歐。能獲得自盡的許可，對鬥士是一種榮譽。」

就像被逼到走投無路的罪犯經常會有的行為一樣，古蘭督卡似乎打算尋短的樣子。因此——

「喂——**尼祿**，聽得到我講話嗎！立刻讓他住手！」

我按照以前在東京武偵高中學過的交涉術……與其自己說服，不如叫對方信任的人物幫忙說服來得有效——的技巧，對虛空如此大叫。

雖然我並不知道尼祿聽不聽得懂現代的義大利文，更不知道幽靈聽不聽得到我的聲音就是了。

「在我的國家，打架就應該雙方公平處分！既然你是皇帝就給我公正點！只讓這傢伙落得輕鬆也太不公平了！讓他跟我一樣接受活地獄之刑啊！」

我抱著賭一把的心情大叫後……古蘭督卡抬起了頭。

不是朝我，而是朝兩千年前皇帝坐在上面眺望這座競技場——如今則立著一座十字架的貴賓席。

「……」

沉默了好一段時間……

亞莉亞大概是想說如果古蘭督卡依然執意尋死，就開槍彈飛對方的劍——不過我看見她放到扳機上的手指……緩緩放開了。

「……尼祿還是叫你死嗎？」

我戰戰兢兢詢問後……

「不。吾皇與人民一同笑著——回天上去了。實在羞愧。」

仔細看看，古蘭督卡竟然臉紅了。原來毛底下的皮膚如果強烈泛紅，獅子也是會臉紅的。

不過，看來我講的歪理對尼祿有用的樣子。總覺得和亞莉亞之間也是一樣，我這個人是不是和暴君都很投緣啊？

或許是亡靈們消失的緣故，到剛才還烏雲密布的天空徹底放晴……

在夜風中，天上可以看到包含火星與金星在內的大量星光。

亞莉亞拿著手銬和武偵手冊中拿出來的急救道具，跑向伊歐與古蘭督卡面前。而我則是與她擦身而過，走向看到我那場宛如動畫般的戰鬥而呆住的貝瑞塔。

……頭痛已經隨著爆發模式一起消退了。

對著癱坐在地上的貝瑞塔——我亮出手中的貝瑞塔‧金次樣式，靠爆發模式最後的一點殘渣拋了個媚眼……

「我果然還是很喜歡貝瑞塔啊。」

說著，用八岐大蛇把槍收回槍套。

貝瑞塔聽出我是故意把「喜歡」的究竟是槍還是她自己講得不清不楚，頓時「嘩——————！」地臉紅到匹敵亞莉亞的程度。

「居然和那種傢伙戰鬥，害我這麼擔心……！現在又一臉若無其事地講出那種話……！」

她接著站起身子——雖然身高還是只有到我胸口左右——並抬頭瞪向我如此說道。臉蛋依然紅得可以。

然後，把盈滿安心淚水的眼睛閉上……

「……這個笨蛋……」

將額頭靠到我胸膛——「滴答滴答」地落下高興的眼淚。

幸好貝瑞塔是個堅強的女孩。我本來還擔心她看到我的頭差點要被夾爛的戰鬥畫面，會不會因此留下心靈創傷……不過看起來應該是沒問題了。

隨後，古蘭督卡對我說道：

「——金次，汝若是為了從余口中問出關於Nautilus的事情，才對尼祿陛下提出那樣的請求——也是白費力氣了。余除了戰鬥之外，什麼也不會。」

……哎呀，我想也是。

要不然N也不會讓他和伊歐兩人留在這裡。

古蘭督卡是個純粹的武人。他只是為了創造一個讓寶貝女兒伊歐能舒適生活的世界，才挺身協助文明倒退作戰的。既然他不是像尼莫那樣站在政治中樞的立場，就算再怎麼拷問他應該也問不出什麼能接近N真相的情報吧。

除了戰鬥什麼也不會，就算切割掉也很安全的古蘭督卡……恐怕就是被當成免洗戰力了。讓他與我交手，好測試我——詈——化不可能為可能的能力。頂多只是認為若能在戰鬥中順便抹殺掉我和亞莉亞就算是多賺一筆而已。

換言之，這場戰鬥中N的主要目的，是收集關於我和亞莉亞的情報。雖然就結果來說，貝瑞塔單純只是被當成誘餌，讓我覺得對方有點過於乾脆就是了……

「要為余銬上鎖鏈，就銬吧。不過汝等抓到余，究竟想讓余做什麼？」

古蘭督卡沒有多加抵抗，將受傷的手腕伸到亞莉亞面前——

我對他凜然的獅子臉不禁露出苦笑。

就算他這樣問，我們也沒辦法要他做什麼事啊。莫里亞蒂肯定也是這樣判斷的。

「我想想看，那就……等你的傷治好了，和我們一起唱歌吧，古蘭督卡。」

既然什麼都做不到，總之就先唱歌吧。這是我在義大利學到的東西。

反正沮喪嘆息只會讓狀況更加惡化而已，遇到苦境的時候更應該保持開朗啊。

——不管怎麼說，總之這下事件就落幕了。

「呵哈……哈哈哈，有趣的男人。這下余也明白尼莫大人為何想收汝為良人啦。」

古蘭督卡說出這樣一句不容錯聽的發言並大笑起來——的同時——

他忽然轉頭環視周圍。

大概是靠野獸的聽覺先聽到的那個聲音，我們緊接著也聽到了。

……咕嚕咕嚕……鏘……咕嚕……是之前在廣場會談也聽過的……

分不清是液體或金屬的神祕聲響。

「……墨丘利大人，余不會撤退。余可不想活著丟臉。」

古蘭督卡對著看不見的某人如此說道——

然而他的語氣和剛才對古羅馬亡靈講話時不同，而是在對現場某個**看不見的人物**說話。但是從古蘭督卡的眼神看起來，他也不知道對方正確的位置，只是知道對方在現場而已。

「……！金次，aware（小心）！是尼莫的氣息……！」

亞莉亞察覺到新的異狀——因為她慌張時的習慣而夾雜英文對我如此大叫。

可是她的眼睛似乎並沒有找到那個叫「墨丘利」的人物，而是環顧周圍的虛空，看向觀眾席圍繞的競技場內、橢圓形的空間本身。

（——尼莫……！）

聽到那名字，我連後悔自己早早就把爆發模式解除的時間都來不及——

我們站在競技場內的位置、透過細沙隱約可以看到的腳下鋼板……開始飄出藍色的光粒。就像突然飛起來的一群螢火蟲。

「……瞬間移動……！」

我不禁瞪大眼睛——但那情景看起來有點奇怪。猴、亞莉亞以及上次尼莫使用瞬間移動時，發動前的光粒應該是漸漸增加的才對。可是現在競技場中出現的藍色光粒卻是從一開始就非常大量。而且亮度起初很微弱，甚至在夜空下也難以判別。即使亮度接著增強，但現在依然只像霧氣，而且分布不太均勻。

「這是、什麼……！」

在廣場會談時還沒看到尼莫施展瞬間移動之前就死亡的貝瑞塔，對空間中突然出現的藍色霧氣驚訝得張大眼睛。

除了在觀眾席的莎拉與ＬＯＯ之外，現在我們所有人都被光霧包覆。

「……從顏色來看，恐怕是尼莫的瞬間移動。ＬＯＯ，莎拉，妳們站在那邊別動！

要是在發光區域邊界時空間產生移動，身體會被切斷的！」

如此大叫的亞莉亞，露出不知該從什麼方向保護我方俘虜古蘭督卡與伊歐的表情。她重新拔出來的Government槍口也只是不斷左右游移。

從亞莉亞的發言判斷——既然不清楚瞬間移動會發動的時機，在裡面的人就要留在裡面，在外面的人就要留在外面，不能再出入了。就算即將前往的場所可能有N埋伏，我們也只能硬著頭皮去了……！

就在我為了保護貝瑞塔，在光霧中抱住她纖細的肩膀時——

（……？海水的、氣味……？）

這感覺是怎麼回事？彷彿被噴霧器灑到似的，身體感受到冰冷的溼氣——有種被海水貼附的觸感。可是與此同時，又能繼續感受到剛才周圍的空氣。

四周漸漸變暗。競技場的觀眾席看起來就像隔著水一樣搖曳起來，越變越淡。有如身處濃霧中的感覺也越來越強烈，呼吸越來越困難。

「……嗚哇……？」

咕嚕……貝瑞塔這時——用手壓住喉嚨，做出像在咳嗽的動作。彷彿是**在地上溺水**一樣。

仔細一看，她的金色長髮像是在無重力空間……不對，是像在水中似的，開始漸漸散開。

然而無論是我或者貝瑞塔，都不知道該怎麼辦才好。這裡明明是地面上，身體卻同時感覺像溺在海中。

全身甚至漸漸浮起，有種被水壓壓得無法動彈的感覺。

（……這到底、怎麼回事……！）

我們現在、同時存在於空氣中和水中嗎——！只能這樣形容了……！

「——金次……！」

亞莉亞的聲音聽起來有兩重。

想必是因為一半靠空氣傳導，一半靠水傳導的緣故。

「……嗚……！」

好難受。無法出聲。為了不要吸到一半是空氣、一半是海水的東西，我不得不停止呼吸。

腳下好像在搖曳，好像變得柔軟，開始產生不穩定的感覺。藉由藍霧的光線隱約可以看到下方的鋼板和細沙——變得半透明——露出深不見底的黑暗海水。

（尼莫……難道想要把我們……拖進海中嗎……！）

我一直都以為——超超能力的瞬間移動只能傳送施術者自己與周圍的物質。

但是按照推測……現在這是**使用瞬間移動的攻擊**。雖然我不清楚尼莫本人究竟在何處，不過她恐怕是從遠處操作——要把我們移動到海中！

尼莫的瞬間移動能夠跳躍到視野以外，和猴或亞莉亞的能力不同。

光是根據這點，我就應該事先假設對方能辦到這種事情才對。該死……！

現在這個空間中有七成是海，三成是競技場。教人難以忍受的壓迫感，是水壓。混雜的空間或許是因為密度的關係，感覺競技場緩緩向上，海緩緩向下移動著。抬頭也能看到火星的光芒漸漸變淡，是我們的頭頂上也被海水覆蓋了。

（尼莫、在哪裡……！）

為了攻擊超能力的發生源頭，我準備再度拔出貝瑞塔・金次樣式——

同時在視野中看到了異樣的東西。

在濃霧中呈現不同於藍色……帶有黃色的神聖光芒。

那存在看起來是在我們正下方大約五十公尺的場所。似乎是某種像鏡子的東西，反射出競技場空間的光線，也就是夜晚中城市的燈光以及星光。

但是那個尺寸——遠比我至今看過的任何鏡子都巨大。感覺就跟這座競技場同樣大小。那到底……是什麼……！

「…………」

古蘭督卡看到那個光，似乎呢喃了些什麼。但是現在這裡很昏暗，而且他的嘴型不同於人類，加上視野因海水變得扭曲，讓我無法讀脣。

「……！」

貝瑞塔忽然張開嘴巴。她在驚慌之中，不小心吸到這個空間中混雜空氣與海水的異常物質了。

陷入險境的不只是貝瑞塔而已。停住呼吸的我也因為難以吸氣的痛苦與強烈的水壓，讓意識漸漸模糊起來。該死！我快要、昏過……去了……！

「——嗚……！」

在我歪曲的視野餘光中——亞莉亞緊閉著雙眼，做出蓄積力氣的動作。

在她身體周圍，一顆、兩顆、四顆、八顆地——開始有金色的發光粒子飛舞。

看起來像是以亞莉亞為恆星進行公轉的那些發光粒子軌道，比我以前看過的還要大。

感覺有點逞強地拉出像彗星般的長距離軌道，勉強包圍我們所有人。

這次換我心靈相通，知道亞莉亞想做什麼了。

亞莉亞打算——**從這個即將瞬間移動的空間中進行瞬間移動**。

趁競技場的景象還沒徹底消失之前，靠她的視野內瞬間移動。

要講起來，就是**瞬間移動間的抵銷**……！

但是那種事情真的能辦到嗎？無論在什麼科幻電影中——我都沒看過這種情節。是這世上任何人都沒預想過的招式。而亞莉亞現在打算放手一搏。

——亞莉亞的瞬間移動一晝夜只能使用一次。萬一失敗就沒有機會了。

「……！」

亞莉亞的發光粒子漸漸增加。藍色的霧氣一點一點地被金色光芒取代。

霎時，有如圖像的透明度降低似的，競技場的景象變得比剛才清楚了——

然而大概是因此被發現的關係，藍光也開始增強。這次又像透明度增加似的，海中與下方鏡子的存在感變強了。

尼莫與亞莉亞之間在拔河。靠著超超能力與超超能力，互拔空間與空間。

這場拔河中——

幸運的是，亞莉亞似乎較占上風。

相信這是因為亞莉亞「在這裡」的關係。而尼莫「不在這裡」。她是在某個遠處進行操縱。就好像無線在通訊速度上比不過有線一樣，超能力構造上的某種差異幫了亞莉亞的忙。

（亞莉亞……！）

就在我的注意力移向亞莉亞的時候——嘶——幾乎失去意識的貝瑞塔開始從我身邊往下滑了。在模糊的視野中仔細觀察，到剛才在比較上還算均勻遍布的藍色霧氣現在出現了濃淡差異，只有在貝瑞塔周圍變得特別濃。

是尼莫——察覺現在的狀況，而把注意力集中在貝瑞塔身上了。

她是打算靠限定傳送物質的量，專注進行移動。

（……貝瑞塔，別走……！）

在貝瑞塔往下掉落的方向，有一塊海中景象特別強烈的圓柱狀空間。我想要讓自己也介入其中，但卻感受到某種向上的力量——恐怕是浮力的緣故，使我無法順利往下移動。該死……！貝瑞塔……會被抓走……！

就在我不禁咬牙切齒時，我的腰部——忽然被某個人抓住了。

然後伴隨著「咕嚕咕嚕咕嚕……！」的聲音，我的身體漸漸往下沉。

我忍耐著強大的水壓，並看向自己腰部……是LOO……！

LOO毫不畏懼自己的身體會因為瞬間移動連同空間一起被切斷——或者說她根本沒有會感到畏懼的迴路——比起亞莉亞的指示更優先決定拯救人命，而飛身跳入這個重疊空間中，抱住了我的身體。然後察覺到我想要救貝瑞塔的行動，便讓自己成為我的壓重物了。

我隨體內幾乎都是金屬製成的LOO一起往下沉，朝著漸漸沉到下方的貝瑞塔。接著伸手抓住貝瑞塔纖細的手臂，把她拉回自己身邊。就在這同時——

「LOO。」

LOO的人工咽喉發出聲音，並放開我的身體。只有她自己繼續往下沉，遠離了因為浮力開始往上移動的我和貝瑞塔。

（……LOO……！）

LOO——犧牲了自己，想要拯救我和貝瑞塔……！

察覺這點的同時，我感受到自己從水壓的束縛中獲得了解放。

我已經從海水的圓管中浮到上面，沒辦法再回到LOO的地方。

「……！」

周圍有一塊競技場景象比海水更濃的空間——

於是我抱著貝瑞塔的手臂，撥開海水朝那方向移動。

「……呼啊……！」

可以呼吸了──從頭髮和衣服上也「滴答滴答」地落下水滴。這裡是……

……是競技場。尼莫的藍色光芒和亞莉亞的金色光芒──都消失了。

亞莉亞趴在地上不斷喘氣……另外也可以看到在咳嗽的伊歐，以及從口中吐出混雜鮮血的海水、單腳跪在地上的古蘭督卡。

全身溼透的貝瑞塔則是──

「……咳咳、咳咳咳！」

雖然被嗆得流出眼淚──不過看來並沒有溺死。

我也急促呼吸了好幾下，才總算可以站起身子一看……

到剛才還交雜海中與競技場景象的現場，到處有鋼板被削破。是在瞬間移動時被切斷，沉入海底了。在靠近競技場中心的部分，也就是我和貝瑞塔剛才脫逃出來的空間，甚至有個像陷阱一樣的大洞。真是驚險啊。

我趕緊跑到那個直徑約兩公尺的大洞邊，趴下身子──

（ＬＯＯ……！）

探頭尋找拯救了我們的ＬＯＯ的身影。

在競技場的地下，有從前靠人力升降動物或士兵用的升降梯以及休息室的遺跡……在星光下可以看到內部。

在我和趕緊爬過來的亞莉亞一起探頭往下看的那地方──

可以看到癱坐在地上，把屁股、伸直的雙手與彎曲的雙腳靠在地下室地板上的——

「LOO。」

一臉呆滯地抬頭望向我們的LOO。

……太好了……！

她得救了……是亞莉亞發現LOO的存在，把她拉向我們這邊的。

不過，全身溼透的LOO、身上那件白色校園泳衣……微凸的肚子下方、兩腳、之間……

（……嗚……！）

呃、喂……！為、為什麼連那種地方都要做成少女型啦！到底是誰開發的！我因為LOO是機器人就一時大意，結果害我完全看到啦！畢竟白色化纖泳衣溼了就像塑膠袋一樣會透色，LOO又不會自己遮住……！

我因為太過慌張——手一滑……結果掉進了那個大洞中。

在根本不是爆發模式的普通狀態下，一頭栽到地下室去了。

Go For The NEXT!!! 遠山武偵事務所

在廣場大酒店，夏洛克被擊倒。在羅馬競技場，逮捕到古蘭督卡與伊歐。在羅馬與N的序戰算是一勝一敗。

然而我們在廣場大酒店是徹底落敗，在競技場的勝利則是我、亞莉亞、亞許、LOO、莎拉甚至加上貝瑞塔才勉強獲勝的。從雙方喪失的人員在各陣營中的地位來看，換言之就是以戰果來看，兩者間有相當大的差距。看來我們必須想辦法透過某種方式挽回戰力平衡才行。

不過已經撐過這關鍵半個月的貝瑞塔……身為人類歷史的分歧點所選擇的不是回到過去，而是開始朝未來行動了。因此她應該已經被N排除在目標之外了吧。

雖然我們沒能掌握假梅雅的真實身分，但是N撤退之後我們也和真的梅雅取得聯絡——後來梅雅便率領修女兵抵達了競技場。被她帶走的古蘭督卡與伊歐據說會被監禁在梵蒂岡的地下。臨走時，古蘭督卡說「贈給遠東的烈士」並且把他的羅馬短劍送給我……可是我根本用不到，所以回到金字塔地區的青年旅舍後就對麗莎說「這是羅馬的伴手禮」然後硬塞給她保管了。

在金字塔地區的青年旅舍爆睡到隔天早上後，我接到了一通電話。是羅馬武偵高中的馬克西米利亞諾・伊巴拉——校長打來的。內容是告知我因為缺考等級考核測驗的面試而決定將我退學——以及為了傳達相關事項，要我中午過後到學校報到。

我本來還希望能有什麼酌量情況的餘地，然而校長的語氣聽起來是不容分說的樣子。

（……世上的事情可沒那麼簡單啊……）

於是我穿上拆掉了武偵徽章的黑制服，帶著麗莎走出青年旅舍。

屋外太陽很耀眼。今天的羅馬就像回到五月的天氣般晴朗無比。

但我的心中卻是烏雲密布。雖然說是為了救貝瑞塔，不過我這下是真的遭到退學啦。根本是因為女人搞砸人生的典型案例嘛。

「——初次見面，遠山金次同學。我是馬克西米利亞諾・伊巴拉。然後遺憾的是，我今天也必須對你說……再見了。」

有著一頭刺眼的大光頭，以及濃密大鬍鬚的馬克西米利亞諾校長——是一位年紀應該超過七十歲的老人。長相就跟李奧納多・達文西的肖像畫一模一樣。不過身體部分即使隔著寬鬆的衣服也能看得出來充滿肌肉。這人應該是全世界最壯的銀髮族了吧？

「雖然事情的來龍去脈我已經從這位梅雅老師口中聽說了，但規則就是規則，不予許特例。在羅馬武偵高中，有一成八的學生會基於各種理由中途退學，不過像你這樣的狀況……我認為與其說是退去，不如應該說是往前進的行為。以前從東京武偵高中收到介紹時我就直覺認為，『學校』這樣框架對你而言想必已經太狹隘了。」

果然遭到退學了嗎……

總覺得校長還為了對我進行心理建設，開始講起一些抬舉我的發言。在校長座位旁邊的梅雅老師也表現得一臉沮喪。

不過現在仔細想想——馬克西米利亞諾校長也說得沒錯，我從東京武偵高中時代就是個不在學校的期間比較長的學生。以前爺爺好像也有說過，我其實根本是個不適合學校的人啊。

東京武偵高中、東池袋高中、美濱外語高中、羅馬武偵高中……反覆了這麼多次的退學與轉學，我已經深深體認到這點了。

「關於我面試缺考的事情，很抱歉給校方添麻煩了。雖然只是短暫的期間，不過我在這裡學到了許多重要的事情。非常感謝。」

我根據日本式做法彎腰鞠躬，接受自己退學的事情。我也只能這麼做了。

馬克西米利亞諾的大眼睛流露出真心感到遺憾的神情後，再度注視著我。

「一個人應該所處的場所，會隨著那個人的變化而改變。剛進入東京武偵高中時的你與現在的你，想必已經有了相當大的變化。因此你不能一直逗留在同樣的地方。從今以後，你要自己尋找下一個場所，自己踏上旅途。雖然這樣有點提早交付，不過這想必可以成為你旅途上所需的資金。願神保佑你。」

馬克西米利亞諾校長拿出一個橫式信封……放到桌面上朝我遞出。

我收下發現，信封相當有厚度。是歐元紙鈔。退還學費是吧。

雖然校長的講法聽起來好像很帥氣，但簡單來講——我從這個瞬間起就是無業遊民啦。

最終學歷是高中退學，也就是國中畢業。真是傷腦筋。

而且這筆錢現在也搞不清楚究竟算誰的了。就還給貝瑞塔吧。

「另外，當留學生退學的時候，為了防止之後非法就業……我也必須贈送這份禮物給你。」

校長說著，又遞給我一個畫有綠線的信封。是義大利航空的信封。我打開一看，裡面裝有飛往成田機場的機票。是清艙機票——上面印有航空公司把即將起飛的班機空位廉價販售的印章，是今晚的班機。雖然是經濟艙……不過真是幫了我一個大忙。

雖然留學簽證還在，但畢竟退學之後就會失效了。

「非常感謝。」

我再度鞠躬道謝，並把機票收進胸前口袋中。

這就是武偵高中給我的最後一份禮物了。雖然從東京時代開始，所謂的禮物我也只記得在體育祭收到的那些生鏽子彈而已就是了。

我轉身背對馬克西米利亞諾與梅雅，離開校長室……

為了到麗莎在等我的停車場，而走在走廊上……

「嘿，留學生。」

「應該是**前**留學生吧，哈哈！」

「照你那表情，看來真的就像E3班那群傢伙在嚷嚷的那樣啦。」

在窗外可以看見中庭——鍋子底的走廊前方，忽然有人叫住我。

從聲音就聽得出來是誰了，於是我抬頭一看——

以前在那個鍋子底和我打過架的羅密歐……雖然不在，不過當時在一旁叫囂的幾名A1班帥哥們手拿著咖啡聚在那裡。

看來我遭到退學的事情以E3班為情報源頭，已經在學生間交流頻繁的羅馬武偵高中內被一部分的人知道了。

可是……對於應該就在附近教室裡的E3班成員們，我實在沒臉去見他們。

明明在武偵等級考核時他們那樣為我加油……結果卻是如此。因此我決定什麼也別講——就像消失般離開這裡。畢竟這也是以前我曾一度退學時，武偵高中告訴過我的規則啊。

「你們想笑就笑吧。」

就在我丟下這句話，準備穿過那群傢伙旁邊的時候……

「等等。別以為可以贏了就走。」

那群傢伙中的一人忽然抓住我的右臂，然後用符合A級武偵實力的快速動作固定我的關節。

（……！）

第二個人接著抓住我的左臂，兩人合力從背後固定住我的身體。

「羅密歐也變得有夠沒用的，居然會輸給這種廢物。」

「便宜算你一邊耳朵就好。」

第三、第四個人站到我面前……其中一人唰地拔出一把彈簧刀。

看來他們是知道我不會再來羅馬武偵高中，所以來跟我**討債**的。

畢竟當時是我接受挑釁，而且這裡是武偵高中。會這樣也是正常的。

「虧你們是A級武偵，居然這麼沒有學習能力。你們想變得像之前的羅密歐那樣嗎？」

我試著靠虛張聲勢撐過這個局面，然而——

「哈哈，你如果辦得到就試試看啊。你現在應該有受什麼傷吧？」

「從走路的樣子就看得出來了，你跟之前和羅密歐交手時根本是不同人啦。」

該死……雖然沒有被看出原理，但現在不是爆發模式的我頂多只比一般人稍微強一點的事情被他們看穿了。

就在銳利得像剃刀的彈簧刀放到我額頭邊，讓我不禁冒出冷汗的時候——

「——你們說誰沒用？」

從背後架住我的其中一個人忽然被拉向後方。

我趕緊避開彈簧刀轉頭看過去，發現是A1班的老大羅密歐——從背後抓住原本架著我的傢伙的金髮，碰一聲用膝蓋狠狠踹了那傢伙的背脊。接著對放開我手臂的另一人磅地發出在武偵高中比上下課鐘聲更常聽到的槍聲，隔著防彈制服賞了那傢伙一槍。

看到發出呻吟倒在地上的那兩人——剩下在我面前的另外兩人也似乎立刻失去了鬥志。一人把彈簧刀收起來，另一人則是說著「羅、羅密歐，我可什麼都沒講喔……」甚至微微發抖。

羅密歐雖然沒有和我對上視線——不過伸出拇指對我指了一下。我本來在想這傢伙搞不好也是來跟我算帳的……沒想到羅密歐往倒在地上的那兩人的頭各踢一腳，讓他們抬起頭看向我之後……

「聽好，今後無論在義大利任何地方——要是有人敢愚弄金次，我和我的家族絕不原諒。」

——羅密歐竟說出了這樣一句宣告。

仔細一看，在他背後的走廊轉角處……羅潔塔把半邊身體藏在牆後，一臉緊張地望著我們。

「我聽羅潔塔說了。金次可是抱著被退學的覺悟，為了貝瑞塔挺身奮戰。你們之中有誰能夠為了一個女人成為那樣的英雄？這傢伙才是男人的模範啊。」

聽到大概是個性笨拙而始終沒有看向我的羅密歐如此說道……其他的Ａ１班成員畏縮了一下後……扶起倒在地上的同伴，並對我露出道歉似的表情。

這時，或許是聽到槍聲而跑到走廊看狀況的——

「金次！」

「果然是金次！」

雖然我覺得那種「槍聲＝跟金次有關」的聯想有點過分，不過Ｅ３班的成員們——以及帶有一點甩尾感覺彎過走廊轉角的小獅子阿蘭，紛紛朝我奔跑過來。

……被發現啦。

到最後的最後，我都是個無法遵守規定的學生呢。

就在羅潔塔像是被Ｅ３班的大家推出轉角而只好一起過來的時候……我忽然發現……

「——貝瑞塔，妳到武偵高中來啦？」

貝瑞塔也在他們那群人之中。身上穿著貼有武偵高中徽章的黑色制服。

走到我面前的貝瑞塔對我露出有點愧疚的眼神……

「剛好對調呢。我復學了，你卻退學了……」

說出了這樣一句話。復學——？

「妳能夠回到學校了？」

「是羅潔塔她……」

貝瑞塔說著，稍微靠近羅潔塔……

「——她幫我在公司內部做了很多事。多虧艾爾瑪她們向爺爺大人求情了很多次，加上我又遇上危險的事情……所以真要講起來是基於安全上的理由，父親大人總算有所動作了。另外雖然這件事似乎讓父親大人頭很痛，不過關於那時候羅潔塔說過NＧO的事情，父親大人好像也會動用人脈幫忙進行的樣子。這就叫所謂的『弄假成真』呢。」

……原來是這樣……！恭喜妳啊，貝瑞塔。

果然只要做正確的事情，上天都會看在眼裡的。

「我今天是來申請復學，然後跟大家打聲招呼的。雖然我也有想說或許可以見到你……但總覺得……只有我自己回到學校，對你很抱歉……金次，你班機什麼時候起飛？」

「今晚。呃，妳不用太在意啦。之前妳退學的時候，我也是一樣的心情。關於妳茹斯特方面的事業，雖然我人在遠處……但一直都會為妳加油的。身為一名值得紀念的測試成員。」

「金次……」

用帶有鼻音的娃娃聲叫我名字的貝瑞塔，似乎有什麼話想說……扭扭捏捏地抬頭望著我。E３班的其他人大概也顧慮到我的心情，而始終只是注視著我。

這樣的狀況實在讓我很不好意思，於是——

「別露出那麼難過的表情嘛。羅馬和東京之間只要飛個半天就能往來了。以後還會再見面啦。」

聽到我明明是個無業遊民卻講出這種像國際商人的發言，貝瑞塔頓時……露出因為在大家面前，想講的話講不出口的表情……對我輕輕點頭了。她似乎努力想要保持冷靜的樣子，用雙手緊緊抓住自己的裙子。然後……

「……我送你去機場吧。」

最後只擠出了這樣一句話。

「謝啦。大家……抱歉了。我這個人好像對於冠上『測驗』名字的事情怎麼也不擅長的樣子。」

我這麼道歉後，彷彿因此潰了堤似的，拉斐爾、法蘭西斯科、丹尼爾、齊雅拉與安娜瑪莉亞便紛紛——

「金次……！事情都過去了，也沒辦法啊！」

「樂觀向前看吧，只有這樣啦！」

「如果你下次再來義大利，絕對要來找我們喔！」

「你們這些男生，不要哭啦！」

「唱歌吧！」

最後大家「Bene!」地齊聲應和後，開始唱了起來。

唱出如今甚至會讓我感到懷念的「E級武偵之歌」。

——咱們是輕鬆愜意的E級 咱們的學舍在鍋子底——

在明亮的歌聲送行中……我和貝瑞塔離開了羅馬武偵高中的校舍。

謝謝大家。

雖然我過去的人生中，對於所謂的「學校」都沒什麼好的回憶——

不過最後的最後就讀的這裡，真的是一間好學校。因為有大家在啊。

我們來到停車場，下午的陽光又變得更強了。

在停車場的角落，停了據說現在是貝瑞塔和羅潔塔共用的法拉利California……在後車座上，卡羯和梅雅似乎在交談什麼。

另外可以看到經過緊急修理的大蛇也來了，身穿制服的LOO就像裝飾品一樣坐在駕駛座上。車門外還有亞莉亞正在講手機——

「白雪和理子也在那裡嗎？嗯，金次要回去了。他退學了。把校外旅行Ⅲ和Ⅳ的目的地改一下。監視的輪班表要變更了……嗯……咦？」

她用日文好像在聯絡什麼多餘的事情……？明明要是白雪和理子剛好和我擦身而過來到羅馬，那段期間我在東京的生存率就可以提高的說……！

「所以我就說為什麼需要畫頭像跟地圖啦，貞德！」

看來她通話的對象是貞德的樣子。說到底，為什麼在那群女人之間會存在對我的監視輪班表，我連存在這件事本身都不知道，而且為什麼會想要用頭像和地圖來表現，這部分讓人無法理解的天然呆果然是貞德的特色。

「——咦？哦哦，果然……或許這樣講很失禮，不過她果然也退學了是嗎。大概是被金次菌傳染了吧。嗯，那件事情，我也有事先告訴過貝瑞塔。」

雖然我不知道是誰，不過聽起來我們認識的人之中還有另一個人也遭到退學了。話說什麼叫「金次菌」啦，念起來真不順口。

「喂，不要沒事把多餘的情報都送到東京去。」

我說著，沒收亞莉亞的手機後——聽到聲音才發現我來之前都在嚴肅交談的梅雅與卡羯紛紛把頭轉過來。

「……遠山同學！很抱歉我剛才什麼話都沒辦法為你說……」

「遠山！你真是災難一場啦。不過要是從你的人生中拿掉災難就什麼也不剩了。這樣總比什麼都沒有來得好吧，哈哈哈。」

總覺得在目擊到N的成員——那個羽毛頭盔女之後就好像決定暫時把以前的對立關係擱到一邊的聖女梅雅與魔女卡羯兩人，分別對我如此說道。

「梅雅，我才要向妳道歉……很抱歉我不像加奈，而是個沒出息的學生。要是因為我害妳身為老師的評價被扣分，真的很對不起。」

「不，並不會有那種事情的。就像剛才校長說的，教務科的判斷認為遠山同學已經不是『高中』這樣的框架可以收容的人物了。」

「換句話說，就是『超高中級』的意思，在某方面來講算是跳級啦。恭喜你啊，嘻嘻嘻。」

該死的卡羯，居然用只有一邊的眼睛笑嘻嘻地把人家退學的事情當笑話在講。

這傢伙有種打從心底享受別人不幸的壞習慣。怪不得她會對身為不幸專賣公司的我那樣莫名親近啊。

「主人，真是太可憐了……嗚嗚……」

麗莎對於我遭到退學的事情表現得比我還要悲傷，但她似乎沒有自覺，她昨天晚上說什麼「請多少把您那份悲傷發洩在麗莎身上吧」然後在青年旅舍的走廊上到處追著我跑，害我累積了多餘的心理壓力啊。

「麗莎，妳坐我的車。關於今後，我有些事要跟妳講。」

貝瑞塔如此說著，打開法拉利的車門——麗莎雖然依依不捨地看著我，不過我用下巴比了一下法拉利，她才總算坐到那邊去了。

卡羯似乎也有事情要留在學校跟梅雅談，於是下了車。我和這對黑白魔女看來要在這邊暫時道別了。

亞莉亞因為抓不到我拿在頭上的珍珠粉紅手機，在我面前一直跳一直跳——於是我把切斷通話的手機還給她，並吃了一拳之後……

為了避開女生，坐進光岡大蛇中。雖然我昨天知道了ＬＯＯ是全身所有角落都做得很精細的女孩子型機器人，但總比活生生的女孩子來得好吧。可是……

「ＬＯＯ，妳下車。我也有話要跟金次講。」

亞莉亞卻把LOO從雙人座的大蛇車中拖出去，自己坐進駕駛座。我的「迴避和女人兜風計畫」瞬間就被破壞了。

在穿過羅馬商業地區的一般道路上，我和亞莉亞之間——

「卡羯和梅雅似乎會負責死守這裡的樣子。雖然因為曾爺爺還沒醒過來，我也很想留在羅馬……但我必須回倫敦一趟。」

「去叫安潔麗卡・斯坦來嗎？」

「那也是目的之一啦。另外關於我們在競技場最後看到的那個現象，我想跟梅露愛特討論一下。畢竟那孩子跟我說什麼她不想用電話講，而且曾爺爺的事情我也認為應該親口告訴她。」

不想用電話講……我猜梅露愛特大概單純只是想見到亞莉亞吧。

的確，像我們最後被拖進海中看到的光芒等等，在那場戰鬥中還留下許多謎團。而亞莉亞是打算藉助梅露愛特的智慧幫忙解謎。

「本車將開向高速公路A91號線。」

在AI亞許如此告知的同時，我透過還留有裂縫的車內後照鏡——看向跟在光岡大蛇後面的法拉利的座位。

多虧努力練習讓開車技術變得比較好的貝瑞塔——似乎在跟副駕駛座上的麗莎交談些什麼。即使戴著大大的墨鏡也看得出來她表情非常認真。究竟是在講什麼？

車子很快就要離開我喜歡的羅馬了。街上的衣服店、珠寶店和雜貨店全都貼著寫有「Saldi（折扣）」的貼紙。看來現在是替換商品的時期，畢竟已經快到夏天了。

接著開上高速公路後，周圍的建築物就變得零零星星。每遠離羅馬一公里，景色就變得更壯觀。以前晚上從機場過來時也看過的石松彷彿在為我送行似地搖曳著。遠處的地平線可以看到像日本一樣起伏明顯的美麗山陵線。

流入車內的風又悶又熱。也許到明天就是夏季了吧。

「夏天要來了呢。」

似乎和我在想同樣事情的亞莉亞，看著陽光照耀下的高速公路如此呢喃。

——沒錯，夏天要來了。所有的一切都攤在白日下，描繪出強烈對比色的夏天。

我回想起教科書中義大利詩人伊列尼的話語……

同時漸漸看到菲烏米奇諾機場，想到我自己不會在那樣的夏日風景中了。

在機場的停車場——也就是以前我被蕾姬和莎拉狙擊拘禁帶來的那處排氣味瀰漫的場所，大蛇與法拉利分別停下。一閃一閃的螢光燈，被撕破的海報。對於義大利各種看起來破爛的景象我也已經完全習慣，沒什麼特別的感受了。

貝瑞塔在機場車站內的速食店買了幾片比薩來請我們吃，而她自己則是「咕嚕咕嚕！」一地表演了拿手的一口氣吞比薩，惹得亞莉亞和麗莎都嘻嘻笑了起來。

我喝著應該是最後一杯從自動販賣機買來的義大利紙杯裝濃縮咖啡……隔著李奧

納多特快電車的鐵軌，眺望漸漸西沉的太陽。

（雖然因為忽然就要回國，讓我沒什麼現實感。不過……）

這下，我真的要道別了。無論是對武偵高中，或是對羅馬。

總覺得希望能待更久一點，但既然我會這樣想，就代表這次的留學是一段很好的經驗吧。

大家吃完雖然像垃圾食物但莫名美味的比薩後——

貝瑞塔用她藍綠色的眼睛看向亞莉亞紅紫色的眼睛，一臉認真地……

「亞莉亞，看在朋友的份上，把金次借給我十五分鐘就好。因為是關於錢的事情，我不想被人聽到。」

「——了解。」

和亞莉亞進行了這樣一段交談。

（關於錢的事情……）

對了，這件事應該是我要主動找貝瑞塔談才對。而且我也有東西要交給她啊。

我和貝瑞塔一起走出機場車站，穿過聯絡通道。

最後來到和機場並設的飯店——希爾頓・羅馬機場飯店，一塊裝飾有高聳棕櫚樹的小庭院。

在描繪出藍色到深紅色美麗漸層的黃昏天空中——可以看到比起昨天相隔稍遠的

金星與火星閃耀著。

「義大利很漂亮吧？」

「是啊。我以前去過很多國家，最中意的就是這裡了。」

「雖然都來到機場才講這種話很奇怪，不過……金次，你願不願意留在羅馬？我可以幫你向公司說情……讓你成為貝瑞塔公司的員工……」

貝瑞塔用一副賭賭看的感覺對我如此說道。不過……

我露出苦笑，輕輕搖頭。

抱歉，貝瑞塔。雖然對於變成無業遊民的我來說，那是很有魅力的提議——但那樣會讓妳又犯下同樣的錯誤，所以是不行的。

大概是理解了我這樣的心情——

貝瑞塔沉默一段時間後，也露出苦笑……放棄了。

「……畢竟動畫裡的英雄們戰鬥的地方，是在日本嘛。我知道了。另外，關於這東西。」

她說著，從像是小學生書包一樣背在她後面的包包中……拿出以前在這座機場初次見面時拿來拍打過我的頭，變得皺巴巴的契約書。

也就是我向貝瑞塔公司借貸獎學金的證明文件。

現在回想起來，就是因為這幾張紙，害我吃了一番苦頭啊。在今後的人生中，只要是冠上「契約書」名字的東西我都不要再貿然簽名或蓋章比較好吧。

「你借的那些錢，我已經替你還給貝瑞塔公司了。根據契約書中第十九條第三項，如果由第三者代為償還，這份契約書將變更為你和那位第三者之間的契約書。換句話說——你現在是向我個人欠錢了。」

「既然這樣事情就好講了。這些錢應該有一半左右的金額。至於剩下的部分，我以後一定還妳。」

我說著——把本來就打算要交給貝瑞塔的那個橫式信封從胸前口袋拿出來。

「唉呦，其實你有錢嘛。」

「是沒錯啦。以前我跟妳講的那些是騙人的，其實在退學時會歸還一部分的學費。而留學生的話似乎會提早歸還的樣子。在日文中像這樣藏起來的金錢，稱作『私房錢』。」

「很少見的表現方式呢。我會記起來的。那你就把那些錢收起來吧。」

收起來……？

「來，你仔細看著喔。」

貝瑞塔說著——用她小小的手……唰唰！唰！

把證明我借錢的契約書撕破了。縱向撕開，接著又橫向撕開。

「呃、喂……！」

把撕碎的紙片扔進一旁附菸灰缸的垃圾桶後——貝瑞塔露出天真可愛的笑臉轉回頭看向我。

「這下契約書已經沒了。所以你一定要好好記得我這個債權人喔。至於還錢嘛，我就不催促你，等你有錢的時候再還就行了。不過，你一定要親自回到羅馬來還給我。」

因為她的笑臉實在太可愛……

「……我絕對不會忘記。一定會親手交還給妳。不是為了契約書，而是為了妳。」

我明明不是在爆發模式下也忍不住講出這樣的話了。

「約好囉？你一定要記得喔？我會永遠記得。就算你回到動畫的國度……我也永遠都會記得你的事情……」

「知道了。」

「義大利的女人可是很自大的。即使相隔兩地——我和你的心依然連結在一起。我會抱著這樣的自負。」

貝瑞塔說完，隔著我的夾克——輕輕撫摸位於左胸附近的貝瑞塔・金次樣式。

「你要把這個當成我，努力戰鬥。從今以後，跟著你的命運一起。」

像這樣詩情畫意的部分……

義大利的女人就是不一樣。遠比實際的年齡還要成熟。

「我想做的事情，其實不是靠手槍，而是靠心在做。如果有人效法你的戰鬥，在心中萌生了正義感——就會讓那個人走上正確的道路。而那個人又會進一步讓其他人也萌生正義之心。這樣的連鎖將無限、永遠擴展下去。這就是我夢想的未來。亞莉亞想必也會效法你的，畢竟她本性上就是個非常正義的女孩。而且亞莉亞她……很喜歡你呀。」

最後一句話時停頓了一下，把視線從我身上移開的貝瑞塔——彷彿是要放棄我這個男人似的，用說服自己的口吻接著說道：「畢竟在競技場，你們兩人……真的非常有默契呀。」

「呃不……亞莉亞和我是、那個……」

「你不用跟我客氣。我是長官，不會特別偏袒什麼人。無論心中抱有什麼樣的感情。」

打斷我說話的貝瑞塔，聲音聽起來很剛強。接著——

「好啦，你走吧。我要回去了。還有很多事情等著我去做呢！」

她又變成開朗的聲音，推開我身體，讓我轉身背對她。

「……」

「……」

變得面朝連接機場的通道以及階梯方向的我……與在我背後的貝瑞塔，兩人都陷入沉默……站在夜色漸濃的羅馬天空下。有如告知夏天來臨的一陣熱風吹過，讓一旁的棕櫚樹沙沙作響。

彷彿讓自己的聲音隱藏在樹葉聲裡似的，貝瑞塔忽然——

「果然，不行呀……」

把她的身體靠近我的背。

「拜託，你不要回頭。如果是男人就不要回頭。現在在這裡的不是貝瑞塔‧貝瑞塔。只是個沒有名字的羅馬女人。所以讓我說吧。說一次就好。」

我知道，貝瑞塔在哭。

但是──我不能轉回頭。為了貝瑞塔，我也不能那樣做。

「金次，我喜歡你。」

那句話就像只存在於這一瞬間似的，乘著羅馬的夏風──貝瑞塔如此說道。

她接著往我的背推了一把……

「好了，你忘記吧。你要和亞莉亞兩個人一起──好好跟N戰鬥喔。」

在最後的一句話刻意加入「亞莉亞」的名字，展現了她的自尊。

N企圖在世界引發分裂與戰亂。

然而與之相對地，邁向和平、創造下個時代的戰爭也開始了。

那是以貝瑞塔為起點，屬於人類全體的戰鬥。也許這場戰爭不會在我們這一代做出了斷，但人類還是往前踏出了步伐，往正確的方向進化。

如此這般──

雖然我很想帥氣瀟灑地離開羅馬，可是沒想到麗莎竟然買到了義大利航空還沒賣完的清艙機票，在飛機上坐到了我旁邊。因為是像情侶席一樣的兩人座位，害我這趟飛行擠得要命。

而且這班飛機的空姐竟然又是和來羅馬時的同一個色大姊，發現我和貝瑞塔就若有深意地對我們拋個媚眼，給了我們大到可以蓋住兩個人的大毛毯。然後麗莎又想用那張毛毯跟我 mooi，鬧個不停，害我不眠不休結束了這躺十二小時的飛行。唯一的救贖大概是回程搭上偏西風，因此飛得稍微比較快吧。

睡眠不足而搖搖晃晃的我抵達中午過後的成田機場——

麗莎幫我從行李提領區的輸送帶上領回行李箱後，就在我們從第一北航廈的入境大廳走出來時……也許是因為久違的日本使我鬆了一口氣，或者說是因為從夢境般的羅馬回到東京這個現實世界，讓我頓時跪倒在地上了。

……我……接下來該怎麼辦啊～

若是在外國的武偵高中遭到退學，武偵證照將會在該國家規定的期限後失效。

義大利一方面因為犯罪率比日本高的關係，所以規定期限只有短短一個禮拜。到了下週，我就不是武偵啦。想考上東大的目標本來就已經夠高了，現在我的學歷又變成只有國中畢業。而且更重要的是，仔細想想我連可以回去的家都沒有啊。

（嗚嗚……總之先回巢鴨的老家吧。）

又必須返回老家的我，不禁流出根本無法與貝瑞塔那熱情的淚水相提並論的敗犬眼淚，讓麗莎慌張大叫「主人，難道是經濟艙症候群嗎！麗莎馬上扶您起來！」並攙扶我站起身子了。

「……不，只是現在……我變成了無業遊民。這個現實讓我快要被壓垮了。或許妳不知道，現在日本不景氣的狀況可說是在谷底。沒有學歷也沒有特殊資格的傢伙根本沒辦法馬上找到工作。我不知道今後到底該怎麼活下去啊……！」

「主人，既然如此，麗莎會工作的。生活起居方面麗莎也會好好照顧主人，請主人不用擔心。主人請好好休息一段時間，等有心情時再慢慢找工作吧。」

忠實的女僕麗莎對我提出了如此充滿奉獻精神的提議，讓我都一瞬間湧起「那就那樣吧」的念頭啦。妳有讓男人墮落的素質呢。

畢竟我的退學情報已經從亞莉亞那邊透露給白雪知道了，因此白雪和莫名其妙與她成為了姊妹的金女會守在巢鴨等我的風險很高。而且GⅢ搞不好也會「老哥老哥」地等著我回去吧？真是討厭。

（該死。這一切都是N害的。我絕不原諒，絕不原諒啊……！）

就這樣，不要說是什麼正義使者了，反而散發出大魔王般負面氣場的我——為了至少先把手頭上的歐元換成日幣，而走向機場內的三菱東京UFJ銀行貨幣兌換處。

結果就在附近——

呃、奇怪？為什麼那傢伙會在這裡？是我認錯人了嗎？

不對，應該不是認錯人。雖然我也因為懶得剪頭髮所以瀏海很長，沒什麼資格講別人，不過像那樣長到遮住眼睛的瀏海……以及底下土氣的眼鏡，讓人佩服怎麼可以行走的內八X腿，從武偵高中紅色迷你裙下伸出來肉感過剩的大腿，更重要的是怎麼看都不像武偵的畏縮態度。完全就是——

「……中空知？」

前．東京武偵高中通信科二年級，和我一起留級所以現在依然是二年級的中空知美咲。

她背著不知道在哪裡才能買到的香菇圖案包袱布包成的行囊，難道是要出國去哪裡旅行嗎？但如果是那樣，她應該要在出境大廳那邊才對啊。

被我叫了一聲的中空知當場嚇得全身抖了一下，差點跌坐到地上——又趕緊轉頭看向我。這傢伙眼鏡底下的下垂眼睛也流出了敗犬般的眼淚，到底是怎麼回事？

「太、太好了，圓、圓山同學，見到你了。」

用老太婆似的蹣跚腳步走過的來中空知大概從入學時就是那種豐滿體型的關係，已經穿得很舊的制服散發出濃郁的女性氣味——同時又像從戰地逃出來的難民一樣，在我面前把她的大屁股癱坐到地板上。然後又把行囊布包放下來，把手背放到臉上，哭哭啼啼地對我講了起來。

「圓、圓山同學，窩、窩、退學、救救我！我、窩窩、我是、笨、笨烏龜、嗚嗚……武偵高中、神乃、神奈川……」

可是這傢伙講的話如果沒有透過通訊器，根本讓人難以理解。

「怎麼啦？神奈川的龜小孩窩怎麼啦？」

「請問是發生了什麼事情嗎？呃……中空知大人？」

麗莎走到一臉困惑的我前面，蹲下身子讓自己視線與中空知同高——「嗯，嗯」地溫柔聽她講話。

看來中空知似乎陷入了什麼困境，但現在是無業遊民的我實在沒心情聽她講話，因此把這項任務交給了麗莎——結果麗莎又是「唉呦」又是「怎麼會這樣」地表現得好像能理解中空知語的樣子。花了很長一段時間，她們之間的高次元對談似乎總算結束，於是……雖然向一個荷蘭人詢問日文是很奇妙的一件事，不過……

「然後呢？她講了些什麼？」

我向麗莎如此詢問後——站起身子的麗莎露出一點驚訝的表情。

接著不知道為什麼，她翠綠色的雙眼閃閃發亮地看向我。嗯……總覺得有種不好的預感啊。

「Mooi……！主人果然是個命中註定要為正義而活的人物呢。沒想到時機這麼快就到來了……這位中空知大人，將會是主人身為茹斯特零號所拯救的第一位人民呀。」

麗莎對我說出了這樣一段莫名其妙的發言。

「所以到底是在講什麼啦？」

「中空知大人似乎在神奈川武偵高中遭到退學了。因為她在體育課上『一百公尺短跑、跳箱、單槓、跳繩等項目成績不得低於小學三年級生平均能力』這個在學基準中沒有一項能滿足條件的關係——」

「嗚嗚……」

嗚哇~雖然我沒資格講別人，但她也太笨拙了吧……！

「因此她似乎在到處尋求工作機會的樣子。但遺憾的是，聽說她連打工機會都找不到。」

那也是當然的啊，畢竟這傢伙可是這副德行。

要是有哪個公司老闆願意雇用她，肯定是個白痴。

「但是為什麼我要救中空知啦？我可是連自己的事情都救不了。雖然不值得提出來說嘴，但我現在可是個無業遊民啊。」

「在羅馬前往機場的車上，貝瑞塔大人留了一段話要給主人。她交代麗莎當主人沒有工作，加上像現在中空知大人這樣的人才出現時——就要讓主人聽這段話。」

麗莎說著，拿出她葉片形狀的手機，播放錄音檔案。

似乎是在半天前錄音的那段內容……

『金次，要是你在日本找不到工作，失去了武偵證照——我也會很難過的。因此我拜託麗莎，萬一你遇上那樣的狀況，而且出現協力者的時候，就讓你聽這段錄音。我真心祈禱你永遠都不需要聽到這段話。』

很抱歉我半天後就在聽了。

『雖然我祈禱，但畢竟你處世技巧那麼笨拙，應該很快就會聽到了吧。』

就是那樣沒錯啦，可惡。既然知道馬上就會讓我聽到，就別講那些多餘的開場白啊。

『我有個讓你不需要辭去武偵身分的最終手段。』

呃，什麼！

聽到這項自己現在正渴望的情報，讓我不禁注視著麗莎的葉片型手機。

『有可能成為協力者的人物，其實我也聽亞莉亞說過就是了。咳，那麼金次，這是貝瑞塔長官的第一道指令。當你抵達日本之後，就做**跟我一樣的事情**。』

一樣的事情……？

『我聽亞莉亞說，日本的武偵法規定中，自由身分的武偵證照必須等二十歲以上才能申請，因此這方法來不及。另外就是隸屬武偵教育機關的學生以及畢業生，或是武偵企業的幹部與正式員工才能申請。所以說——』

什麼？她到底在講什麼？

『——你創業吧。在日本，創立武偵企業。』

啥？

「主人，雖然這手段有點像是鑽法律的漏洞，不過聽說在日本年滿十五歲就能創立公司，資本額也只需要一元就可以了。只要創立一間武偵企業，成為董事長，就能繼續保有武偵證照了。雖然武偵法規定武偵企業除了董事之外最少需要一名武偵員工，不過只要把中空知大人聘為正式員工就能解決這個問題了。」

——創、創業？我嗎？

那種事情，我打出生之後從沒想過啊。

話說，從學校中途退學，自導自演成為職業武偵什麼的……根本是走在灰色邊緣

的手法嘛！

「遠山社長……！如、如果是負責接電話、我、窩可以左到……請雇用我！」

中空知已經把我叫成社長，抓住我的褲子哀求起來了。

雖然不應該拿來比較，但是她遠比其他女生柔軟的超大雙峰、緊、緊貼在我的膝蓋上……！快放開我啊！

『公司名字要取得簡單易懂喔。因為我會從國外搜尋的。』

「主人，關於公司名字，麗莎已經在飛機上想好了。麗莎很有自信，這絕對是個再好不過的名字。」

連麗莎都充滿幹勁要推行這項計畫了。

為了告訴我那個公司名字，麗莎從她玫瑰色的雙唇間「嘶～」地吸了一口氣——

然後彷彿要宣告全世界似地張開雙臂……呃、難道我、今後——

「遠山武偵事務所。」

——必須成為社長才行了嗎……！

Go For The NEXT!!!

後記

在今年春天入學、就職的各位，恭喜大家！我是赤松。

為了迎接全新的生活，相信也有人必須搬移住處。這種時候首先會在意的問題，就是書櫃了。

多虧讀者們的支持，《緋彈的亞莉亞》來到了第二十五集。如果加上「宙士羅德！」、「ＡＡ」、「愛麗絲貝爾」以及各自的外傳或漫畫版，赤松作品如今已超過了七十本。

這樣書櫃會垮掉的啊！

無論對於有沒有這項煩惱的讀者們，赤松都要在這裡提供一項小道消息。

那就是——近年來發展迅速蓬勃的電子書籍！

BOOK☆WALKER、honto、Kindle Store、樂天 Kobo、Comic Cmoa、Book-Live、LINE 漫畫、Rental、ebookjapan、d-book、iBooks……如今也有各式各樣的網站任君挑選。

有時候也會遇到剛好在舉辦或預定將舉辦各種打折祭典或企劃活動，所以就趁這機會把新世代的數位板．亞莉亞也全套入手吧！只要用打折購買省下的錢增購書櫃，紙本或漫畫的續集也能像以前一樣繼續擺放，所有問題都能解決了……都能解決了喔！

對於包含緋彈的亞莉亞在內的自身作品，我身為作者的同時也是個超級粉絲——因此自己有參與製作的所有書籍與漫畫我都會陳列在房間中，另外也會隨身攜帶電子書籍。

只要把赤松作品全部放在智慧型手機內，當遇上我經常發作的亞莉亞病——「啊……忽然好想讀第V集的乘方彈幕戰啊！」「我想看AA第Ⅶ集的變裝會！現在馬上！」「我想讀富嶽上那場與閻的交手戰！」「和金女邂逅！」「在香港的飛車追逐！」「橫越美國的蒸汽車戰鬥！」「在荷蘭與麗莎的甜蜜生活……！」等等各式各樣的衝動，即使出門在外也能立刻對應，享受充實的亞莉亞人生。

……如此這般，絲毫沒有隱藏打算的直接行銷——通稱「宣傳」寫到這邊，剩下篇幅也將盡了。

那麼期待下次，各位全新的人生在耀眼的陽光下閃閃發亮的時候再相見。

二〇一七年四月吉日　赤松中學

祝
アリア
25巻
※賀亞莉亞第25集出版!!
■亞莉亞終於也連載
到第25集了！
這次雖然封面是
麗莎，但我總覺得
畫了好多貝瑞塔。
期待下一集再相見！

緋彈的亞莉亞

Aria the Scarlet Ammo

浮文字

緋彈的亞莉亞(25) 羅馬的軍神星

（原名：緋弾のアリアXXV 羅馬の軍神星（イル・マルテ・ディ・ローマ））

作者／赤松中學　封面插畫／こぶいち　譯者／陳梵帆
發行人／黃鎮隆　副總經理／陳君平
總編輯／洪琇菁　國際版權／黃令歡
執行編輯／呂尚燁　美術主編／李政儀
企劃宣傳／邱小祐
出版／城邦文化事業股份有限公司　尖端出版
台北市中山區民生東路二段一四一號十樓
電話：(〇二)二五〇〇七六〇〇　傳真：(〇二)二五〇〇二六八三
E-mail：7novels@mail2.spp.com.tw
發行／英屬蓋曼群島商家庭傳媒股份有限公司城邦分公司　尖端出版
台北市中山區民生東路二段一四一號十樓
電話：（〇二）二五〇〇—七六〇〇（代表號）
傳真：（〇二）二五〇〇—一九七九
北部經銷／祥友圖書有限公司
電話：（〇二）八五一二—三八五一
傳真：（〇二）八五一二—四二五五
中部經銷／楨彥有限公司
電話：（〇二）八九一九—三三六九
傳真：（〇二）八九一四—五五二四
雲嘉經銷／智豐圖書股份有限公司　嘉義公司
電話：（〇五）二三三—三八五二
傳真：（〇五）二三三—三八六三
南部經銷／智豐圖書股份有限公司　高雄公司
電話：（〇七）三七三—〇〇七九
傳真：（〇七）三七三—〇〇八七
一代匯集／香港九龍旺角塘尾道六十四號龍駒企業大廈十樓B&D室
電話：（八五二）二七八三—八一〇二
傳真：（八五二）二七八二—一五二九
馬新經銷／城邦（馬新）出版集團　Cite(M)Sdn.Bhd.
E-mail：Cite@cite.com.my
法律顧問／王子文律師　元禾法律事務所
北市羅斯福路三段三十七號十五樓
二〇一七年八月一版一刷
二〇一八年一月一版二刷

HIDAN NO ARIA 25
© Chugaku Akamatsu 2017
First published in Japan in 2017 by KADOKAWA CORPORATION, Tokyo.
Complex Chinese translation rights arranged with
KADOKAWA CORPORATION, Tokyo.

■中文版■

郵購注意事項：
1. 填妥劃撥單資料：帳號：50003021戶名：英屬蓋曼群島商家庭傳媒（股）公司城邦分公司。2. 通信欄內註明訂購書名與冊數。3. 劃撥金額低於500元，請加附掛號郵資50元。如劃撥日起 10～14日，仍未收到書時，請洽劃撥組。劃撥專線TEL：(03) 312-4212 ・ FAX：(03) 322-4621。E-mail：marketing@spp.com.tw

國家圖書館出版品預行編目資料

緋彈的亞莉亞25 / 赤松中學 著 ； 陳梵帆 譯.--1版.
--臺北市：尖端出版, 2017.08
面 ； 公分.--(浮文字)
譯自:**緋弾のアリア**
ISBN 978-957-10-7452-8(第25冊：平裝)

861.57　　106002816